ZWIJGRECHT

LOES DEN HOLLANDER

Zwijgrecht

DE CRIME COMPAGNIE
CRÈME DE LA CRIME

Omslagontwerp: Studio 100%

Boekverzorging: Michiel Niesen, ZetProducties, Haarlem

ISBN 978 94 6109 268 7

NUR 305

Meer informatie over De Crime Compagnie op www.crimecompagnie.nl

Uiteindelijk zullen we ons de woorden van onze vijanden niet herinneren, maar het zwijgen van onze vrienden.

Martin Luther King

Juli

De hitte die zich over het landschap heeft verspreid, beïnvloedt zelfs het kauwen van de koeien die nog in het weiland overeind staan. Lange grassprieten verdwijnen langzaam tussen hun tanden, terwijl hun staarten flauwe bewegingen maken om de vliegen van hun rug te verdrijven.

Door de aanhoudende afwezigheid van regen lijken de zandpaden in het park gescheurd en breken de losse takken waar je op trapt onder je schoenzolen. De weg langs het kanaal vertoont op sommige delen een misleidende schittering die de indruk wekt dat er een plas water op ligt. Een fata morgana op asfalt.

Het dorp is zo ver het oog reikt omringd door stilte.

De rust wordt ruw verstoord door de gillende sirenes van een grote brandweerauto en een politiewagen. Ze komen met hoge snelheid uit het niets tevoorschijn en vliegen langs het kanaal, waar op het einde van de weg te zien is waarom ze zijn uitgerukt.

De vlammen slaan van alle kanten uit het huis, het vuur vreet in een razend tempo het droge rieten dak op. De brandweermannen rollen een paar brandslangen uit, maar de commandant maakt een afwijzend gebaar in de richting van de eerste agent die uit de politieauto stapt. ‘Geen redden meer aan,’ zegt hij. ‘Laten we hopen dat er niemand thuis was.’

Tweeënhalve maand eerder

Amy Patijn

1

Eerst lijkt het een zacht ruisende wind die veilig voelt. Slaap maar door, lijkt het geluid te bedoelen. Droom maar verder.

Ik rek me uit, mijn kleine teen raakt de linkerenkel van Koos. Zelfs als mijn man slaapt, verdraagt hij het niet dat iemand zijn voet aanraakt. Hij trekt hem schielijk terug en draait zich op zijn rechterzij.

Is hij wakker? Ik wil aan hem vragen of hij de wind ook hoort en of hij ook denkt dat ik me er geen zorgen om hoef te maken. Ik luister scherp of het nog steeds om geruis gaat. Ja.

Nee. Er is iets veranderd.

Wat ik nu hoor heeft niets meer met de wind te maken. Dit zijn voetstappen die ons huis naderen. Dreunende voetstappen. Mannen? Ze komen naderbij.

Mijn ogen zoeken de klok op mijn nachtkastje. Het is kwart voor zeven. Opeens is er geen enkel geluid meer te horen.

Ik stap uit bed en schuif het gordijn een stukje opzij. De zon schijnt al, het wordt een stralende dag.

De straat is leeg, er is geen mens te bekennen. Toch weet ik zeker dat er iemand vlak bij me staat. Ik sluit mijn ogen en luister scherp. Iemand roept iets, de stem kruipt in mijn oor. Is het een man of een vrouw? Ik hoor steeds hetzelfde woord, dat zich blijft herhalen.

'Moordenaar.'

Ik grijp me vast aan de vensterbank.

'Word eens wakker, Eem! Je maakt verschrikkelijke geluiden, ik kan er niet van slapen.' Koos trekt aan mijn arm.

Ik sla hem van me af en probeer mijn ademhaling op een normaal niveau te krijgen.

Het was die verdomde droom weer.

Ik wrijf met mijn wijsvinger over de oude foto en probeer het jongetje te voelen. Hij draagt een rond brilletje, het hangt een beetje scheef op zijn neus. Zijn oren zijn in verhouding te klein, zijn mond staat half open. Zijn ogen zijn gericht op een plek naast de lens van de camera.

'Dag Jimmy,' zeg ik.

Ik zoek iedere keer deze foto op als ik de droom weer heb gehad, ik probeer hem altijd te voelen en ik praat ook altijd tegen hem. Ik hou van rituelen, ook al zou ik dit specifieke ritueel met genoegen afschaffen. Het is bijna halfacht. Ik wil nog even slapen. De foto moet terug in het album, de dag waarop het gebeurde moet uit mijn gedachten verdwijnen.

Het stormde, er lagen takken in de achtertuin die door de oude eikenboom waren losgelaten. De boom was niet bestand tegen het razende geweld. Jimmy moest binnenblijven van onze moeder en toen zij boodschappen ging doen, zou ik op hem letten. Claudia lag in bed, ze beweerde dat ze griep had.

Op Jimmy letten betekende eindeloos liedjes voor hem zingen en later treintje spelen. Ik zette de stoelen die om de eettafel stonden achter elkaar en haalde de conducteursset tevoorschijn die hij voor zijn verjaardag had gekregen. De pet was een beetje te klein voor zijn grote hoofd, maar als hij een stukje achterover werd gezet, ging het best. Het geluid van het fluitje snerpte langs mijn oren. Het hele pakje kaartjes werd achter elkaar voorzien van knipgaten. Jimmy danste rond van pret en ik moest om hem lachen. Ik riep dat ik nog nooit zo'n vrolijke conducteur had gezien. Ik keek naar hem en zag hoe hij opging in zijn spel en de wereld om hem heen leek te vergeten. Zo ging het altijd, hij hoorde en zag niets meer, behalve waar hij mee bezig was. Daarom moesten we altijd goed op hem letten. Het gillende fluitgeluid deed pijn aan mijn oren en ik probeerde Jimmy vanaf de plek waar ik zat te vangen om het fluitje van hem af te nemen. Op het moment dat ik hem bijna te pakken had, hoorde ik de klap. Ik greep me van schrik vast aan de stoel en was ervan overtuigd dat een deel van ons huis was ingestort. Na een minuut lukte het me op te staan en naar het achterraam te lopen. Toen ontdekte ik dat de dikke, zware tak van de oude eikenboom die al lang naar rechts helde en volgens mijn vader eens verwijderd zou moeten worden, dwars door het dak van de schuur was gevallen. Ik rende de kamer uit, door de keuken, naar de achterdeur. Maar ik durfde niet naar buiten te gaan. Ik stond daar maar, met mijn handen tegen mijn mond gedrukt, en kon niet ophouden met hijgen. Ik prevelde schietgebedjes voor de konijnen die achter in de schuur in hun hok zaten.

Alles om me heen vervaagde, zelfs de tijd verdween. Toen ik later moest vertellen hoe lang ik daar had gestaan, kon ik seconden en minuten niet meer van elkaar onderscheiden. Het hele leven stond uit.

Ik kwam pas weer bij zinnen toen ik door elkaar geschud werd door mijn moeder, die wilde weten hoe het kwam dat de voordeur openstond en waar mijn broertje was gebleven.

Ik heb de foto weer opgeborgen. Vandaag geen Jimmy en geen schuldgevoel. Maar hoe kom ik deze dag door?

Hoewel de zon schijnt, is het nog steeds te koud voor de tijd van het jaar. Dat komt door de wind uit het noordoosten, de wind die de takken van de populieren in onze voortuin onstuimig laat bewegen.

Ik kan me maar beter gaan aankleden en haal het King Louiejurkje tevoorschijn dat ik een maand geleden heb gekocht. Het hangt onder een ander jurkje, zodat niemand het kan zien. Ik bekijk het met een tevreden gevoel. Het is van mij, alleen van mij, en er loopt vandaag niet nog iemand rond in hetzelfde exemplaar.

Wat mij betreft zou ik vandaag gewoon voor de klas willen staan. Ik had liever doorgewerkt tot de zomervakantie, maar 1 mei kwam financieel het beste uit volgens mijn werkgever. De maand april is omgevlogen. Ik zou de tijd graag een paar maanden achteruit willen zetten.

2

De hele familie zit op de eerste rij en iedereen loert naar mij. Koos zwaait en maakt een gebaar dat me waarschijnlijk gerust moet stellen.

Ik had graag in een gewone stoel willen zitten, maar ben veroordeeld tot een zetel, die ze ook nog eens op het podium hebben geplaatst. Ik probeer de vele ogen die op me gericht zijn te negeren en zoek een veilig punt om naar te kijken. Dat is de schedel van mijn zwager Hein. Hij wordt kaal.

Er klinkt applaus, de directeur is blijkbaar uitgesproken. Wat heeft hij gezegd? En wie volgt? De voorzitter van de oudercommissie. Dat is een geschikte vent, hij houdt van een geintje. Ik luister. Hij is ongekend serieus en ik bespeur een weemoedige ondertoon in zijn toespraak. Gaat dit over mij? Ik wil dat hij stopt met deze lofzang en zich beperkt tot de feiten. Het is genoeg als hij meldt dat ik op mijn zevenentwintigste het goede besluit nam om terug te keren naar de schoolbanken en voor onderwijzeres te gaan studeren. Die man heeft geen idee van de tegenwerking die ik kreeg toen ik aankondigde dat ik me had ingeschreven voor de pabo in deeltijd. Koos sprak een week niet tegen me. Claudia overlaadde me met verwijten. Mijn zus vond het ook erg overdreven dat mijn afscheid zo groots zou worden aangepakt, zeker omdat ik maar een paar jaar in dienst ben geweest. Ik heb daar ook voorzichtig tegen geprotesteerd, maar mijn directeur wilde niet naar mijn tegenwerpingen luisteren. Hij zei dat ik een behoorlijk afscheid had verdiend.

De voorzitter loopt naar achteren en komt terug met een enorm boeket. Aan een rood lint bungelt een witte envelop. Vol trots vertelt de man dat ze een prachtig bedrag hebben opgehaald voor het goede doel dat ik heb opgegeven. Hij nodigt me uit de envelop te openen. Tweeduizend euro. Ik hef mijn arm op en toon het bedrag aan de zaal.

'Tweeduizend euro voor de stichting die onze Amy heeft uitgekozen: Jantje Beton,' schalt de stem van de voorzitter. De zaal vult zich met een daverend applaus. Ze klappen voor me en ik voel dat ze daarmee ook hun spijt betuigen voor de waarheid die niet meer te omzeilen valt. Het aantal leerlingen is te hard gekrompen om alle leerkrachten in dienst te kunnen houden en daarom heeft het bestuur moeten ingrijpen. *Last in, first out.* Dat is een eerlijk principe. Soms is het leven eerlijk en tegelijk oneerlijker dan ooit. Ik voelde me in dit vak, op deze school, op mijn plaats. Het was een veilige plek om te zijn. Het was een plek van mij.

Ik word uitgenodigd om bij de familie plaats te nemen. De voorzitter kondigt een speciaal voor mij gecomponeerde musical aan.

'Hoe lang gaat dit duren?' fluistert Koos.

Het is broeierig heet in de aula en er komt maar geen eind aan de rij mensen die me gedag willen zeggen. Ik vang flarden van zinnen op die allemaal op hetzelfde neerkomen. Men betreurt het enorm dat er een leerkracht moet worden wegbezuinigd en wenst me nog heel veel gelukkige en gezonde jaren toe en veel succes bij het vinden van een nieuwe baan. De voorzitter van de oudercommissie trekt met zijn harde stem alle aandacht naar zich toe als hij me een goede vakantie wenst, samen met Koos, mijn tweelingzus Claudia en zwager Hein.

'Dat zit er niet in,' zou ik willen antwoorden.

Ik zou het nog liever door de ruimte willen schreeuwen en willen zien dat de glimlachende gezichten verstrakken en de hitte plaatsmaakt voor bevriezing. Ik zou aan iedereen willen uitleggen dat mijn leven tot nu toe een gevangenis was en ik eindelijk op zoek ga naar de vrijheid.

Er zijn nog steeds heel veel ogen op me gericht. Ik wil ze niet zien en vooral niet voelen. Dat lukt, als ik zelf zo weinig mogelijk mensen aankijk. Toch ontkom ik niet aan het besef dat twee ogen me geen moment met rust laten. Ze prikken in mijn rug, dwalen over mijn lijf, volgen mijn bewegingen. Ze stralen afkeuring uit over mijn kledingkeuze. Ik zou een laatdunkend gebaar willen maken waaruit zou kunnen blijken dat ik maling heb aan het oordeel van Claudia.

Ik zou dwars door het gesprek dat ik voer met een opdringerige vader die me veel te vaak aanraakt, tegen mijn zus willen zeggen dat onze dagen samen geteld zijn.

3

Koos wil weten waarom ik gisteravond zo geïrriteerd reageerde toen Claudia voorstelde om bij haar en Hein nog een borrel te nemen. Ik zeg dat ik geen zin heb om over Claudia te praten.

'Ik heb het ook niet over Claudia,' stribbelt hij tegen. 'Ik heb het over jou. Je negeerde haar voortdurend. En je had nieuwe kleren gekocht. Mooie kleren, ze stonden je goed. Maar waarom wilde je opeens zo stiekem doen?'

'Ik heb niet stiekem gedaan. Ik heb gewoon iets nieuws gekocht voor mijn afscheidsreceptie en het in de kast gehangen. Dat doe ik vaker en dan heb je nooit commentaar. Wat is het probleem?'

'Claudia wist van niets.'

'Nou en?'

'Ze leek tamelijk beledigd te zijn.'

'Koos, Claudia en ik zijn vijfendertig, volwassen vrouwen dus, we leven ons eigen leven. Toevallig zijn we een tweeling, een eeneiige tweeling zelfs, maar we zijn toch echt twee verschillende personen.'

'Daar denkt je zus anders over en dat weet je.'

Ik haal diep adem. 'Ik heb besloten me niets meer aan te trekken van wat mijn zus vindt. Ze kan me niet mijn hele leven blijven achtervolgen met het feit dat ze vijf minuten ouder is dan ik en daarom volgens haar het recht heeft om mij te overheersen. Ze is mijn moeder niet, ze is mijn zus. Ik ben lang genoeg dociel en gehoorzaam geweest, ik heb me jaren door haar laten meeslepen in dat tweelingenverhaal en ga nu op eigen benen staan.'

Koos kijkt me aan met een peinzende blik in zijn ogen. 'En verder?'

‘Verder niets.’

‘Ik geloof je niet. Jij broedt ergens op, Amy, en dat is niet sinds vandaag.’

‘Moet jij niet eens naar de zaak?’

Hij staat op. ‘Ik neem aan dat je de caravan gaat schoonmaken? Volgens mij rekent Claudia erop dat jullie dat samen doen en dat jij haar morgen helpt met die van Hein.’

‘Met die van Hein? Is de caravan alleen van je broer?’

‘Van Hein en Claudia, jij je zin.’

Ik ruim de tafel af.

‘Ik ben niet voor zevenen thuis,’ meldt Koos. ‘Het kan ook wel later worden. Hein en ik gaan vandaag uitgebreid overdragen aan onze bedrijfsleider, zodat we nog een paar dagen kunnen bijkomen voordat we vertrekken.’

Ik loop naar de keuken.

‘Ook een prettige dag,’ roept hij.

Ik smijt het ontbijtbordje in de afwasmachine. Het breekt in twee stukken. Als ik de twee delen uit het rek vis, snijd ik me aan mijn duim. Het bloedt behoorlijk. Ik knip met trillende vingers een stuk pleister af en bedek daarmee de wond. Mijn vingers moeten zich rustig houden, ik moet zelf rustig blijven. Niets doen wat ook maar de geringste aandacht op me kan vestigen. Koos had al iets in de gaten, maar mijn man komt niet in aanmerking voor de status van serieus obstakel. Ik moet alleen mijn tweelingzus van me af houden. Ze is beledigd en dat is ook de bedoeling. Als Claudia ergens boos over is, trekt ze zich terug. Ze zal wachten tot ik haar richting uit kom en me ontvangen met een beledigd gezicht. Op dit moment zit ze waarschijnlijk kaarsrecht aan de eetkamertafel en staart ze naar de tuin. Ze zal de radio niet hebben aangezet, omdat ze wil kunnen horen dat ik de voordeur achter me dichttrek en haar tuinpad op loop. Ik had al jaren geleden van Koos moeten eisen dat we gingen verhuizen naar een vrijstaand huis zonder buren. Ik had hem voor de keuze moeten stellen: hier samen weg of ik alleen. Dat zijn stompzinnige gedachten en dat weet ik. Ik heb dat allemaal niet gedaan. De enige ontsnapping die ik mezelf heb toegestaan was de pabo afmaken en me terugtrekken uit het familiebedrijf. Ik heb mijn zus daar achtergelaten en haar smeekbedes om me te bedenken weerstaan. En vandaag zet ik een volgende stap. Vandaag zet ik pas echt een ingrijpende stap.

Ik vertrek.

Laat haar maar lekker in de achterkamer zitten wachten op mijn toenadering. Ze kan lang wachten.

Ik loop nog een keer door het huis. Mijn mooie huis, dat van de zolder tot de kelder strak in de verf zit, brandschoon is, ordelijk en overzichtelijk. Net zo strak, schoon en goed georganiseerd als mijn leven tot nu toe. Als ik de logeerkamer in loop, krijg ik het benauwd. Ik gooi de ramen wijd open en kijk naar de eindeloze weilanden achter het huis. Er grazen koeien en kalveren. De lammeren die eind maart geboren zijn lijken al op schapen. Overal spuit nu het jonge groen tevoorschijn. Nieuw leven is beloftevol.

In deze kamer had nieuw leven moeten slapen. Hier had ik de geur van ons kind willen ruiken. Die geur zou zich in mijn neus genesteld hebben en ik zou hem de rest van mijn leven met me hebben meegedragen. Alles zou anders zijn geweest, ik zou anders zijn geweest.

Ik leun met mijn handen op de vensterbank en mis iets wat nooit heeft bestaan.

Claudia werd twee weken na haar huwelijk met Hein zwanger. Ze beweerde dat ze precies wist wanneer de bevruchting had plaatsgevonden. Ik probeerde haar duidelijk te maken dat ik die informatie te intiem vond en niet benieuwd was naar dergelijke details. Ze wimpelde mijn verzet met een achteloos gebaar af en benadrukte dat ik er als tweelingzus recht op had om alles van haar te weten.

Ik keek weg en concentreerde me op de vlinder die ik langs het raam zag vliegen. Toch hoorde ik dat het kind was verwekt op de dag dat Claudia had vastgesteld dat haar ochtendtemperatuur hoger was dan normaal. En doordat ze gekozen hadden voor een houding die een diepe penetratie mogelijk maakte.

Ik liep weg. Later vroeg mijn moeder of ik het kon verdragen dat Claudia al zwanger was. Ze benadrukte dat het heel normaal zou zijn als dit mij pijn deed.

Koos wilde geen rondgang langs allerlei specialisten, omdat hij ervan overtuigd was dat ik op een dag gewoon zwanger zou worden zonder kunst- en vliegwerk. Hij beweerde met een trotse blik in zijn ogen dat alle mannen in zijn familie potente beesten waren en wees zijn broer Hein als voorbeeld aan. Later, na Claudia's drie miskramen en een doodgeboren kind, opperde hij het idee dat de voortplantingsorganen van mijn tweelingzus en mij misschien van inferieure kwaliteit waren.

Claudia zei dat mijn baarmoeder solidair was.

Ik heb de ramen weer gesloten en controleer nog een keer de koffers die ik heb gepakt. Mijn handen trillen niet meer, mijn hart slaat rustig. Ik zet de brief voor Koos tegen het beeldje van de naakte vrouw dat hij zo mooi vindt en waar hij altijd zijn sleutels naast legt. Doe ik dit goed? Had ik dit toch beter eerst met mijn ouders kunnen overleggen?

Het huis bekijkt me. Ik sta het toe. Zelfs dit mooie huis zal me er niet van weerhouden een tijdje weg te gaan. Misschien kom ik hier niet meer terug, ik moet er rekening mee houden dat Koos mijn vertrek niet pikt en wil scheiden. Hij is een trotse man en ik zal hem met deze actie beledigen. Maar maakt het nog iets uit hoe Koos reageert? Dit is mijn besluit en ik kan me beter bezighouden met wat ik zelf voel.

Het geluid van de telefoon komt onverwacht hard binnen. Ik

controleer het nummer op de display. Claudia.

Het gerinkel stopt. Ik pak de koffers op en loop naar de deur. Achter me is opeens een stem.

'Ik weet dat je thuis bent. Ik weet ook wat je van plan bent. Weglopen helpt niet, je zult je verantwoordelijkheid voor Jimmy's dood echt een keer onder ogen moeten zien. Als je me verlaat, blijf ik niet zwijgen over wat er wérkelijk is gebeurd.'

Mijn ademhaling piept.

4

Lieve Koos,

Ik ben weg.

Je zult je misschien afvragen wat me bezielt en ik wil proberen het je uit te leggen. Het idee om een time-out te nemen speelt al heel lang in mijn hoofd, maar het kreeg pas echt gestalte toen ik hoorde dat ik mijn baan ging verliezen en jij concludeerde dat ik dan weer kon terugkeren in het familiebedrijf.

Ik keer niet terug in het bedrijf, Koos. Nu niet en nooit. Ik had gehoopt dat je zou begrijpen dat dit voor mij een nachtmerrie zou zijn en dat je me die zou willen besparen. Terug in het bedrijf zou betekenen: weer iedere werkdag samen met mijn zus klanten ontvangen en rondleiden door ons keukenpaleis, me laten verplichten dezelfde kleding te dragen, hetzelfde als zij te lunchen, meedoen met de walgelijke spelletjes die erop gericht zijn om andere mensen in verwarring te brengen over wie nu precies wie is.

Dat wil ik niet, nooit meer. Wanneer ga je dat eens begrijpen, Koos? Of in ieder geval respecteren?

Ik vraag me af hoe het komt dat je mij nog altijd als een verlengstuk van mijn zus beschouwt, terwijl je weet hoeveel moeite ik heb gedaan om me aan haar te ontworstelen. Ik begrijp niet waarom je niet solidair bent met mij. Toch weet ik ook dat ik jou niet overal verantwoordelijk voor kan stellen, omdat ik zelf tot nu toe heb geaccepteerd dat mijn leven op deze manier verliep. Ik ga dus in de eerste plaats weg vanwege mezelf. Ik heb ruimte nodig om na te denken, een nieuwe koers te bepalen en besluiten te nemen. Ik ben vijfendertig en voel me vaak oud. Beter gezegd: uitgeblust. Moe, uitgewrongen, belaagd, miskend. Ontkend. Ik wil iemand worden op wie ik zelf trots durf te zijn. De helft van een tweeling, maar een autonome persoon. Een individu. Dat lukt me tot nu toe niet als ik samen met jou naast Claudia en Hein woon. Als we iedere zondagavond samen blijven eten, 's zomers aan de barbecue zitten, 's winters achter de steengrill. Als we jaar in jaar uit dezelfde theatervoorstellingen blijven bezoeken als zij, dezelfde films blijven zien, samen alle vakanties blijven doorbrengen en altijd maar weer met die sleurhutten achter onze auto's naar Toscane blijven rijden.

Ik trek het niet meer.

Ik wil het niet meer.

Je hoeft je niet bezorgd te maken over hoe ik aan geld kom. Ik heb goed gespaard en ik hoef voorlopig geen gebruik te maken van de WW. Ik weet zeker dat het me zal lukken om ergens een aanstelling te krijgen en weer voor de klas te belanden, de plek waar ik hoor.

Ik heb ruimte nodig om lucht te krijgen. Ik wil openlijk met mijn ouders omgaan en ze in mijn huis ontvangen. Ze hebben mij niets misdaan en wat Claudia en Hein ze allemaal verwijten slaat echt nergens op. Ik weiger nog langer midden in dit stompzinnige conflict te staan.

Ik wil ontdekken wat er nog over is van mijn gevoel voor jou.

Sorry dat ik mijn vertrek heb voorbereid zonder daar iets over los te laten. Het was voor mij de enige manier om weg te komen.

Ik heb ervoor gezorgd dat de post die op mijn naam binnenkomt, wordt doorgestuurd naar mijn nieuwe adres. Op die manier kun jij me, als je daar behoefte aan hebt, ook bereiken. Mijn mobiele nummer blijft hetzelfde, je kunt me dus gewoon bellen. Ik zal het begrijpen als je daar voorlopig geen behoefte aan hebt. Nogmaals: het spijt me dat ik mijn vertrek op deze manier moest organiseren, maar het kon niet anders. Claudia zou me op alle mogelijke manieren hebben tegengewerkt en ik heb nog altijd niet voldoende power om haar van me af te houden. Mijn zus is sterker dan ik, ik geef het toe. Daarom vertrek ik als een dief in de nacht en heb ik ervoor gezorgd dat ze boos op me is, zodat haar aandacht korte tijd verslapt.

Ik ga lucht happen, nadenken en besluiten nemen. Doe jij dat alsjeblieft ook. We zien wel wat er overblijft van ons, of er nog iets over is. Op dit moment twijfel ik daar sterk aan, maar eigenlijk twijfel ik aan alles wat ik heb en ben. Daarom wil ik weg.

Dag Koos.

Amy.

Ik heb de kopie die ik van mijn brief voor Koos heb gemaakt al een paar keer gelezen. Hij zal de brief gisteravond gevonden hebben, maar tot nu toe heeft hij niet gereageerd. Ik vraag me af of ik ergens op hoop of juist iets vrees.

Ik heb de eerste nacht in een motel doorgebracht, hoewel ik dat niet van plan was. Het plan was juist om rechtstreeks naar mijn voorlopige woonplaats Molenveld te rijden en me in mijn tijdelijke huis te installeren. Om de twee grote koffers vol kleren die ik gisteren met een sneltreinvaart naar mijn auto heb gebracht uit te pakken, de fles prosecco direct in de koelkast te zetten en die later op de dag helemaal leeg te drinken. Ik was van plan om de eerste avond van mijn vrije leven lekker dronken naar bed te gaan. In plaats daarvan heb ik tot laat in de avond in mijn motelbed liggen luisteren naar de geluiden die van buiten tot de kamer doordrongen. Twee keer meende ik de stem van Claudia te horen en sloeg mijn ademhaling op hol. Ik heb de telefoon talloze keren opgepakt, op de display gekeken of er geen gemiste oproepen waren en de berichten gecontroleerd. Geen oproepen, geen berichten. Dat zou een geruststelling geweest moeten zijn, maar zo werkt het blijkbaar niet. Ik voel me nog even opgejaagd als toen ik vertrok en ik denk dat dit te maken heeft met het bericht dat Claudia vlak voor mijn vertrek nog even insprak. De zinnen galmen na in mijn oren.

'Weglopen helpt niet, je zult je verantwoordelijkheid voor Jimmy's dood echt een keer onder ogen moeten zien. Als je me verlaat, blijf ik niet zwijgen...'

Wat bedoelt ze in hemelsnaam met die verantwoordelijkheid voor de dood van ons broertje? Iedereen weet toch wat er met Jimmy is gebeurd?

Ik ken Claudia, ik weet hoe graag ze anderen opnaait en hoe gemakkelijk ze iemand de stuipen op het lijf jaagt met opmerkingen die ze even later op luchtige toon weer ontkracht. Ik weet dat het haar in situaties die ontstaan zijn door haar schuld altijd lukt zichzelf eruit te kletsen. Ze is sluw en berekenend en een rasopportunist. En in de manier waarop ik ben vertrokken lijk ik op haar.

'Ik weet ook wat je van plan bent.'

Misschien is die zin wel de echte oorzaak van mijn besluit om niet rechtstreeks door te rijden naar Molenveld. Ik kan natuurlijk mezelf proberen wijs te maken dat dit grootspraak was van mijn zus, maar ik weet dat Claudia alles wat ik doe in de gaten houdt. Het is een sport om aan haar aandacht te ontsnappen en bijvoorbeeld kleren te gaan kopen. Niet dat dit betekent dat ik verlost ben van haar kopieergedrag, er komt altijd een moment dat ze in dezelfde outfit tevoorschijn komt. Ze wil absoluut identiek zijn aan mij en claimt al vanaf de dag dat ze kon praten het recht daarop. Toch kan ze één verschil tussen ons niet veranderen. Koos heeft ons vanaf het begin van elkaar kunnen onderscheiden. 'Jij hebt een totaal andere oogopslag,' heeft hij al talloze keren tegen me gezegd. Mensen die ons niet goed kennen zal dit niet snel opvallen, maar voor de intimi maken onze ogen het verschil.

Sinds een paar maanden is er nog een ander verschil. Onze kledingmaat. Claudia begint wat uit te dijen en past niet meer in onze gezamenlijke maat 38. Ik weet dat het vals is om daarom te gniffelen, maar ik kan het niet laten. Een week geleden bekeek ze me met half dichtgeknepen ogen en constateerde dat ik ook was aangekomen. Toen ben ik voor haar neus op de weegschaal gaan staan om haar ongelijk aan te tonen. Dat was kinderachtig van me. Toch geeft terugdenken aan haar verbeten gezicht me een goed gevoel.

Hoe kan Claudia geweten hebben wat ik van plan was? Is ze me gevolgd? Dat doet ze graag en ze is er goed in. Ik heb het heel vaak niet in de gaten of merk het pas als ze genoeg heeft van haar sluipspel en zich laat betrappen.

Ik wil vertrekken en het huis gaan bewonen dat ik voor een jaar heb gehuurd. Ik zag het op Funda en vanaf het moment dat ik de beschrijving las, wist ik dat dit het huis was dat ik zocht.

Ze kan niet weten wat ik van plan was. Het is de bekende grootspraak van haar, waarmee ze anderen in de gordijnen jaagt en die je gewoon naast je neer moet leggen. Ik stop met piekeren en me zorgen maken. Ik ga naar het huis dat op me staat te wachten. Naar Molenveld.

Ik ga naar huis.

Ook al is de ringtone minder goed hoorbaar doordat mijn mobiel in de zak van mijn jasje zit, ik schrik van het geluid. Mijn vingers kunnen het toestel niet vasthouden en het glipt uit mijn handen. Toch heb ik gezien welk nummer op de display staat. Ik wacht tot het gerinkel ophoudt en rij gewoon verder. Er is een nieuw geluid, dat me vertelt dat er een bericht is ingesproken. Bij het eerstvolgende tankstation parkeer ik mijn auto en luister het af.

'Met Claudia. Wat bezielt jou toch? Ik kom deze week nog naar je toe. Alleen, want Koos en Hein hebben het helemaal gehad met jou. Als je erger wilt voorkomen, zorg dan dat je snel terug bent. Ik meen het, Amy. Hier ga je spijt van krijgen.'

Ik wis het bericht en geef gas.

Cathelijne Wolf

5

Ik haat dit pokkendorp. Molenveld, de in de klei gezakte vesting waar het leven permanent stilstaat. Soms schaam ik me dat ik hier geboren ben. Het wordt niet voor niets al jaren door de jeugd Molengat genoemd.

Ik wil hier weg, maar de makelaar heeft me aangeraden mijn verkoopplannen nog even op te schorten. Bijna het halve dorp staat momenteel te koop, het gevolg van een uitstervende generatie van wie de nazaten huizen erven die ze niet willen bewonen. De erven willen er zo graag vanaf dat ze bereid zijn bodemprijzen te accepteren. Dat betekent volgens de makelaar een extreme daling van de waarde van mijn huis. Misschien moet ik eens uitkijken naar een andere makelaar.

Bij buurtsuper Jaarsma meent Branca, de eigenaresse, interessante nieuwtjes te hebben. De kaartclub is opgeheven wegens gebrek aan leden, er worden nog collectanten gezocht voor de kankerfondscollecte en het huis naast de kerk wordt tijdelijk verhuurd. De bewoners gaan voor een jaar naar Curaçao. 'Ik denk niet dat iemand ze zal missen,' zegt een vrouw die half in de vrieskist hangt. 'Dat zijn van die mensen die nergens bij willen horen en te beroerd zijn om iets voor het dorp te doen. Weet iemand ook aan wie het huis is verhuurd?' Ze komt kreunend overeind en ik zie dat het Ramona Keller is. Ze grijpt direct naar de handgrepen van haar rollator en slaakt een diepe zucht.

Iedereen kijkt opeens mijn kant op. 'Hoe moet ik dat weten?'

Branca ziet eruit of ze drie nachten heeft doorgehaald. Lekker handig, als je iedere ochtend om acht uur present moet zijn in je eigen zaak. 'Jij hebt toch contact met een makelaar?' oppert ze.

Ik maak een afwerend gebaar. 'Zakelijk contact. En hoe weet jij dat nou weer?'

Ramona staat me met open mond aan te gapen. 'Heb je ook vissticks?' galmt ze.

Ik wijs op Branca. 'Je kunt het beter aan háár vragen.' Het lijkt wel of Ramona scheel kijkt.

'Links in de hoek, naast de kroketten,' roept Branca. Ze wenkt me. 'Ik hoorde dat iemand je een paar weken geleden bij een makelaar in Hoorn naar binnen zag gaan. Ik was gisteravond bij je aan de deur.'

'Ik was gewoon thuis.'

'Je deed niet open.'

'Geen bel gehoord, misschien is ie weer kapot. Was er iets?' Ik had gisteravond echt geen zin om naar een nieuwe klaagzang over haar lastige moeder te luisteren. Ze komt tegenwoordig op steeds vreemdere tijden langs en ze is altijd op de fiets. En ze heeft altijd zin in rode wijn.

'De bloemen zijn in de reclame.' Branca wijst in de richting van de vijf emmers met gemengde boeketten. 'Speciaal voor de dodenherdenking.'

Ik koop gehoorzaam een bos.

'Ik had de neiging om haar te wurgen,' fluistert Branca.

'Wat heb je gedaan?' Vooruit, laat ik ook maar fluisteren.

'Ik ben bij mijn ex gaan slapen.'

Ik kijk snel om me heen om te controleren of iemand dit heeft gehoord.

'Volgens mij weet iedereen het al,' zegt Branca. Ze wijst in de richting waar Ramona nu achter haar rollator rondscharrelt. 'Zij liep haar kat te zoeken en ze heeft me dus gezien. Dan hoef je je niet af te vragen hoe het praatje in de wereld komt.'

Ik reken de boodschappen af. 'Het zijn jouw eigen zaken, Branca, je hoeft aan niemand verantwoording af te leggen.'

'Hij wil me terug. Mijn ex.'

'Met of zonder geweld?' Ik zie dat ze in elkaar duikt.

'Hij heeft beloofd nooit meer te slaan.'

Ik wil hier weg.

Branca kijkt verschrikt. 'O jee, zeg, zie je wie eraan komt?'

Ik kijk om.

'Je mag wel door de achterdeur naar buiten gaan,' biedt Branca aan.

Ik ga rechtop staan en trek mijn schouders naar beneden. 'Waarom zou ik?'

'Jij bent zo sterk, Cathelijne. Ik wou dat ik dat was.'

'Jij bent sterk, jij kunt ertegen,' was het antwoord dat mijn moeder altijd gaf als ik ergens over wilde klagen. 'Jij hebt hersens, gebruik ze dus.' Ze zei ook dat een goede opleiding de deuren van de wereld voor me zou openen. Dat hoorde ik haar graag zeggen. Ik zag in gedachten de deur van ons dorp wijd opengaan en me de ruimte geven om te ontsnappen. Ik wilde al weg uit mijn geboorteplaats toen ik net op school zat. Ik droomde van grote steden, het uitgaansleven, stoere mannen, interessante vrouwen. Van status, van niveau. Van alles wat Molenveld niet had. Nu ben ik bijna veertig en woon nog steeds in mijn geboortedorp, dat omgeven is door weilanden met talloze sloten. Er is ook een echt kanaal, waar kinderen 's zomers zwemmen en 's winters schaatsen.

Ooit was ik ervan overtuigd dat ik dit dorp zou verlaten, om er nooit meer terug te keren. Nu wandel ik hier nog altijd rond, behandel iedere werkdag mijn cliënten en fungeer al jaren als de praatpaal van het dorp. Ik ben een vleesgeworden status quo. Een sterke meid met hersens, die naar de universiteit had gekund maar pedicure werd. Die voor niemand opzijgaat en zich nooit laat kennen. Daarom loop ik dus met opgeheven hoofd de deur van de buurtsuper uit en passeer zonder een spier te vertrekken de vrouw die mijn man heeft ingepikt en nu met een minimannetje langs me loopt. Hij kraait. Ik hoor Ramona Keller roepen dat het een prachtig kereltje is en het jong sprekend op zijn vader lijkt.

Als ik ooit nog eens ga moorden, begin ik met Ramona Keller. De dombo, die zonder enige noodzaak achter een rollator paradeert en haar hand uitsteekt als ze een straat in loopt. De tweede die ik pak is zij, de moeder van de tweede leg van mijn man. Ze is vet geworden na de zwangerschap. Net voordat de deur achter me dichtklapt hoor ik Ramona vragen of Jurre soms op reis is, omdat ze hem al een tijdje niet heeft gezien. Het antwoord van Dikkertje Dap kan ik niet verstaan.

De vrouw die in het huis naast de kerk woont, staat de ramen te zemen. Ze knikt vriendelijk in mijn richting, maar maakt geen contact. Ik weet dat ze bij de marine werkt, net als haar man. Ze worden waarschijnlijk een jaar uitgezonden. Het is ook mogelijk dat ze gewoon een jaar op reis gaan. Wat doet het ertoe? Het zijn mijn zaken niet. Het gaat niemand die in dit dorp woont iets aan en toch zal vrijwel iedereen er iets van vinden.

Ze hebben de tuin van hun huis mooi aangelegd en goed onderhouden. Ik zou er iets aardigs over kunnen zeggen als ik langsloop, of haar een goede tijd toewensen, maar ik laat me weerhouden door de afwerende rug van de vrouw.

Er zit een onbehaaglijke kriebel in mijn keel. Ik ken die kriebel, die dient zich altijd aan als ik me niet happy voel. Het komt waarschijnlijk door de confrontatie met die dikke domme gans. Ze heet Anneloes en ze draagt de trouwring die Jurre haar gegeven heeft. Mijn Jurre, mijn vent, mijn grote liefde. De grootste zak die hier ooit heeft rondgelopen. Mijn verleden. Laat ik dat mezelf toch beter inprenten: Jurre is verleden tijd.

Ik sta plotseling stil. De vrouw van het huis naast de kerk klapt de trap die ze gebruikt heeft in elkaar. Ik voel dat ze naar me kijkt.

De gedachte is nooit eerder in me opgekomen en het is een foute gedachte, die ik geen ruimte mag geven.

De klok van de kerk slaat negen keer. Om halftien komt mijn eerste cliënt. Ik moet naar huis en mezelf dwingen aan zaken te denken die te maken hebben met leven, in plaats van met dood. Ik moet ervoor zorgen dat het beeld van Jurre in een doodskist van mijn netvlies verdwijnt. En ik kan me het beste niet afvragen wat Ramona Keller precies bedoelde toen ze vroeg of Jurre soms op reis was.

6

De klap bezorgt me bijna een hartstilstand. Ik lig verstijfd van schrik in bed, mijn spieren zijn gespannen, ik weet niet hoe ik mijn ademhaling weer in beweging kan krijgen. Ik vraag me af of het raam van mijn slaapkamer nog in de sponningen zit.

Buiten klettert de regen op de straat. Een oogverblindende lichtflits wordt direct gevolgd door de volgende klap. Het is bijna een explosie.

Verpletterende donder.

Ik denk aan Annemieke Ligthart, de beste vriendin van mijn moeder, die jaren geleden het overmoedige besluit nam om de hond nog even uit te laten toen het onweer dat voorspeld was, al boven het dorp hing. Ze werd getroffen door de bliksem en was op slag dood. De hond bleef naast haar zitten tot er hulp kwam. Later lag ze in een gesloten kist in de kerk en stond mijn moeder daar eindeloos lang te huilen. Ik hoorde een man zeggen dat het Annemiekes eigen schuld was en ving daarna geluiden op die doordrenkt waren van woede. Er ontstond een verschrikkelijke rel, de man van Annemieke schopte de man die de opmerking had gemaakt de kerk uit. Mijn moeders gehuil ging over in hartstochtelijk gesnik, waardoor ze in ademnood kwam. Mijn vader nam haar mee naar buiten en trommelde met zijn handen op haar rug. De hond van Annemieke, die aanvankelijk kwispelend tussen de bezoekers liep, begon te grommen en te blaffen.

Ik zie het allemaal weer voor me, als ik nog steeds verstijfd in mijn bed lig. De lichtflitsen zijn nu minder sterk, de donder verandert langzaam in gerommel. De regen plenst nog steeds op het asfalt buiten.

Ik verlang naar Jurre.

Misschien is er vandaag een bericht van William. Zodra ik beneden ben, zet ik de computer aan en wacht tot hij is opgestart. Het gaat steeds trager, dat is me al eerder opgevallen. Ik weet niet hoe dat komt. Toen Jurre hier nog woonde, hoefde ik daar maar een opmerking over te maken en hij greep al in. Toen hij vertrokken was, begon ik noodgedwongen zelf iets van computers te begrijpen. Iets, niet veel. Ik heb geen idee wat ik aan die traagheid moet doen. Misschien moet ik eens aan mijn vader vragen of hij me kan helpen.

Er is een bericht van William. Zit hij nog steeds in Parijs? Dat was de eerste stad die hij bereikte nadat hij op een ochtend gewoon langs de weg ging staan met zijn duim omhoog. Hij werd opgepikt door een vrachtwagenchauffeur en drie dagen later kreeg ik het eerste bericht. Dat is nu twee weken geleden. Hij heeft ook één keer gebeld. Heel kort, alleen om te zeggen dat alles goed ging.

Hij zit in Catalonië, het noordoostelijke deel van Spanje. Hij heeft een lift gekregen van twee Nederlandse jongens die drie maanden gaan werken op een camping aan de kust. Er zou een derde vriend meegaan, maar die brak twee weken voor vertrek zijn been. William is ingegaan op hun aanbod om de plaats van die vriend in te nemen. Zo kan hij drie maanden geld verdienen en daarna verder reizen. Hij meldt dat hij al een aardig mondje Spaans begint te spreken.

Goedemorgen – *Buenos días*

Hoe gaat het? – *¿Cómo está usted?*

Alstublieft, dankjewel – *Por favor, gracias.*

Ik zie zijn geamuseerde gezicht voor me, terwijl hij dit typte. En ik weet dat hij binnen een maand écht een aardig mondje

Spaans zal spreken. Ik hoef me over William geen zorgen te maken, hij is slim en denkt na. Desondanks heb ik hem voordat hij vertrok laten zweren dat hij van niemand iets te drinken zou aannemen, tenzij het glas voor zijn neus werd ingeschonken, en op geen enkel aanbod om snel geld te verdienen zou ingaan. Ik hoopte dat zijn reis niet meer dan een maand of twee zou duren, maar die hoop zal ik nu al moeten bijstellen. Het maakt ook niet uit. Hij heeft zijn vwo-diploma op zak en misschien wordt hij dit jaar wél ingeloot voor de studie geneeskunde. Een andere studierichting is onbespreekbaar voor hem.

Ik stuur een antwoord en hou het kort. Hij moet niet het gevoel krijgen dat zijn moeder last heeft van zijn vertrek. Het is een gevoelige jongen, dat zal hij zich aantrekken. Ik meld dat ik trots op hem ben en wens hem veel plezier met zijn baan. Hoe zeg je iemand gedag in het Spaans? In de boekenkast staat een Nederlands-Spaans woordenboek. Dat heeft Jurre nog gebruikt toen hij op de middelbare school zat.

Dag = Adiós

Adiós, mama.

Ik heb opeens het gevoel dat ik stik in dit huis.

De regen heeft het stof dat zich de afgelopen weken op straat had verzameld verdreven. De hoofdstraat van het dorp glinstert in de zon die inmiddels tevoorschijn is gekomen. De lucht voelt verfrissend aan. De grasvelden waar ik langs loop zijn groener dan gisteren. Alles ziet er opeens schoner uit. De strakblauwe lucht heeft een geruststellend effect op me.

Waar heb ik die geruststelling voor nodig?

Ik hoef geen boodschappen te doen en loop de buurtsuper voorbij. In de verte zie ik een wandelaar. Dat is de buurman van mijn ouders. Ik moet vandaag naar mijn moeder toe, ook al weet ik dat ze er geen idee van heeft hoeveel dagen ze me niet heeft gezien. Ook al is het niet zeker dat ze weet wie ik ben. Wat maakt het uit? Ik ga voor mijn eigen gemoedsrust. Ik wil mezelf later niet hoeven verwijten dat ik haar in de steek heb gelaten.

Soms zie ik een glimp van wie ze was. Dan staan haar ogen helder en is ze geestig. Vroeger was ze een vrolijke vrouw met een aanstekelijke lach. De meeste verhalen die ze vertelde eindigden met: 'En gelachen dat we hebben!' Haar humor en levenslust zijn verdwenen, haar ooit glinsterende ogen staan definitief dof, haar smakelijke lach is veranderd in hooguit een krampachtige grimas. Op een dag in augustus, twintig jaar geleden, is mijn stralende moeder veranderd in een geestelijk wrak. Maar dat weet ze niet meer, omdat haar brein in bezit genomen is door dementie. *Lucky mother.*

Zonder het van plan te zijn, volg ik opeens de route van de buurman. Hij is nu een stip in de verte en waarschijnlijk kom ik hem aan de andere kant van de weg tegen, als hij het dorp weer nadert.

Wat doe ik hier? Dit was de vaste wandelroute van Jurre en mij.

Waarom denk ik steeds weer aan Jurre?

Een van mijn oudste cliënten vertelde me een paar weken geleden dat ze nog regelmatig droomt dat haar man weer naast haar in bed ligt, terwijl hij al zevenentwintig jaar dood is. En dat ze iedere keer als ze daarna wakker wordt, moet huilen. Ik heb nadat Jurre vertrok nooit gedroomd dat hij weer naast me lag. Ik heb alleen gedroomd van steekwapens en pistolen, van gruwelijk geweld dat veroorzaakt werd door mij. Ik heb hem in zijn kist zien liggen, zijn graf zien delven, zijn uitvaart heeft zich van minuut tot minuut voor mijn ogen afgespeeld. Ik weet zeker dat ik nooit zal dromen dat hij weer naast me ligt, omdat ik dit niet hoef te dromen. Omdat liefde en haat sinds zijn keuze voor een nijlpaard zonder hersens onverbrekelijk met elkaar verbonden zijn. Omdat hij gewoon nog regelmatig naast me ligt.

Ik ben toch maar omgekeerd en nader nu de buurtsuper. Er staat een reclamebord buiten en ik lees dat de vrije-uitloopkippenbouten vandaag in de aanbieding zijn. Jurre en William zijn allebei dol op kip, maar die eten vanavond niet mee. Toch ga ik er drie kopen, braden en ze allemaal naar binnen werken. Dat lukt, dat moet lukken. Het zal me een gevoel van verbondenheid opleveren. Van bij mensen horen van wie ik hou, van gezelligheid, van veiligheid. Vooral van veiligheid.

Branca wenkt me zodra ze me ziet binnenkomen. 'Heb je het al gehoord? Jurre schijnt weer te willen scheiden. Dat vrouwtje van hem is in alle staten. Hij woont volgens mij al niet meer bij haar.'

Ergens in de winkel zijn gezichten die ik niet direct herken. Strakke gezichten, met starende ogen. Ze zijn op mij gericht.

Kan iemand me verlossen van die wurgschroef om mijn keel?

7

Mijn moeder wendt haar hoofd af als ik haar probeer te zoenen.

Haar gezicht staat strak, haar lippen vormen een rechte streep.

Ik raak met mijn vingertoppen haar wang aan. 'Kijk eens,' fleem ik, 'raad eens wie ik ben? Goed kijken, je weet het wel.'

'Ze was gisteravond ook al boos,' vertelt de verzorgster die aan de grote tafel een bloemstukje zit te maken. 'We hadden haar meegenomen naar de gezellige avond, beneden in de grote zaal. Er zong een gospelkoor.'

'Ze haat gospelliederen,' zeg ik.

De verzorgster knikt. 'Dat heeft ze luid en duidelijk uitgesproken,' grinnikt ze. 'Het veroorzaakte nogal wat sensatie. Vloekte ze vroeger ook zo vaak?'

Ik doe liever of ik dit niet gehoord heb en knuffel mijn moeder. 'Zullen we lekker een eindje gaan rijden?' stel ik voor. 'Dan laat ik je een cd horen van Willeke Alberti, daar hou je toch zo van?'

'Meestal vergeten demente mensen waar ze vroeger wel of niet van hielden, maar die afkeer van gospelliederen is bij je moeder blijkbaar toch ergens blijven hangen,' meent de verzorgster nog te moeten toelichten.

Mijn moeder laat een boer. Ik schiet in de lach.

'Wat valt er te lachen?' wil ze weten.

'Ik lach omdat je zo'n harde boer laat.'

'Ik laat geen harde boer, waarom zeg je zoiets?'

Dit schiet niet op. Ik zal iets anders moeten verzinnen. 'Mam, waar kan ik je een plezier mee doen?'

Ze staart naar me en ik zie de verwarring in haar ogen. Dit doe ik niet goed. Ze weet zich geen raad met dergelijke vragen, wanneer dringt dat eindelijk eens tot me door?

Mijn adem stokt, ik heb het opeens koud.

'Gaat het?' vraagt de verzorgster.

'Soms mis ik vroeger zo erg,' leg ik uit.

'Ik begrijp het. Ik denk dat je moeder het fijn zou vinden om een eindje te gaan rijden. Ze is graag buiten.'

'Dan doen we dat,' beslis ik. 'Ik neem je mee en we maken een rit langs de kust. We lunchen ergens onderweg en we gaan ook ergens ijs eten.'

De verzorgster helpt mijn moeder overeind.

'Moeten we weg?' vraagt mijn moeder.

'Uw dochter neemt u mee, jullie gaan een rit maken langs de kust,' zegt de verzorgster.

'Mijn dochter?'

Ik bied haar mijn arm aan. Deze middag komt wel weer om en vanavond zie ik Jurre.

Zou mijn moeder nog weten wie Jurre is?

Hij was twee maanden weg en het was me gelukt hem geen enkele keer tegen te komen. Overal waar ik kwam werd gefluisterd, overal waren verholen blikken op me gericht, overal werd zijn naam nadrukkelijk niet uitgesproken. In mijn huis had ik Jurres bestaan volkomen gewist. Ik begon ervan overtuigd te raken dat ik hem niet miste.

Het gebeurde op een zaterdag. Ik zou voor de eerste keer sinds Jurre was weggegaan een heel weekend alleen thuis zijn. Het vooruitzicht was aantrekkelijk en tegelijk beangstigend. Ik bereidde me voor op een confrontatie met mezelf. Ik was bang voor mijn eigen verdriet. Daarom rende ik al vroeg in de ochtend het huis uit en reed ik doelloos een kant op, een beter gevoel tegemoet, de shit achterlatend. Op het terras aan de kust dat ik tegen lunchtijd bereikte zat Jurre.

Hij zag me voordat ik kon omdraaien en wegrennen. Hij stak zijn hand op en maakte een uitnodigend gebaar naar de lege stoel naast hem. Ik hoorde mijn eigen snuivende ademhaling en voelde de lucht door mijn neusgaten stromen. Ik bewoog me niet, kon alleen maar naar hem kijken en wensen dat hij ter plekke zou sterven. En ik snikte om die verschrikkelijke gedachte.

Hij stond op en kwam op me af. 'Kom bij me zitten, alsjeblieft,' zei hij. Hij probeerde me aan te raken, maar ik trok me terug.

'Ik ben alleen,' legde hij uit. 'Ik wil graag met je praten.'

'Waarover?' Ik vroeg me af of hij het woord had verstaan.

'Over ons.'

'Ons bestaat niet meer.'

Hij schudde zijn hoofd. 'Dat kan niet, Cat. Daar blijft altijd iets van over.'

'Voor jou, misschien. Niet voor mij.' Ik wist zeker dat mijn waarheid klopte. Toch ging ik naast hem zitten.

Zodra we in de auto zitten, begin ik te praten over William. Mijn moeder luistert met een brede glimlach naar mijn verhaal en knikt goedkeurend als ik vertel dat hij een paar maanden in Catalonië gaat werken. Ik kan me niet voorstellen dat ze begrijpt waar ik het over heb, maar daar ga ik me niet druk om maken. 'Het is goed voor zijn ontwikkeling,' leg ik uit. 'Maar het is wel erg stil in huis.'

De vraag komt uit het niets en overvalt me volledig. 'Wie haalt Arend uit school?'

Er valt een diepe stilte tussen ons en ik probeer een aannemelijk antwoord te verzinnen. Maar wat is in dit geval aannemelijk? Een smoes? Een poging om haar in contact te brengen met de realiteit? Wat zou er gebeuren als ik nu zei dat Arend niet uit school gehaald hoeft te worden, omdat hij al jaren niet meer op school zit? Dat hij nooit meer naar welke school dan ook zal gaan, omdat hij dood is? Zou er ergens in haar geest een herinnering oplichten als ik haar vertelde dat Arend op zijn veertiende in de auto van de oudste broer van zijn vriend zat, die net zijn rijbewijs had gehaald en veel te hard reed, waardoor hij frontaal op een tegenligger klapte?

Mijn moeder stoot me aan. Ik grijp haar hand vast. 'Maak je maar geen zorgen over Arend, mam. Er wordt voor hem gezorgd.'

'Echt waar?'

Ik zie tranen in haar ogen. 'Echt waar. Je blijft moeder, hè mam? Je blijft je zorgen maken en alles regelen.'

'Ben jij ook moeder?'

Nu voel ik tranen in mijn eigen ogen. 'Kijk eens goed, mam, je weet toch wel wie ik ben? Cathelijne, je dochter.'

'Cathelijne,' herhaalt ze. 'Die ken ik toch?'

'Ja, die ken je.' Ik zou willen gillen.

'Ik dacht dat ze dood was,' zegt mijn moeder.

Wat zitten er toch voor kronkels in dat brein? Ik zou nu kunnen zeggen dat ze de hele boel door elkaar haalt, maar ik wil haar niet overstuur maken. 'Kijk maar eens goed naar me, ik leef echt.' Ik probeer te glimlachen. 'En ik ben moeder, net als jij.'

'O, gelukkig,' zegt ze. 'Gaat je vader ook mee?'

Ze is er niet vanaf te brengen en daarom rij ik toch maar langs mijn ouderlijk huis. Ik hoop dat mijn vader niet thuis is, maar als ik het tuinpad op loop, komt hij al naar buiten. Hij omhelst me stevig en zegt dat hij net aan me zat te denken.

'Mama zit in de auto,' leg ik uit.

Hij schrikt.

'Ik ga een ritje met haar maken en ze wilde dat ik langs jou reed om te vragen of je meegaat.'

We kijken tegelijk naar de auto. Mijn moeder tuurt naar iets wat zich voor haar op straat bevindt.

'Ik denk dat ze al vergeten is wat ze aan me heeft gevraagd,' stel ik vast.

'Ik loop snel weer naar binnen,' zegt mijn vader zacht. 'Ik kan het niet, kind, het spijt me.'
'Wie was die man?' wil mijn moeder weten, als ik weer ben ingestapt.
'Dat was mijn vader.'
'Ik ken hem niet,' zegt ze.

Viola Bouvrie

8

Ik heb de column nu al zes keer gelezen en ik kan mijn ogen nog steeds niet van de tekst losmaken. Het gaat over een vrouw die als meisje van twaalf haar moeder verloor. Ze had twee jongere zusjes en doordat haar vader zich opsloot in zijn verdriet en het op alle fronten liet afweten, werd het meisje noodgedwongen de moeder van het gezin en kreeg ze een veel te zware last op haar schouders. Maar dat niet alleen, ze kon ook niet rouwen om haar moeder, omdat er niemand was die haar daarin begeleidde of stimuleerde. De vader hertrouwde anderhalf jaar later en die daad maakte de ramp compleet. Vanaf het moment dat er een nieuwe moeder in het gezin verscheen, was er helemaal geen ruimte meer om over de oude te praten, laat staan om nog te rouwen. Het meisje kwam op haar vijftiende in haar eerste depressie terecht en die toestand begon zich vanaf toen regelmatig te herhalen. Het lukte haar pas om het verdriet om haar moeder toe te laten toen ze al dertig was en in therapie kwam bij een psycholoog die in staat was de pijn naar boven te laten komen.

Dit verhaal komt niet in de buurt van mijn eigen geschiedenis, het is een heel ander drama dan wat mij is overkomen en toch raakt het me diep. Dat komt vooral door het laatste deel, waarin wordt uitgelegd hoe belangrijk het is om te rouwen en wat er met je kan gebeuren als je dat onvoldoende doet. Die krant moet weg. Nu! Ik wil hem vernietigen tot er niet meer van overblijft dan een klein hoopje stof.

'Want stof zijt gij en tot stof zult gij wederkeren,' zei de pastoor, toen hij naast de kisten stond waar mijn moeder en mijn zusjes in lagen. Mijn vader werd later begraven, maar daar was ik niet bij. Ik zat verlamd voor me uit te kijken.

'Hoe is het mogelijk dat hij toch een leven heeft gespaard,' hoorde ik achter me iemand fluisteren.

'Ik heb horen zeggen dat hij haar niet kon vinden,' antwoordde iemand anders.

Ik voelde een koude rilling over mijn rug kruipen.

Nika sleurt me bijna het park in, omdat ze een Duitse herder ziet lopen. Ik geef haar eerst het zit-commando en laat haar daarna los.

'Die zijn voorlopig even bezig,' roept de eigenaar van de herder. Hij woont nog niet lang in het dorp. 'Wat voor ras is zij?'

Ik heb geen zin in contact. 'Kruising labrador en golden retriever,' mompel ik.

'Ik zie het. De labrador heeft de overhand,' stelt de man vast. Hij steekt zijn hand uit. 'Ik ben Gijs Donner.'

Hij heeft een mooie stem en aardige ogen. Ik druk hem de hand. 'Viola Bouvrie.'

'Toch niet van de beroemde wittebankenontwerper? Of vraagt iedereen dat aan je?'

'Inderdaad. Ik bedoel dat die vraag vaker gesteld wordt. Die ontwerper heet De Bouvrie.'

'Ja, natuurlijk. Woon je al lang in dit dorp?'

'Ja.' Nika komt op me af gerend. Ze probeert tegen me op te springen. 'Laag, Nika, gedraag je. Waar is je vriend?'

Gijs tuurt in de verte. 'Nee toch, hè? Allemachtig zeg, volgens mij zit hij boven op een loopse teef.' Hij rent weg.

Ik lijn Nika weer aan. 'We krijgen waarschijnlijk een lichting kruisingen Duitse herder-labrador,' zeg ik tegen haar. Ze kwispelt. 'Je hebt gelijk, ook leuk.' Ik neem een lange lik over mijn neus in ontvangst.

Gijs Donner. Aantrekkelijke man.

Achter de heg die het park van het kerkhof scheidt, hoor ik iemand hard lachen. Ik probeer te ontdekken waar de persoon staat. Toch niet in de buurt van het graf van mijn moeder en mijn zusjes?

Nu denk ik toch weer aan die verdomde column.

Als ik morgen met de stille tocht meeloop, leg ik ook bloemen bij hen. Ik moet er vaker naartoe gaan.

9

De oude mevrouw Jaarsma heeft de wens te kennen gegeven om het graf van haar man te bezoeken. Ze is stemmig gekleed en heeft zelfs haar zwarte hoed met de korte voile die net haar ogen bedekt uit de kast gehaald. 'Ik wen er nooit aan dat hij er niet meer is,' verklaart ze plechtig. Achter haar staat Branca, die haar lippen stijf op elkaar geklemd houdt. 'Hij had nooit naar dat ziekenhuis moeten gaan,' zegt mevrouw Jaarsma. 'Wat heb je in godsherennaam in een streekziekenhuis te zoeken als je maagkanker hebt? Dan moet je naar een academisch ziekenhuis met gerenommeerde specialisten. Ik heb het wel honderd keer tegen hem gezegd, maar hij was zó eigenwijs. Zij,' ze maakt met haar duim een achteloos gebaar naar degene die achter haar staat, 'is precies hetzelfde. Die heeft zich gewoon drie jaar laten aftuigen door een werkloze junk. Dacht je dat ze luisterde naar de waarschuwingen van iemand met levenservaring? Vergeet het maar.'

'Zo kan hij wel weer, moeder.' Branca geeft de oude vrouw een zetje. 'Kom, lopen. Viola heeft niet de hele dag de tijd.'

Ik probeer de vijandige toon die ze allebei aanslaan niet te horen. Soms zou ik Branca door elkaar willen schudden en tegen haar zeggen dat ze blij mag zijn dat ze nog steeds een moeder heeft. Maar als ik heel eerlijk ben, moet ik toegeven dat de oude mevrouw Jaarsma het haar dochter wel moeilijk maakt. Die vrouw heeft zaniken uitgevonden en verbeterd. Ik bereid me voor op een uur luisteren naar oeverloos geklaag over iedereen die ze kent en venijnige kritiek op alles wat daarvoor in aanmerking komt. De oude mevrouw Jaarsma zit iedere dag van 's morgens vroeg tot 's avonds laat op haar hoge stoel voor het grote raam op de eerste etage boven de buurtsuper en houdt vanuit die positie scherp in de gaten wat er in haar gezichtsveld gebeurt. Ze weet precies welke klanten er komen, hoe vaak ze verschijnen, hoe lang ze binnen blijven en hoeveel gevulde boodschappentassen ze weer mee naar buiten nemen. Ze heeft een vrij uitzicht op het grote park waar ook het kerkhof aan grenst en ze kan iedere dag vertellen wie zijn hond daar uitlaat en wanneer. Ze noteert ontluikende romances tussen jongeren en ontmoetingen tussen dorpelingen. Toen ze wekenlang zag dat de vrouw van de loodgieter vrijwel iedere dag het park in liep vlak nadat de schilder het toegangspad op was gegaan, heeft ze de loodgieter gebeld. Een maand later was het stel gescheiden. In onze streekkrant kunnen we het plaatselijke nieuws gewoon overslaan zolang de oude mevrouw Jaarsma leeft.

Ze wil vandaag niet in haar rolstoel vervoerd worden, omdat ze het te hard vindt waaien. 'Ik heb een broze gezondheid,' legt ze uit. 'Als ik kouvat, kan dat fataal voor me zijn.'

Ik ondersteun haar richting mijn auto en help haar om te gaan zitten.

'Ik zou meer moeten lopen,' zegt ze. 'Maar hoe kom je aan iemand die je daarbij begeleidt? Ik heb fysiotherapie aangevraagd en wat denk je dat ik van de zorgverzekering te horen kreeg? Je gelooft het niet, maar ik moest dat zelf betalen. Geen indicatie voor dergelijke begeleiding, omdat ik kan staan en ook zelfstandig kan lopen. Zelfstandig! Ik moet me nota bene overal aan vasthouden, anders val ik om.'

Ik start de auto. 'Het is me wat met die zorgverzekeringen,' zeg ik.

Meneer Jaarsma ligt gelukkig aan de andere kant van het kerkhof. We passeren eerst twee kindergraven en mevrouw Jaarsma wijst naar de scheef zittende teddybeer op het linker graf. 'Daar ligt het zoontje van een oude klant van ons. Zijn moeder heeft het nooit kunnen verwerken. Verschrikkelijk om je kind te moeten overleven, het moest niet mogen.'

Ik zou willen zeggen dat het ook verschrikkelijk kan zijn om je moeder te overleven.

Als we teruglopen naar mijn auto, leunt ze zwaar op me. 'Was hij maar naar een academisch ziekenhuis gegaan,' zegt ze. 'Ik mis hem zo.'

Ik druk haar even tegen me aan.

10

Harm Jan heeft een bericht ingesproken op mijn antwoordapparaat. 'Ha, meisje. Hoe gaat het met je? Mijn vader wordt binnenkort zeventig en dat willen we vieren, dus mijn broers hebben eind juni als verrassing voor pa en ma vier huisjes geboekt in een Center Parcs-locatie, De Eemhof. Vrijdagmiddag aankomst, maandagmorgen vertrek. Zaterdag een familiedag met een groot diner. Pa en ma zouden het geweldig vinden als jij er ook bij was. Laat me even weten of je meegaat en met wie je een huisje wilt delen. Hoe is het met Nika?'

Ik heb het bericht nu al drie keer afgeluisterd en nog steeds begrijp ik er niets van. Nodigt mijn ex me nu echt uit om aanwezig te zijn bij een familieweekend, alsof ik nog lid ben van die clan? En denkt hij soms dat ik dan gewoon ga zitten keuvelen met mijn opvolgster? Twee maanden nadat hij had medegedeeld dat hij de gedachte nooit vader te worden echt niet kon verdragen, vertelde hij ook even en passant dat er voor hem licht was aan de horizon. Dat licht heette Hendrika. Bij die naam denk ik aan macrobiotisch eten, veertig keer kauwen en dan nog een rotsmaak in je mond hebben. Zou hij soms verwachten dat ik bij hem en zijn broedmachine in het huisje wil? Ga ik dan verrast worden met de mededeling dat er een kindje op komst is?

Het is mijn eigen schuld, ik heb zelf de act opgevoerd van begripvolle echtgenote met verdorde eierstokken. Ik heb zelfs mijn excuses aangeboden voor mijn falende lijf. Harm Jan accepteerde die branietekst met een vertrokken gezicht, alsof hij degene was die de pijn moest verdragen van vroegtijdig worden afgeschreven.

'Ha, meisje, hoe gaat het met je?'
Wat denk je, achterlijke zak?

'Wat is er toch met je aan de hand?' vroeg Harm Jan wel twintig keer per dag.

Ik was voortdurend slecht gestemd, had bijna iedere dag hoofdpijn, kermde dat ik zelfs aankwam van water, lag de meeste avonden al vóór tien uur in bed, werd opeens twee keer per maand ongesteld en daarna twee maanden weer niet en mijn stemming wisselde van hoge vreugdepieken tot diepe mismoedigheidsdalen. Ik zocht mezelf en kwam in de spiegel regelmatig een vreemd verhit gezicht tegen.

Er lag een tijdschrift in de wachtkamer van de tandarts, ik bladerde het gedachteloos door. Mijn oog viel op een artikel over gezondheidsproblemen van vrouwen. Er was een apart kader toegevoegd, waarin allerlei klachten werden opgesomd.

Hoofdpijn.

Gewichtstoename.

Stemmingswisselingen.

Moeheid.

Geen zin in seks.

Onregelmatige menstruatie.

Temperatuurschommelingen.

Het was een artikel over de overgang. Ik legde het opzij. Ik was net zevenendertig, dat kon met mij nog niet aan de hand zijn. Maar ik bleef eraan denken en ik besloot om toch eens naar de huisarts te gaan. Hij stuurde me naar het artsenlaboratorium en er werd bloed afgenomen. Ruim een week later vertelde hij me de uitslag. Het komt weinig voor, was de boodschap. Het heeft vaak met erfelijkheid te maken. 'U bent vervroegd in de overgang,' zei hij.

Het klonk als een veroordeling.

Het was een veroordeling.

Ik moest calciumtabletten gaan slikken en kreeg een hormoonpreparaat voorgeschreven. Ik voelde me snel minder opgejaagd en in mijn lichaam barstte niet meer van het ene op het andere moment een vulkaan los. Verder voelde ik me alleen verdoofd. Verbijsterd.

Aangevallen.

De huisarts attendeerde me op een praatgroep voor vrouwen die vervroegd in de overgang waren. Hij raadde me aan daar eens naartoe te gaan. Het was ook mogelijk om samen met Harm Jan gesprekken te voeren. Die wist nog van niets. Ik bedacht allerlei manieren om het hem te vertellen. Toen het me eindelijk lukte erover te beginnen, deed ik niets anders dan me verontschuldigen en hem troosten. Hij deed niets anders dan me snikkend vertellen dat hij vader wilde worden.

Een familieweekend naar De Eemhof. Ik hoor er nog steeds bij, ook al heeft mijn man me ingeruild voor een vruchtbaarder exemplaar.

Ik ga hier niet op reageren. Als hij me nog eens belt waarschuw ik hem, al weet ik op dit moment nog niet precies waarvoor.

11

Soms lukt het me er dagenlang niet aan te denken, maar het komt ook voor dat ik dagen achter elkaar aan niets anders denk. Op zulke dagen kunnen het uitgestrekte landschap en de enorme hoeveelheid hemel die mijn huis omringen zodanig krimpen dat ze me aanraken en verstikken. Dan verdwalen mijn gedachten in de duisternis. Sinds dat idiote bericht op mijn voicemail dreunen de herinneringen tot in mijn tenen door. Ik moet iets bedenken om ze te verdrijven. Ik moet een invulling zoeken voor de komende ochtenden, middagen en avonden, actie ondernemen, zorgen dat ik uitgeput in bed stort en kan wegzakken in een diepe slaap. Het maakt niet uit wat ik doe, als ik maar kan voorkomen dat ik de schrik weer voel, de angst, de wanhoop, het bloedstollende besef van wat er gebeurde.

Hoe komt het eigenlijk dat het stupide voorstel van Harm Jan me zo genadeloos terugwerpt in de tijd?

Ik moet lopen met Nika, voor mijn part vier keer per dag anderhalf uur. Mijn hond zal het geweldig vinden. Ik kan me ook extra nuttig maken als vrijwilligster in het verzorgingshuis. Misschien moet ik de moeder van Cathelijne een paar keer meenemen naar buiten en desnoods ga ik nog een keer op stap met de oude mevrouw Jaarsma. Alles is beter dan me laten vastgrijpen door herinneringen.

Vrijdag is het 4 mei, dodenherdenking. Die dag gaat het niet om de doden uit mijn leven en ook niet om wat het gemis bij mij teweegbracht. Die dag gaat het om miljoenen mensen die voor mij geen gezicht hebben en namen die voor mij geen enkele vorm van herkenning betekenen. Toch zal ik samen met Cathelijne meelopen in de stoet, zoals we dat ieder jaar doen. Om vijf voor halfacht verzamelen we bij de kerk. Dan volgen we zwijgend de twee trommelaars richting kerkhof, vormen een kring rondom de graven van de acht gesneuvelde Canadezen, luisteren naar de plaatselijke harmonie die *Abide with Me* blaast en rillen bij de trompetsolo die volgt. Vervolgens horen en voelen we de stilte, waarna we zachtjes het Wilhelmus meezingen. De meeste mensen hebben bloemen bij zich, die over de verschillende oorlogsgraven worden verdeeld. Als dat gebeurd is gaat iedereen terug naar de kerk, waar dit jaar het plaatselijke vrouwenkoor vier liederen zal zingen, en ten slotte wordt er koffie gedronken en wijn. Cathelijne wordt ieder jaar emotioneel als we bij de graven staan. Ik nooit.

We zullen vrijdagavond verder drinken in het huis van Cathelijne. Het is de eerste vrijdag van de maand, borrelvrijdag. Deze maand ben ik aan de beurt voor een mop over dokters en zij moet er een meebrengen over religie. Ik ben dol op goede moppen. Soms zit ik, als ik naar huis terugfiets, nog na te schudden van het lachen. Ik lach tegenwoordig vooral op de eerste vrijdag van de maand.

We komen altijd op de fiets. Branca Jaarsma zei een paar weken geleden tegen me dat het ook strafbaar is om onder invloed van alcohol op de fiets te stappen. Moet zij nodig zeggen.

Soms praten we over vroeger.

12

Als ik kwaad ben, werk ik altijd in de tuin. Met mijn handen in de aarde wroeten om het onkruid te verwijderen, uitgebloeide planten snoeien, het enorme gazon maaien, alles helpt om mezelf te bevrijden van opgefokte stemmingen en oeverloze wraakgedachten. Cathelijne zei een paar weken geleden nog tegen me dat ze jaloers was op mijn tot in de puntjes verzorgde borders en grasveld.

Nika maakt dankbaar gebruik van de situatie. Ze weet dat ik in deze stemming de bal enorm ver weg kan smijten en komt hem onvermoeibaar aanbieden. Haar staart maakt rondjes als ze voor me staat, haar kop heeft ze afwachtend naar me opgeheven. Het lijkt of ze lacht. Ik pak de bal nog een keer op. 'Als ik weer geboren word, wil ik een hond worden,' zeg ik tegen haar. 'Een goed gelukte kruising tussen een golden retriever en een labrador. Wat maakt het uit als je geen raszuiver exemplaar bent? Als ik maar de hele dag achter de bal aan kan rennen, lekker te eten krijg en regelmatig geknuffeld word, zul je mij niet horen.' Nika maakt een paar hoge geluidjes. 'Je bent het ermee eens,' constateer ik, en ik gooi de bal.

Ik zou Harm Jan voor altijd van me af moeten gooien. Waarom lukt het me niet mijn verlangen naar zijn aanwezigheid af te schaffen? Waarom kan ik niet gewoon vierentwintig uur per dag kwaad op hem zijn en zeven dagen en nachten per week aan zijn vernietiging denken? Wat moet er gebeuren om de knop definitief om te draaien? Een uitnodiging voor een familieweekend is blijkbaar niet genoeg, hoe bot die ook overkomt. Zou de familie écht denken dat ik meega?

'Ha, meisje.' Stop!

Cathelijne zei een paar maanden geleden dat ze misschien zelf ook een hond wilde nemen, omdat je daardoor iedere dag verplicht buiten bent en andere mensen ontmoet. Dat ligt eraan, had ik willen zeggen. Je kunt je uitlaatschema zodanig plannen dat je nauwelijks mensen tegenkomt. Veilige tijden zijn 's morgens rondom halfnegen, dan brengen de moeders uit het dorp hun kinderen naar school, 's middags rondom twaalven, dan zit iedereen aan de lunch, en 's avonds tussen halfzeven en halfacht kijkt het grootste deel van het dorp geheid naar *RTL Boulevard*. Het lukt mij vaak niemand tegen te komen, maar sinds gisteren is dat veranderd. Die man loopt er weer met zijn herder en Nika heeft het direct in de gaten. Ik ga voor de verandering eens sociaal doen.

De man wijst op de bloesem van de kersenboom die we naderen. Hoe heet hij ook alweer? Ik kan er niet op komen. 'Wat een schoonheid, vind je niet?' begint hij het gesprek. 'Viola, toch?'

'Klopt. Ik ben jouw naam vergeten.'

Hij lacht. 'Gijs Donner.'

'Familie van de ex-minister?'

Zijn lach wordt breder. 'Heel in de verte, maar zo ver dat hij het zelf niet weet. Woon je hier al lang?'

'Dat heb je me gisteren al gevraagd. Ik ben in dit dorp geboren.'

'Sorry, dat was me even ontschoten.'

'Ik woon hier negenendertig jaar,' zeg ik.

'Ik ben vijftig,' beantwoordt hij de vraag die ik niet gesteld heb.

'Dat had ik je niet gegeven.' Laat ik aardig zijn.

'Ik had jou ook zeker geen negenendertig geschat.'

Help!

'Zullen we gewoon praten?' stel ik voor. 'Ik hou niet van dit soort nietszeggende gesprekken.'

'Maar ik meen het,' protesteert hij.

Ik kijk hem aan.

Hij heft zijn hand op. 'Goed. Kijk alsjeblieft wat minder streng.

Ik ben een half uur geleden al uitgekafferd door een onbeschofte postbode.'

'Een dwerg met een krullenkop en een veel te grote bril,' weet ik. 'Hij is bang voor honden.'

'Wie kan er nou bang zijn voor Quint? Die laat zelfs katten met rust, volgens mij bestaat er geen tweede herder die dat doet. Hij is zelfs te lui om te blaffen.'

'Hij was niet te lui om op een loopse teef te duiken.'

Gijs lacht nu echt smakelijk. 'Ik hou van dit soort humor,' zegt hij. 'Ik schrok me wild, zeg. Gelukkig maakte de eigenaresse van de teef er geen probleem van. Ze gunde haar hond wel een nest.' Hij wijst naar de vijver die we naderen. 'Quint dook daar gisteren na de daad in. Laat jij jouw hond in die vijver zwemmen?'

'Ja hoor, maar ze gaat er alleen in als ze het heel erg warm heeft.'

'Ik hou niet van water dat achter een kerkhof ligt. Volgens mij stromen de lijkensappen rechtstreeks die vijver in.'

Ik roep Nika bij me en lijn haar aan. 'Ik moet terug,' zeg ik.

Ik voel dat hij me nakijkt.

De twee woorden laten zich niet uit mijn oren verwijderen. Ze lijken besloten te hebben er samen te spelen, rond te rennen, achter elkaar aan te zitten en vooral geluid te maken. Ze zijn niet te verdrijven.

'Ha, meisje.'

De klank van zijn stem was zo vertrouwd, kwam zo dichtbij, zou zomaar weer goed kunnen zijn. Als ik met Nika naar huis terugloop, zie ik hem overal staan. Deze aanval van hopeloos verlangen naar Harm Jan heeft blijkbaar iets te maken met de weerstand die ik voelde toen Gijs Donner opeens iets zei over lijkensappen. Wat een gruwelijk woord vind ik dat.

We passeren een rij zwarte afvalbakken. Bij de laatste kan ik me niet meer beheersen, ik schop hem in één keer omver. Nika springt aan de lijn, ze probeert op de bak te duiken die nu op de weg ligt. Ik geef een ruk aan de riem en maan haar tot rust. Daarna hijs ik de bak weer overeind. Nu ophouden met fokken en gewoon naar huis lopen. Er is niets aan de hand. De ene man doet telefonisch belachelijke voorstellen en de andere man gebruikt misselijkmakende woorden.

'Ha, meisje.'

Hou nu eindelijk verdomme eens je stomme kop!

Nika slaapt op het grasveld. De zon schijnt, het belooft vandaag een prachtige lentedag te worden. Ik lig onderuitgezakt in een tuinstoel. Mijn benen zijn lam, mijn armen loodzwaar. Ik heb beloofd vanmiddag te assisteren bij de bingo in het verzorgingshuis. Een week geleden zei de activiteitencoördinator nog tegen me dat ze zo blij was dat ze altijd op me kon rekenen. Vandaag ga ik haar teleurstellen. Ik meld me af voor de komende weken, want ik kan het even niet opbrengen om onverstoorbaar en geduldig te zijn. Ik trek het gewoon niet. Soms gebeurt dat.

Ik zie nu al voor de derde keer dezelfde auto langsrijden. Het is een donkergroene Peugeot, er zit een vrouw achter het stuur. Ze rijdt langzaam en kijkt om zich heen. Zou ze iemand zoeken? Ze geeft richting aan en rijdt de weg op die naast mijn erf ligt. Dat is een doodlopende weg, er staat een bord aan het begin met de bekende aanduiding. Hoe dom kun je zijn?

Ze keert de auto. Nika loopt luid blaffend langs de sloot die tussen mijn erf en de doodlopende weg ligt. De vrouw maakt een verontschuldigend gebaar. Ik doe of ik haar niet zie.

Amy

13

Het huis heeft een vriendelijke uitstraling. Ik haal snel mijn koffers uit de auto en als ik de voordeur achter me sluit, valt het ding me direct op. Het is een Rituals-fles met de bekende geurstokjes. Hij staat op de hoedenplank van de kapstok.

In de gang van mijn eigen huis en in die van Claudia en Hein staat ook zo'n fles. Volgens Claudia kunnen we daarmee de geur van oude huizen verdrijven.

Ik grijp hem vast, loop door naar de keuken en kieper hem met stokjes en al in de afvalemmer. Geen Rituals-attributen in mijn omgeving meer, al ruiken ze nog zo lekker.

Er ligt een briefje op de tafel in de eetkamer. De eigenaresse van het huis verwelkomt me en meldt dat in de koelkast nog wat eetbaars voor me ligt, zodat ik niet direct boodschappen hoef te doen. Wat ik ook moet weten is dat op de logeerkamer aan de voorkant van het huis twee vlaggenstokken staan. Een halfstokvlag, die gebruikt kan worden op 4 mei, en een volledige vlag, voor Bevrijdingsdag. Ze adviseert me te vlaggen, omdat iedereen in het dorp dit altijd doet.

Onder aan het briefje staat een PS.

Ik zag u gisteren langsrijden. Heb nog gezwaaid, maar u was al voorbij.

'Daar klopt niets van,' zeg ik tegen het briefje.

Het is een heerlijk gevoel om voorlopig in mijn eentje in zo'n groot huis te wonen. Ik bekijk alle kamers, klim de zoldertrap op en tuur vanaf halverwege de keldertrap naar de koele ruimte met het grote wijnrek. Het is een gezellig ingericht huis. Ik kruip met een mok koffie op de grote bank in de woonkamer en kijk om me heen.

Het briefje ligt nog op de eettafel. Ik denk aan het PS.

Wat moet ik met dat bericht?

Klopt de gedachte die zich aan me probeert op te dringen? Of is het gewoon een kwestie van wennen aan een nieuwe situatie die nog tamelijk onoverzichtelijk is? Ook al wil ik liever op de bank blijven liggen, toch hijs ik mezelf overeind en controleer nog een keer alle kamers. Het slaat nergens op, mijn zus kan hier niet zijn. Ik moet ophouden met verwachten dat ze elk moment voor mijn neus zal staan. En zelfs als dat zou gebeuren, kan ik de deur gewoon dichtgooien. Mijn huis in Molenveld is voor haar verboden toegang. Ik verlang opeens bijna hartstochtelijk naar mijn moeder.

Ik bedacht op het laatste moment gelukkig nog dat ik het fotoalbum moest meenemen. Mijn moeder heeft voor elk kind een eigen album gemaakt en ze zorgde ervoor dat ze verschillende foto's gebruikte. Zo lang ik me kan herinneren maakte Claudia daar een probleem van. Ik weet nog hoe ze zeurde, smeekte, eiste, stampvoette dat ze precies dezelfde foto's in haar album kreeg als ik had. En ik weet ook nog hoe goed het voelde als mijn moeder dat weigerde. Soms vroeg ik aan Claudia waarom ze niet zichzelf wilde zijn. Die vraag ontaardde altijd in ruzie.

Ik streel mijn favoriete foto, waarop ik dicht tegen mijn moeder aan gekropen zit. Haar brede lach en haar glinsterende ogen zijn heel dichtbij. Ik voel de warmte van haar armen.

Ze heeft me nooit verweten dat de voordeur openstond en ook niet wat er met mijn broertje is gebeurd. Ze beschreef zijn lot als een onoverkomelijke tragedie. Een paar maanden geleden zei ze tegen me dat een kind als Jimmy zijn ouders levenslang zorgen zou hebben gebaard.

Ik zag u gisteren langsrijden.

Dat kan maar één ding betekenen. Mijn zus weet waar ik ben, ook al heb ik nog zo zorgvuldig geprobeerd mijn nieuwe adres geheim te houden. Hoe ze erachter is gekomen weet ik niet. Maar haar kennende begrijp ik wel dat ze een slinkse manier zal hebben bedacht. Het idee dat ze hier binnenkort voor de deur kan staan, maakt me opeens woedend.

14

Er kraait ergens een haan. Er blaft ook een hond. Beneden is een vreemd geluid, het lijkt of iemand tegen de muur bonkt. Nu is het weer stil. Er zoeft iets op het trottoir.

Ik stap snel uit bed, schuif het gordijn een klein stukje open en zie de krantenbezorger wegfietsen. Aan de overkant van de straat staan twee vrouwen met elkaar te praten; ze hebben allebei een hond bij zich. Hoe laat is het? Ik schrik van de eerste slag. Dat is de torenklok van de kerk, daar ben ik vannacht drie keer wakker van geworden. Ik tel de slagen. Zes keer.

Een van de vrouwen maakt opgewonden gebaren.

Ik wil nog een paar uur slapen, maar als ik weer in bed lig, merk ik dat ik klaarwakker ben. Misschien kan ik beter opstaan, de krant lezen, een pot thee leegdrinken en dan nog een uurtje in bed kruipen. Als ik de krant uit de brievenbus haal die naast de voordeur hangt, zie ik dat de vrouwen weg zijn.

Onder de krant ligt een grote witte envelop met mijn naam erop. Ik herken het handschrift.

Mijn ogen volgen traag de letters en proberen te begrijpen wat ik lees. Ik ken deze tekst, maar op dit moment lijken de woorden een spel met me te spelen. Ze willen niet dat ik ze herken. Of proberen ze me te beschermen? Probeer ik mezelf buiten de werkelijkheid te plaatsen? Is ontkenning de enige mogelijkheid om de waarheid niet onder ogen te hoeven zien?

Voor me ligt een kopie van het huurcontract dat de makelaar me in tweevoud heeft gestuurd. Ik heb een van de twee exemplaren ondertekend en zelf naar het kantoor teruggebracht. Het andere exemplaar heb ik tot de dag dat ik vertrok in mijn tas bewaard. Het zit er nog steeds in, zie ik.

Hoe is het mogelijk dat Claudia een kopie heeft gemaakt?

Ik bekijk de envelop nog een keer. Er zitten geen postzegels op en geen aanwijzingen dat er een frankeermachine is gebruikt. Dat betekent dat deze envelop door iemand in mijn brievenbus is gestopt. Gisteren was de bus leeg.

Ze is hier gisteravond of vannacht geweest. Ik loop snel naar buiten en ren door de tuin. De blokhut met de veranda moet ook gecontroleerd worden. Verwacht ik echt dat mijn zus daar zit? Ik weet niet meer wat ik denk, voel, of waar ik rekening mee hou. Het enige wat ik weet is dat ik niet van haar verlost ben.

Ik controleer nog een keer de voortuin. Er fietst een vrouw langs, ze stapt af. 'Hallo,' zegt ze. 'Jij bent zeker de tijdelijke bewoner? Ik hoorde bij de buurtsuper dat het huis voor een jaar verhuurd is. Ik woon drie huizen verder.' Ze steekt haar hand uit. 'Cathelijne Wolf.'

'Amy Patijn.'

'Amy Patijn,' herhaalt ze. 'Waar kom je vandaan, Amy?'

'Uit Amsterdam.'

'Daar zou ik ook wel willen wonen. Waarom huur je in hemelsnaam een huis in een gat als dit?'

'Dat is een heel verhaal,' ontwijk ik een duidelijk antwoord.

'Het gaat me ook niet aan. Hoe oud ben je?'

Die Cathelijne is niet een beetje nieuwsgierig.

'Ik ben bijna zesendertig.'

'Dan ben je, net als mijn vriendin Viola en ik, een van de dertigers in dit dorp. De meesten van die groep hebben contact via hun jonge kinderen, maar wij vallen daarbuiten. Je kent Viola natuurlijk nog niet. Viola Bouvrie, ze woont aan de Kanaaldijk, in het eerste huis na de bocht. We nemen iedere eerste vrijdag van de maand het leven door. En geloof me, dan gaan we los! We vertellen elkaar ook altijd minstens één slechte mop.' Ze grijpt de boodschappentas die aan het stuur van haar fiets hangt en kan nog net voorkomen dat het ding eraf glijdt. 'Ik klets weer te veel, wat zal dat jou interesseren? Ik stel ook weer veel te veel vragen over zaken waar ik niets mee te maken heb. Neem me niet kwalijk. Maar in ieder geval: welkom in ons dorp. Je hebt een mooi huis uitgekozen om een tijdje in te wonen, als je dan toch hier moet neerstrijken.'

Ik wil iets aardigs zeggen, maar het enige wat ik kan doen is haar aanstaren. Ze steekt haar hand op en stapt op haar fiets. 'Vanavond is de stille tocht en daarna een bijeenkomst in de kerk,' roept ze nog. 'Vijf voor halfacht verzamelen bij de kerk. Misschien zie ik je dan.'

Ik zwaai haar na en repeteer in gedachten de namen die ik net heb gehoord. Cathelijne Wolf, Viola Bouvrie. Opeens realiseer ik me dat ik me heb voorgesteld met mijn eigen naam. Ik ben niet meer Amy de Laat-Patijn, ook al staat dat nadrukkelijk op de envelop die ik in de brievenbus vond. De envelop! Claudia! Ik kijk om me heen. Ze is hier niet, in ieder geval niet op dit moment. Ze heeft me duidelijk gemaakt dat ze weet waar ik ben en wat kan het mij eigenlijk schelen hoe ze daarachter is gekomen? Het gaat er nu om wat ik met die informatie doe. Niets, Claudia. Zak wat mij betreft diep in de klei en blijf daar zitten. Ik sta verbaasd van mijn eigen gedachten. En vooral van het besef dat ik meen wat ik denk. Als ze komt, laat ik haar niet binnen. Als ze brieven stuurt, gaan die regelrecht retour afzender. Als ze belt, neem ik niet op en ik ga de berichten die ze eventueel inspreekt niet meer afluisteren. Ze bestaat voorlopig niet voor mij.

Misschien wel nooit meer.

De aardappelsalade die de eigenaresse van het huis in de koelkast heeft achtergelaten, is verrukkelijk. Ik heb bij de buurtsuper twee zoute haringen gekocht, die volgens de vrouw achter de kassa iedere vrijdag vers worden aangeleverd. Toen ik binnenkwam, begroette ze me alsof ik een bekende was en ze probeerde me zo onopvallend mogelijk uit te horen. Ik had geen zin om veel te vertellen en ben snel naar huis gegaan. De haringen zijn inderdaad vers, ik merk dat ik honger heb. Buiten zijn stemmen te horen, ik loop naar het raam en zie een groep mensen voor de kerk staan. Wat zei de vrouw die ik vanmorgen trof ook alweer? Iets over een stille tocht en een bijeenkomst. Het is 4 mei, dodenherdenking. Twee minuten stilte om acht uur.

Een wandeling zal me goeddoen, ik heb vandaag weinig anders gedaan dan op de bank liggen en Claudia verwensen. Veel te veel, veel te vaak. Ik wil wel meelopen met die tocht en met wat mensen praten na afloop.

Als ik de groep nader, komt Cathelijne direct op me af. 'Fijn dat je gekomen bent. Ik stel je even voor aan de vriendin over wie ik het had.' Ze wenkt een vrouw. 'Viola, dit is… Amy. Toch?'

'Een van de dertigers in dit dorp, als ik het goed begrepen heb,' zegt Viola. Ze is een kleine, tengere vrouw. 'Maar ik heb jou toch al eens eerder gezien? Ja natuurlijk, jij reed een paar dagen geleden de doodlopende weg naast mijn huis op. Zocht je soms iemand?'

Ik heb opeens een kurkdroge keel.

Cathelijne

15

De vraag brandde op mijn lippen vanaf het moment dat we elkaar begroetten, maar ik wilde de sfeer niet bederven. Jurre kan heel venijnig uit de hoek komen als hij boos wordt en de seks zou daardoor kunnen mislukken. We doken in een wild, woest, bijna bruut passiespel dat ons wegzoog van de aarde en eindigde in tranen. Ik was degene die huilde. Hij hield me vast en streelde mijn rug. Hij zei dat hij met niemand zo kon vrijen als met mij. Ik wachtte op wat hij verder ging zeggen. Op een voorstel.

Op een vraag.

Hij liet me voorzichtig los en kondigde aan dat hij niet lang kon blijven.

Iedere keer als ik weer met hem gevreeën heb, gebeurt hetzelfde. De eerste uren heb ik het gevoel dat ik een beetje zweef, daarna slaat de verwarring toe, vervolgens begin ik te twijfelen en ten slotte word ik kwaad. Ik neem mezelf voor het niet meer te doen en ben ervan overtuigd dat ik dat plan ga volhouden, totdat de dag nadert dat we opnieuw hebben afgesproken. Iedere keer weet ik zeker dat het voor het laatst zal zijn.

Wat moet ik met Jurre, met deze belachelijke situatie, met dit foute avontuur, nota bene met mijn ex, de vader van mijn zoon, de enige man op wie ik in mijn leven verliefd ben geworden?

Wat moet ik met die steeds terugkerende dreun op mijn hoofd, iedere nieuwe klap in mijn gezicht, met dat fanatieke verlangen naar meer, naar alles? Met het heimwee naar vroeger? Ik weet heel goed wat het antwoord is en toch kan ik hem niet loslaten en accepteer ik al een paar jaar een absurde situatie.

Ik begon erover toen we nahijgend naast elkaar lagen. 'Klopt het dat je weer gaat scheiden?'

Ik had talloze vragen bedacht om te stellen, allerlei inleidingen verzonnen die op een voorzichtige manier het doel konden naderen. Het moesten masserende vragen zijn, bijna achteloze opmerkingen, onschuldige belangstelling. Het hele scenario zat goed in mijn hoofd, maar toen het erop aankwam ploften de woorden tussen ons in en hoorde ik direct de foute toon en vooral de veel te duidelijke hoop.

Hij verstarde. 'Hoe kom je daarbij?'

Ik besloot de directe toon maar voort te zetten. 'Dat gonst in het dorp. Je wordt al een tijdje niet meer bij je nieuwe gezin gesignaleerd.'

Ik kreeg de woorden die beter hadden geklonken, je vrouw en kind, niet over mijn lippen.

'Ik wil er niet over praten,' zei hij.

Viola stoot me aan. 'Waar zit je met je gedachten?' fluistert ze. We naderen het kerkhof al, dat betekent dat we door verschillende straten hebben gelopen en ik er niets van heb gemerkt.

Ik schud mijn hoofd.

'Wat mag ik niet weten?' vraagt Viola. Ze fluistert niet meer.

'Dit is een stille tocht,' wijs ik haar met een zo zacht mogelijke stem terecht.

Ze haalt haar schouders op.

Verderop klinkt muziek. *Abide with me.* Ik krijg opeens tranen in mijn ogen.

'Begin je nu al te huilen?' informeert Viola.

Ik kijk naar de vrouw die ik vanmorgen voor het eerst heb gesproken. Amy Patijn. Ze lijkt zich niet erg op haar gemak te voelen, haar ogen dwalen voortdurend over de graven, het lijkt of ze iemand zoekt. Ze heeft een aardig gezicht, mooi haar, goed figuur.

Ik strijk even over mijn te volle dijen. Jurre houdt van stevige vrouwenlijven. Je zou dan verwachten dat hij tevreden is met wat hij iedere avond thuis aantreft. Ik wijs mezelf terecht voor deze hatelijke gedachte. Dat meisje zal het momenteel niet gemakkelijk hebben. Ze heeft waarschijnlijk gedacht dat ze de liefde van haar leven had ontmoet en met hem samen oud zou worden. Nu zit ze daar in haar eentje in dat grote huis met haar kind. Zou hij nu háár hypotheek ook helemaal aflossen? Hij heeft geld genoeg en daarnaast het geluk dat ik heb afgezien van alimentatie toen hij aanbood het huis hypotheekvrij op mijn naam te zetten. Zou die dikke Anneloes daar ook genoegen mee nemen?

Ze spelen het Wilhelmus. Sommige mensen zingen mee.

Viola grijpt Amy bij haar arm. 'Kom met ons mee naar de kerk,' stelt ze voor. 'Je ziet eruit alsof je wel een alcoholische versnapering kunt gebruiken.' Ze richt zich nu op mij. 'Jij ook.'

Ik ga vanavond dronken worden.

16

Het vrouwenkoor zingt, het publiek applaudisseert beleefd. Na de vier liederen die op het programma stonden kondigt de dirigent een toegift aan.

Het lied is te hard, te snel, te opdringerig, te massief en vooral te kwetsend. Ik trek mijn schouders omhoog en zou mijn oren willen bedekken. Ik sluit mijn ogen.

De kist stond naast me, ik kon hem bijna aanraken. Ik zag ondanks mijn betraande ogen dat mijn ouders dicht tegen elkaar aan kropen.

Er was een zee van bloemstukken en er zat heel veel jeugd in de kerk. Dat was het meest verschrikkelijke aspect, het deel dat onze neuzen op de onaanvaardbare feiten drukte. Een uitvaart hoort bevolkt te worden door voornamelijk oude mensen met de aanwezigheid van proportioneel kloppend nageslacht. De dood moet iets logisch hebben, teken van de bekende vergankelijkheid zijn, een afronding betekenen, ruimte bieden voor acceptatie. Dat was niet het geval toen ik hier naast de kist zat waar iemand in lag die de toekomst had moeten omarmen in plaats van verleden tijd te worden. Het koor zong zijn lievelingslied. *The Sound of Silence.*

Dat had hij zelf moeten zingen.

Iemand pakt mijn hand vast en streelt mijn vingers. Ik kijk op.

'Het is klaar,' zegt Viola. Ze trekt me tegen zich aan. 'Ik ga aan de dirigente vragen of ze dat lied nooit meer willen zingen als jij in de kerk zit,' belooft ze.

Ik maak een afwerend gebaar.

'Jawel,' houdt ze vol. 'Dat lied zingen is een misdaad. Ik durf te wedden dat die halfbakken pianist bedacht heeft dat het op hun repertoire moest komen.'

Ik zie de dirigente op ons afkomen. 'Niet doen,' sis ik.

'Harm Jan is een van de belangrijkste donateurs van het koor,' zegt Viola. 'Zonder zijn financiële steun kunnen ze geen begeleider betalen. Als ze zijn geld niet meer krijgen... Ik kan op een subtiele manier laten merken dat ik daar invloed op heb.'

'Maar dat heb je toch niet?'

'Weet zij veel.'

De dirigente verwacht duidelijk een waarderende opmerking van ons.

'Het koor ziet er mooi uit,' zegt Viola.

Ik zie het gezicht van de dirigente verstrakken. Viola stoot me aan. 'Zie je wie daar binnenkomt?'

Ik draai me om. Het is Jurre.

17

Ik ben hem als een mak schaap gevolgd en zit nu zo stijf als een plank naast hem op het bankje naast de ingang van de kerk.

Hij rookt.

Hij was toch gestopt? Waarom rookt hij weer? Maar wat gaat mij dat aan?

'Ik had je gebeld, maar je nam steeds niet op,' begint hij.

'Ik werk overdag, weet je nog?'

Hij maakt zuigende geluiden.

'Waarom heb je me gebeld?'

'Om het uit te leggen. De laatste keer dat we elkaar spraken, had ik er al over willen beginnen.'

Elkaar spraken? Je zult bedoelen: de laatste keer dat we elkaar besprongen en uitwoonden, zou ik willen zeggen.

Elkaar spráken? Hebben wij ooit samen gepraat?

'Ik wist dat je elk jaar met de stille tocht meeloopt, daarom ben ik hiernaartoe gekomen. We kunnen elkaar niet meer zien, Cat.'

Ik hou mijn adem in.

'Het klopt, ik ben weg bij Anneloes. Het lukte niet, het was vanaf het begin een vergissing. Ik heb me als een dolle stier gedragen en dat zit me echt niet lekker. Ze heeft het heel moeilijk met de scheiding.' Hij gooit de sigaret op de grond en zet zijn voet erbovenop. 'Ze is razend op me en bedreigt me.'

'Ben je bang van haar?' Ik hoor dat ik de vraag stel, maar ik kan me niet voorstellen dat de woorden werkelijk uit mij komen.

'Bang? Welnee, zeg. Het is alleen lastig, ze achtervolgt me en vooral sinds ze weet dat ik...' De peuk onder zijn voeten wordt nu definitief vermorzeld. 'Ik heb iemand ontmoet en zij is... dat is de vrouw met wie ik oud wil worden. Ze is alles wat ik zocht, echt alles. We kennen elkaar pas vier maanden, maar het lijken al jaren. Ik heb haar echt moeten veroveren, want ze heeft een paar negatieve ervaringen met mannen achter de rug. Ze zal zeker niet accepteren dat ik met een andere vrouw vrij en ik wil haar ook niet bedriegen.'

'Toch heb je dat blijkbaar al gedaan,' zeg ik.

'Nee hoor. Toen wij elkaar voor het laatst zagen, was ik nog niet met haar naar bed geweest. Nu wel.'

'Ik wil dit niet weten, Jurre.'

'Je moet toch weten waarom ik niet meer kom? Ik kan je toch niet zonder iets uit te leggen aan de kant schuiven?'

'Weet die vrouw dat je het nog altijd met mij deed?'

'Nee, natuurlijk niet. Ik vertrouw op jouw discretie.'

'Waarom zocht je een ander? Je weet dat je ook terug had kunnen komen.'

Hij steekt een nieuwe sigaret op. 'Laten we niet opnieuw die discussie gaan voeren. Wij passen nu eenmaal alleen op seksueel gebied goed bij elkaar, dat weet jij best. Voor de rest verschillen we als dag en nacht en daardoor ontstaan voortdurend spanningen. Een huwelijk is meer dan seks, toch?'

'Ik kon er wel mee leven dat jij idolaat was van voetbal, nooit een boek las, alleen naar actiefilms wilde kijken en van Frans Bauer hield.'

'Ja, maar je liet je er zelden van weerhouden om me onder mijn neus te wrijven dat een museum bezoeken, naar klassieke muziek luisteren en literatuur bestuderen in jouw ogen een betere tijdsbesteding was. Je hebt nooit willen accepteren dat ik andere interesses had dan jij en me niet thuis voelde bij jouw hoogdravende ideeën. Waarom ga je niet alsnog studeren? Je hebt er de hersens voor en ook de vrijheid. Waarom blijf je stilzitten in dit dorp? Is het een kwestie van geld? Daar kunnen we het over hebben.'

'We praten nooit over de werkelijke reden van onze scheiding.' Dit had ik niet willen zeggen.

Hij staat op. 'Het ga je goed.'

'Wat moest dat voorstellen?' informeert Viola, zodra ik weer in het kerkje ben.

'Ik heb de bons gehad.'

'Dat is toch al een paar jaar geleden?' Ze grijpt mijn schouder vast. 'Je gaat me toch niet vertellen dat jullie nog steeds... O Heer, ik zie het in je ogen. Lelijke slettenbak.' Ze grinnikt.

Iemand biedt me een glas wijn aan. 'Hoeveel glazen loop ik achter?' wil ik weten.

'Eentje maar. Zullen we snel naar jouw huis gaan? Ik heb onze nieuwe dorpsgenoot ook uitgenodigd. Dat vind je toch wel goed?' Viola buigt zich voorover, onze neuzen raken elkaar bijna. 'Zal ik hem voor je vermoorden?' fluistert ze.

Viola

18

Het was niet verstandig dat te zeggen. Cathelijne heeft mijn vraag te letterlijk opgevat en toen we op weg waren naar haar huis wrong ze zich in allerlei bochten om mij ervan te overtuigen dat ze geen haatgevoelens koestert ten opzichte van Jurre. Nu voelt ze zich klaarblijkelijk genoodzaakt uit te leggen wat er tussen haar en haar ex aan de hand is geweest. Ze richt het woord vooral tot onze nieuwe dorpsgenoot Amy. Die luistert aandachtig en stelt weinig vragen. Ik denk dat ik haar mag.

Laat ik vooral niet te veel wijn drinken. Ik ben bang dat alcohol mijn negatieve stemming versterkt en ik wil niet wegzinken in een poel van verderfelijke gedachten en voornemens. Dat overkomt me toch al te vaak, ik ga daardoor een hekel aan mezelf krijgen. En ik verlies het contact met Nika, want die keert zich van me af als ik te veel negativiteit uitstraal. Honden houden daar niet van en ze hebben geen woorden nodig om te begrijpen dat de stemming niet goed is.

Ik luister met stijgende verbazing naar de biecht van Cathelijne, want dat is het. Alle remmen zijn los, ze braakt de woorden uit. Het is een litanie van verlangen en teleurgesteld worden. Logisch, zou ik willen zeggen. Dat komt ervan als je blijft hopen tegen beter weten in. Als je denkt dat je je lichaam als wapen kunt gebruiken. Als je ervan overtuigd bent dat je seksuele aantrekkingskracht door niemand te verslaan is. Fout gedacht, Cathelijne. Er kan zomaar iemand langskomen die hetzelfde in huis heeft en zelfs meer. De jager die jou voorheen het gevoel gaf dat je een onovertroffen buit was, verplaatst zijn aandacht en schiet op een ander doel. Raak, altijd raak. Er bestaan namelijk veel meer dwaze vrouwen dan goede jagers.

Nu doe ik het toch, nu denk ik toch onaangename dingen. Zou alcohol niet kunnen verdoven in plaats van versterken? Ik schenk mijn glas nog een keer vol.

Cathelijne staat niet stevig meer op haar benen als ze naar het toilet gaat. Amy kijkt haar na en richt zich daarna op mij. 'Vertellen jullie elkaar niet altijd een slechte mop als jullie samen zijn?'

'Hoe weet je dat?'

'Zoiets zei Cathelijne tegen me toen we kennismaakten.'

'Het klopt. We spreken altijd eerst een onderwerp af. Ik ben vandaag aan de beurt met een mop over dokters en Cat zou er een vertellen over religie. Maar ik denk niet dat het er vandaag van komt.'

'Ik heb wel behoefte aan een mop,' zegt Amy.

'Ik ook,' klinkt het vanuit de deuropening. 'Ik ga nu over op sinas. Sorry dat ik jullie lastigval met mijn vreselijke verhalen over mijn ex, vergeet alsjeblieft alles wat ik heb verteld. Tijd voor humor. Eerst jij, Viola.'

Ik heb helemaal geen zin in humor, ik heb zin in venijn.

'Laat me eens lachen, Viola,' moedigt Amy me aan. 'Ik heb daar echt heel veel behoefte aan.'

Ze lijkt me verdrietig en kwetsbaar. Ze raakt me. 'Laten we het vandaag gewoon bij praten houden,' stel ik voor.

Ik wil weten waarom Amy zoveel behoefte heeft aan lachen en ik begrijp niet goed waarom dat me zo interesseert. Probeer ik mijn eigen stemming te omzeilen door me te richten op deze tamelijk onbekende vrouw die ik onlangs de doodlopende weg naast mijn huis in zag rijden en die beweert dat ze daar nooit geweest is? Ze maakt niet de indruk dat ze iets te verbergen heeft, waarom zou ze dat dan ontkennen? Ik kijk naar haar handen. Ze heeft lange vingers en goed verzorgde nagels. Ze draagt een trouwring.

'Vertel eens wat over jezelf,' nodig ik haar uit. 'Waar kom je vandaan? Ben je getrouwd? Heb je kinderen?'

Ze lijkt even te aarzelen, maar geeft toch antwoord. 'Ja, ik ben getrouwd. Nee, ik heb geen kinderen. Ik heb wel een tweelingzus en ik ben bang dat je die hebt zien rijden.'

'Bang? Waarom ben je daar bang voor?' wil ik weten.

'Ik wil haar niet in mijn buurt hebben en ik heb mijn vertrek voor iedereen geheimgehouden. Maar ze blijkt toch te weten waar ik zit en dat vind ik een onbehaaglijke gedachte.'

'Waarom heb je je vertrek geheimgehouden?' informeert Cathelijne.

Amy zucht. 'Dat is een lang verhaal.'

'Ga je gang,' nodig ik haar uit. 'We hebben de tijd en we kunnen goed luisteren.'

Amy aarzelt nu duidelijk.

'Dus toch eerst maar even lachen,' beslist Cathelijne. 'Luister! Een non fietst 's avonds laat langs een park en plotseling springt er een man uit de struiken die haar dwingt om te stoppen. "Ik ga je verkrachten," roept de man, "tenzij je de naam van een popgroep kunt noemen." "Doe maar," antwoordt de non.'

Ik lach zo hard dat de tranen over mijn wangen rollen.

'Ik heb jou nog nooit zo horen lachen,' zegt Cathelijne. Ze veegt haar eigen tranen weg. 'Voor ik het vergeet: het antwoord is ja.'

Ik staar haar aan. 'Het antwoord waarop?'

'Op je voorstel om hem te vermoorden.'

19

Nika begroet me alsof ik zes maanden naar Amerika ben geweest. Ik moet me vastgrijpen aan de trapleuning om te voorkomen dat ik omval. Ze sleurt me mee in de richting van de tuin.

De nacht is te koud voor de tijd van het jaar. Ik erger me aan de gure wind, waar ik ook al last van had toen ik naar huis fietste. 'Het is lente,' zou ik naar de laaghangende bewolking willen roepen. 'Donder op met je rotwind en je koude lucht.'

Nika biedt me een tennisbal aan en zit me verwachtingsvol aan te kijken. Ik geef de bal een zwieper en ze verdwijnt in de duisternis. Een paar seconden later staat ze weer voor me en legt de tennisbal opnieuw voor mijn voeten neer. Ik loop naar binnen, haal een dikke sjaal van de kapstok en lijn haar aan. Ze kijkt nog een keer achterom en probeert op de bal te duiken, maar ik trek haar mee. 'Laatste rondje voor vandaag, meisje,' meld ik. 'Morgen gaan we weer spelen.'

Ze maakt enthousiaste geluiden. Ik kan dat woord 'spelen' beter niet hardop uitspreken, weet zij veel dat het op dit moment niet van toepassing is. 'Ik zei het al eerder tegen je, maar ik zou ook wel een hond willen zijn,' zeg ik tegen haar. 'Het lijkt me heerlijk om altijd primair te reageren, alleen in te gaan op bekende klanken, nergens zorgen over te hebben en gewoon mijn neus achterna te lopen. Jij boft maar.'

Nika huppelt naast me tot ze een plek ontdekt waar ze even door haar achterpoten kan zakken. Ik trek de kraag van mijn jas wat dichter om mijn hals en denk aan wat ik de afgelopen uren gehoord en gezegd heb.

Het was anders dan anders, vanavond. Ik probeer te ontdekken wat het verschil maakte. Kwam het doordat we opeens met drie vrouwen waren? Het is een vreemde gedachte, maar het lijkt of Amy er altijd al bij was. Hoe kan dat?

Ik vind haar mooi. Niet alleen fysiek, ook als persoonlijkheid. Ze kan luisteren en stelt geen overbodige vragen. Ik ben allergisch voor mensen die overbodige vragen stellen. Mijn pleegmoeder was daar een ster in. Ze presteerde het jaar in jaar uit me op de sterfdag van mijn moeder en mijn zusjes te vragen of ik nog wel eens aan ze dacht. Ze wilde ook regelmatig weten of ik mijn familie miste. En als ik dan kwaad werd en naar haar uitviel, vroeg ze zich hardop af wat me bezielde. Goed beschouwd heeft ze me maar één keer een zinnige vraag gesteld, toen ze bijna dood was. Ze vroeg of ik haar zou missen.

'Als er iets met ons gebeurt, gaan jullie bij tante Anja wonen,' zei mijn moeder, een paar weken voor de fatale dag. 'Ik heb dat met de notaris geregeld.'

Mijn oudste zusje rende naar buiten, mijn andere zusje begon te krijsen. Ik stond stokstijf naast de stoel waarin mijn moeder zat en keek toe hoe ze mijn zusje probeerde te kalmeren. 'Waarom zeg je zulke dingen?' wilde ik weten. 'Wat kan er gebeuren?'

'Het gaat niet goed met je vader,' was het cryptische antwoord dat ik kreeg.

Misschien kwam het doordat Cathelijne het over haar demente moeder en haar teleurgestelde vader had. Toen ze herhaalde wat haar moeder onlangs tegen haar gezegd had, moesten we lachen. Het is triest en tegelijk hilarisch wat die vrouw allemaal uitkraamt. We werden ernstiger toen ze over haar vader begon. Ik werd zelfs een beetje verdrietig toen we over onze oude huisarts spraken. Dokter Wolf is nog steeds een begrip in ons dorp. Hij heeft minstens de helft van de bewoners op de wereld geholpen en hij wordt door velen als een soort wijze dorpsoudste beschouwd. Ik herinner me hem vooral als een vrolijk, gemoedelijk mens, een rasoptimist. Als een vader die iedereen had willen hebben, de man met wie iedereen bevriend wil zijn. Volgens Cathelijne heeft de dementie van zijn vrouw hem zeldzaam hard getroffen en hem zijn levenslust ontnomen. Ze kent hem niet meer en dat vindt hij verschrikkelijk. Het is ook verschrikkelijk. Het is oneerlijk, ondraaglijk, onbetamelijk. Ja, waarschijnlijk komt het doordat we over een goede vader spraken dat de herinnering aan een slechte vader zich nu zo aan me vastklampt.

Terwijl ik dit denk, voel ik spijt omdat ik het denk. Hij was niet slecht voor mij, alleen voor de anderen.

'Wij zijn met ons vieren,' zei mijn moeder vaak. 'Drie kleine vrouwtjes en ik.'

Ik sprak haar tegen. 'Papa is er toch ook? We zijn toch met ons vijven?'

'Als hij normaal doet wel, maar dat komt jammer genoeg weinig voor,' antwoordde mijn moeder.

'Jij zit papa altijd te verdedigen, omdat je zijn lieveling bent,' snauwde mijn jongste zusje.

Dat klopte, ik was mijn vaders lieveling. Tegen wie hij ook schreeuwde, nooit tegen mij. Wie er ook een pak slaag kreeg, ik niet. Als het mijn beurt was om af te wassen, hielp hij me en dan gaf hij me stiekem een extra bakje chocoladevla, omdat ik daar zo dol op was. Hij zei vaak dat ik van al zijn dochters het meest op zijn moeder leek.

Toen ik nog maar een paar weken verkering had met Harm Jan, vertelde hij me dat zijn moeder een beetje moeilijk deed over zijn omgang met mij. 'Ze is bang dat je iemand bent die geen liefde kan geven,' zei hij. 'Door wat je hebt meegemaakt.'

'Ik heb veel liefde gehad tot de dag dat ik ons gezin kwijtraakte,' verdedigde ik me.

'Trek je er niets van aan,' adviseerde hij. 'Wat of wie je ook bent, in de ogen van mijn moeder zal geen enkele vrouw goed genoeg zijn om met me te trouwen. Maar mijn vader is nu al dol op je.'

Ik zal zijn vader teleurstellen als ik niet meega naar Center Parcs. Voor hem hoor ik er gewoon nog bij, dat vertelt hij me iedere keer als we elkaar tegenkomen. Ik probeer hem te ontwijken, maar het lukt hem toch regelmatig me te ontmoeten. Van alle leden van mijn schoonfamilie is hij de enige die ik echt mis. En Harm Jan. Ook al ben ik aan de kant gezet vanwege mijn onvruchtbaarheid en kan ik niet begrijpen dat hij dit deed, het gevoel voor mijn ex zit er nog steeds. Als ik eraan denk dat hij met zijn nieuwe vrouw vrijt... Laat ik ergens anders aan denken. Nee, laat ik nergens meer aan denken en gaan slapen.

Nika likt mijn hand. 'Jij bent lief,' zeg ik tegen haar.

20

Het gebeurt niet nu, het is een droom.

Ik zit tussen mijn twee zusjes in op de rand van het bed. Beneden razen en tieren onze ouders tegen elkaar. Mijn jongste zusje luistert steeds boven aan de trap wat ze zeggen en komt dat dan vertellen. 'Mama zegt dat papa te veel drinkt. Ze vindt dat hij stinkt als hij thuiskomt.'

'Hij scheldt haar weer uit. Wat is een snol?'

'Mama huilt. Zullen we naar beneden gaan?'

Dit soort dromen moet ik afschaffen.

Nika heft met een lodderige blik in haar ogen haar kop op als ik de trap af kom. Ik knuffel haar even en zeg tegen haar dat ze gewoon verder kan slapen. Daarna maak ik een kop thee en drink die tegen het aanrecht leunend leeg. Ik weet dat ik niet moet gaan zitten, dat ik direct terug moet gaan naar boven, weer in bed moet kruipen om verder te slapen. Maar slapen betekent dromen en dromen betekent het risico dat ik naar buiten wil gaan. Ik moet in mijn huis blijven als de geschiedenis me grijpt, me lastigvalt, me opfokt en me tot wanhoop drijft. Thuis ben ik veilig. Nog één kop thee en dan weer slapen. Bij de laatste slok komt het beeld tevoorschijn, het beeld van mijn moeder die aan de keukentafel zit en op de toetsen van de typemachine bonkt. Nu en dan veegt ze een haarlok weg, die voor haar ogen valt.

'Wat schrijf je?' vraag ik aan haar.

'Ik schrijf een boek. Een autobiografische roman,' mompelt ze.

'Wat is autobiografisch?'

Ze kijkt me aan en ik schrik van de boze blik in haar ogen. 'Dat is een verhaal over jezelf.'

'Over mij?'

'Nee, dommie, over mij. En het is niet geschikt voor jonge kinderen.'

Ik sluit mijn ogen om het beeld even te kunnen vasthouden. Ook al wil ik liever niet bezig zijn met dergelijke herinneringen, op dit moment is het prettig dat mijn moeder er is, dat ik haar zie en we samen praten.

'Waar ben je nu?' vraag ik aan haar.

Domme vraag, Viola Bouvrie. Extreem domme vraag.

Ik wil naar bed.

Kan dat geluid weg? Ik herken het en wil er niet naar luisteren. Maar het gaat door, wordt zelfs sterker en is achter me. Ik hoor de vingers die het toetsenbord aanvallen en een ratelende herrie produceren. Ik hoor ook de hijgende ademhaling van mijn moeder. Ze schrijft een autobiografisch boek en ergens halverwege het manuscript krijgt het noodlot ons gezin te pakken.

Nika ligt te snurken en daar gaat ze mee door als ik met een vingertop haar kop aanraak. Ik sleep mezelf naar boven en stel vast dat ik me doodmoe voel. Maar ik ben binnen gebleven en dat is winst. Nu verder slapen en de dromen van me af houden. Maar hoe doe ik dat?

Mijn vader heeft het manuscript gelezen en dat heeft de woede die al smeulde onbeheersbare vormen laten aannemen. Ik wil dit niet opnieuw beleven, maar mijn verzet is niet sterk genoeg. Hij stormt de kamer in en schreeuwt dat hij antwoord komt geven op mijn moeders bedrog. Ik hoor alles wat hij eruit gooit, terwijl ik op mijn hurken zit in de kast waar de stofzuiger altijd staat. Mijn moeder heeft me die kast in gejaagd toen ze hem hoorde aankomen. Ze greep de stofzuiger, kwakte de slang tegen de tafel, duwde me naar binnen en sloot de deur. Toen ze de sleutel omdraaide, was dat een oorverdovend geluid.

Ik hap naar lucht.

'Jij denkt zeker dat ik gek ben?' hoor ik mijn vader schreeuwen. 'Jij ziet mij aan voor een halvezool die je van alles kunt wijsmaken, hè? Jij meent dat je je man zonder problemen kunt bedriegen en dat schrijf je ook nog op! Smerige stoephoer die je bent! Verrader!'

'Stil, Piet,' roept mijn moeder. 'Beheers je toch. Wat ik schrijf is niet echt, ik heb het allemaal verzonnen.'

'O ja? Ik ken de vent met wie je het hebt gedaan. Hij heeft het toegegeven en ligt nu voor zijn eigen keukendeur met een gat in zijn kop. Ik schiet iedereen kapot en daarna mezelf. Dat is mijn antwoord op bedrog, heb je dat begrepen?'

'Niet doen, Piet, niet doen!'

Ik prop mijn vingers in mijn oren, maar toch hoor ik de knal.

Duisternis, een slapende voet, benauwdheid. Ik wil uit de kast, maar de deur zit op slot en ik durf me niet te verroeren. Ik hoor de stem van mijn moeder niet meer. Het geluid dat opeens door het huis knalt maakt me zo erg aan het schrikken, dat ik in mijn broek plas. Laat het ophouden, laat het stil worden! De warme stroom vocht bereikt mijn knieën. Het hele huis beweegt voor mijn gevoel bij de volgende knal. Ik raak buiten adem.

In de kamer is een stem, ik weet zeker dat het de stem van mijn vader is. Hij schreeuwt. Hij vloekt. Waar heeft hij het over?

Hij zoekt de derde dochter, want de hele familie gaat eraan. De stem komt in de richting van de kast.

Ik sla mijn armen om mijn hoofd en maak me zo klein mogelijk.

Ik ruik zweet en urine.

De nacht houdt haar adem in. Ik zit op de rand van mijn bed en probeer mijn trillende lijf in bedwang te krijgen. Op eerdere momenten als deze stelde Harm Jan me gerust, wreef hij over mijn rug en haalde hij wat te drinken voor me. Later sliep ik weer rustig in, weggekropen in zijn armen.

Ik haat hem! Hij is de smerigste verrader die ik ooit ben tegengekomen. Hij verdient het om gestraft te worden en hij heeft geluk dat hij op dit moment niet in mijn buurt is.

Iedereen zei tegen me dat het lot me gunstig gezind was geweest. Tante Anja was ervan overtuigd dat je pas stierf als het je tijd was. Ze benadrukte dat ik dankbaar moest zijn dat mijn moeder testamentair had vastgelegd aan wie haar kinderen moesten worden toegewezen als hun ouders tegelijk zouden sterven. Bij wie kon ik beter zijn dan bij haar moeders beste vriendin? Men probeerde me te troosten, me ervan te overtuigen dat het niet mijn schuld was, dat ik het leven moest omarmen. Maar hoe omarm je het leven als je de enige bent die niet werd gedood? Waar laat je je schuldgevoel, je verbijstering, je verdriet? Wat doe je met je woede? En hoe los je het gevoel op dat achterbleef? Het gevoel dat je gespaard werd omdat je vader iedereen kon doden, behalve jou?

Tante Anja zei dat het onvoorstelbaar was dat hij niet in de gaten had dat ik in de kast zat.

Soms droom ik dat hij me vindt. Dan huilt hij.

Het is het moment dat al jarenlang zonder enige vooraankondiging terug kan komen. Op dit moment roep ik het zelf op. Het heeft geen zin me ertegen te verzetten, het moet gebeuren.

Ik zit met mijn armen om mijn knieën geslagen in de kast en probeer geluidloos adem te halen. Aan de andere kant van de deur is het doodstil geworden. Het is stikdonker, ik kan mijn eigen voeten niet zien. Toch zie ik hém en ik ben ervan overtuigd dat hij naar me kijkt. Mijn adem blijft ergens achter in mijn keel steken als ik hoor dat de sleutel in het slot van de deur wordt omgedraaid. Ik knijp mijn ogen stijf dicht.

Daarna volgt de laatste knal en beland ik in een stilte die duidelijk maakt dat niets ooit meer zal worden zoals het was.

Hij wist dat ik in die kast zat en hij heeft me laten leven. Hij heeft mij gespaard.

Had hij dat maar niet gedaan.

Amy

21

Ik heb veel te diep geslapen, merk ik direct als ik wakker word. Dreunende hoofdpijn, misselijk, verkrampt lijf. Ik ga op mijn rug liggen en haal zo diep mogelijk adem. Hoe kom ik overeind?

Koos legt altijd een koud nat washandje op mijn voorhoofd als ik op deze manier wakker word. Hij helpt me dan ook met gaan zitten en houdt een handdoek binnen handbereik om eventueel onder mijn kin te kunnen proppen, mocht ik gaan overgeven.

Koos is hier niet en ik realiseer me dat ik al minstens twee etmalen niet aan hem heb gedacht.

‘Hein heeft een leuke broer,’ zei Claudia. ‘Hij is zaterdag jarig en ik heb hem beloofd dat je met ons meekomt naar zijn feest.’

‘Doe even normaal,’ protesteerde ik. ‘Wat moet ik op een verjaardagsfeest van iemand die ik nog nooit heb gezien?’

‘Kennismaken, wat anders? Ik durf je te garanderen dat het klikt tussen jullie.’

‘Kun jij ooit ophouden je met mijn leven te bemoeien?’

‘Nee, en dat zal ik ook niet proberen.’

‘Sorry, maar ik ga zaterdag niet mee.’

Natuurlijk ging ik tóch mee, ik wist al op het moment dat Claudia aankondigde wat ze aan Koos had beloofd dat ik zou zwichten. Ik beklaagde me bij mijn moeder over het gedrag van mijn zus. Die zei dat de enige die Claudia’s bemoeizucht een halt kon toeroepen Amy heette.

Koos kwam met een brede lach op zijn gezicht op me af, sloeg zijn armen om me heen en gaf me drie dikke zoenen. ‘Dit spel spelen we mee, dat is het beste, vind je ook niet?' riep hij.

Ik rook alcohol.

'Ben je al dronken?' informeerde Claudia.

Koos lachte. 'Ik heb me moed ingedronken. Maar nu ik zie aan wie ze me willen koppelen, besef ik dat ik me nergens druk om had hoeven maken.'

Ik bevroor.

'Dat bedoelt hij positief,' probeerde Hein me gerust te stellen. 'Hij bedoelt dat je meevalt. Geloof me maar, ik ken mijn broer.'

Ik wilde weg.

'Denk eraan: we blijven,' waarschuwde Claudia.

Koos wist dat ik van rosé hield. Hij had ook pistachenoten in huis gehaald, speciaal voor mij, omdat ik daar zo dol op was. Hij deed aandoenlijk zijn best om me op mijn gemak te stellen, met als resultaat dat ik me iedere minuut onrustiger begon te voelen. Ik probeerde gesprekken aan te knopen met andere gasten, maar ik kwam vrijwel niet verder dan me voorstellen. Na anderhalf uur lukte het me het huis uit te glippen en weg te rennen. Pas toen ik buiten adem raakte, ging ik minder hard lopen en durfde ik achterom te kijken om te controleren of iemand me volgde. Er liep niemand achter me.

Ik zakte door mijn knieën en wist zeker dat ik Koos nooit meer zou zien.

De volgende dag stond mijn moeder me op te wachten toen ik thuiskwam van mijn werk. 'Volgens mij heb je indruk gemaakt,' zei ze.

In de woonkamer stond een vaas met een bos bloemen. Er hing een kaartje aan. *Jammer dat je wegging. Wil je zaterdag met me uit eten? Koos.*

'Waarom zou ik?' vroeg ik me hardop af.

'Omdat het een aardige uitnodiging is en je je kunt afvragen waarom je daar bot op zou willen reageren,' antwoordde mijn moeder.

Hij nam me mee naar een populair eetcafé en vanaf het moment dat we aan tafel zaten, voelde ik me op mijn gemak.

'Het is onvoorstelbaar hoeveel je zus en jij op elkaar lijken,' zei Koos, 'maar toch zou ik me nooit tussen jullie kunnen vergissen. Jij hebt andere ogen. Ze zijn mooier en liever.'

Twee uur later kusten we.

Het is me eindelijk gelukt overeind te komen, maar ik blijf duizelig en mijn hoofd blijft bonken. Ik probeer te ontdekken of ik Koos op dit moment mis. Waarom kan ik mezelf geen antwoord geven op die vraag? Wat is er met mijn gevoel voor hem gebeurd?

Beneden is een geluid. Ik herken het, er klopt iemand op de voordeur.

Ik strompel de trap af.

22

'Iedereen vlagt hier,' zegt Claudia. Ze duwt me opzij en loopt naar de kamer.

Ik druk mijn handen tegen mijn mond en probeer niet te kokhalzen. Er waait een koude wind langs mijn benen. Ik sluit de deur.

Ze zit kaarsrecht op de bank en kijkt me aan met een kille blik in haar ogen. 'Ik vond de envelop met het huurcontract op de mat bij de voordeur, toen ik even in je huis was omdat ik vergeten was eieren te kopen,' zegt ze. 'Het was me al opgevallen dat je ergens mee bezig was, maar ik wist niet wat. Je mag blij zijn dat ik het niet aan Koos en Hein heb verteld.'

'Wat kom je doen, Claudia?'

'Ik kom jou ervan overtuigen dat je verkeerd bezig bent. Begrijp je eigenlijk wel wat je hebt aangericht? Koos loopt rond als een zombie, hij is tot nu toe iedere avond zo lam als een koekje geworden. Nog even en hij drinkt zichzelf bewusteloos.'

'Hij weet dat hij me kan bellen.'

'Denk je echt dat hij dat gaat doen? Ken jij je man eigenlijk wel, Amy?'

'Zo te horen ben jij in ieder geval goed op de hoogte van zijn gemoedstoestand.' Ik heb direct spijt van dit antwoord, want daarmee ga ik een discussie aan die ik echt niet wil voeren. Ik moet beter nadenken over wat ik zeg. 'Luister, Claudia. Ik heb jou hier niet uitgenodigd en ik wil ook niet dat je nog een keer komt. Wat ik doe, waar ik woon, hoe ik leef is mijn zaak. Ik heb me veel te lang geschikt in jouw niet-aflatende lust mij te koeioneren en te kleineren en ik wil mijn leven niet langer door jou laten bepalen. Dat ik deze weg kies is mijn goed recht en het interesseert me geen moer wat jij daarvan denkt. Idiote opmerkingen over de dood van Jimmy pik ik niet. Is dat duidelijk?' Ik hijg. Waar haal ik het vandaan?

Claudia trekt haar neus op. 'Heb je soms een ander?'

Mijn antwoord is te snel. 'Ja.'

'Dat lieg je.'

Ik zwijg.

'Ik sta niet toe dat je zomaar verdwijnt en ons achterlaat.'

Ons?

'Wij horen bij elkaar, wij moeten niet gescheiden worden. Wij hebben elkaar nodig.'

'Misschien heb jij mij nodig, Claudia, ik jou niet.' Ik zie aan haar gezicht dat ik haar tref met mijn woorden. Het doet me niets. Het enige wat telt, is de vraag hoe het komt dat ik dit nu opeens kan zeggen en het me geen enkele moeite kost, terwijl ik zoveel jaren heb geworsteld met het verlangen dit uit te spreken.

'Je moet Koos zelf bellen. Je moet terugkomen en ervoor zorgen dat onze vakantie kan doorgaan. Hij vergeeft het je, dat weet ik zeker. Zand erover, Eem. We vertrekken gewoon wat later.'

Ik ken de smekende toon van haar stem niet. Ik heb deze wanhopige ogen nooit eerder gezien. 'Ik moet niets, Claudia. Jij wel. Jij moet weggaan en me met rust laten. Als je dat niet doet, doe ik aangifte van stalking. Ik heb begrepen dat je hier al rondreed voordat ik arriveerde en ik kom het zeker te weten als je daarmee doorgaat. Ga weg, blijf weg, leef je eigen leven en bemoei je niet met dat van mij. Ga op vakantie en neem Koos mee.'

Opeens staat ze voor me. 'Vergeet het maar en bel lekker de politie. We leven in een vrij land, ik mag rondrijden waar ik wil en ik mag tegen iedereen zeggen wat ik van jou weet.' Ze buigt zich naar me toe. 'Ik kan aan iedereen met wie jij hier vrienden probeert te worden vertellen dat jij de voordeur openzette en Jimmy naar buiten liet lopen. Ik kan ook vertellen dat het stormde, dat ons broertje met down nergens gevaar in zag, dat hij gek op water was en jij bewust het risico nam dat hij naar de sloot zou rennen en erin zou waaien. En reken maar dat ik ook zal melden dat ik hem later vond.'

Ik doe een stap opzij. 'Jij spoort niet, Claudia. Maak dat je wegkomt.'

Ik loop naar de gang en open de deur. 'Eruit!'

Ze gaat. Als ze buiten staat, wil ze nog iets zeggen, maar ik gooi de deur met een knal achter haar in het slot. Mijn hart gaat als een wilde tekeer in mijn borstkas. Mijn ademhaling maakt een fluitend geluid. Toch is dit momenteel niet belangrijk. Het enige wat telt is de haat die ik voel, die me de adem beneemt en waardoor ik sta te trillen op mijn benen. Ik heb in het verleden al op heel verschillende manieren aan mijn zus gedacht. Alles wat mogelijk was om te voelen is al gepasseerd. Weerstand, afkeer, verzet, woede, walging, zelfs medelijden. Maar nooit eerder voelde ik wat me nu van top tot teen beheerst. Haat, heftig en nadrukkelijk.

Ik zou willen dat ze dood was.

23

Het lukt me om de vlaggenstok in de standaard onder het raam van de logeerkamer te wurmen. Er loopt een vrouw langs met een rollator en ze zwaait naar me. 'Het is fris,' roept ze. 'Te koud voor de tijd van het jaar, het wordt nu toch echt eens tijd dat de lente gaat doorzetten.'

Ik knik en sluit snel het raam. Voordat ik weer naar beneden loop, tuur ik de straat af. De auto van Claudia is nergens meer te bekennen.

Ik voel me opgefokt en loop rondjes door de kamer. Toen ik hier voor de eerste keer binnenkwam, was ik verrukt van de vele ramen en het licht in deze ruimte. Nu voel ik me van alle kanten bekeken. Ik ren van voor naar achter en tuur. Laat ik mijn zus niet zien, anders…

Ik moet me beheersen en rustig worden. Maar hoe? Nu loop ik echt voor de laatste keer naar het raam aan de voorkant, daarna ga ik iets nuttigs doen. Er loopt iemand langs, een vrouw met een hond. Ze zwaait. Dat is toch Viola? Ik wenk haar.

'Dit is Nika,' zegt Viola.

Ik laat de hond eerst aan mijn hand snuffelen en kriebel haar daarna achter de oren. 'Wil jij water?' Ik vind een plastic bak in een van de keukenkasten en vul hem. Viola kijkt zwijgend toe. Nika slobbert direct het water op.

'Wat is er met je aan de hand?' vraagt Viola.

Ze luistert zonder me in de rede te vallen en ik vraag me af of ze iets kan begrijpen van de woordenstroom die ik over haar uitstort.

Alles komt eruit, alle weerstand en wanhoop van vijfendertig jaar de tweelingzus van Claudia zijn. Alleen Jimmy ontbreekt. Ik krijg de walgelijke beschuldiging van mijn zus niet over mijn lippen.

De hond heeft haar kop op mijn voeten gelegd.

Als ik eindelijk zwijg, kijkt Viola me peinzend aan. 'Wat is er gebeurd waardoor je je grens hebt bereikt?' wil ze weten.

'Ik raakte mijn baan kwijt.'

'Was dat alles?'

'Dat betekende dat er weer een beroep gedaan zou worden op mijn bereidwilligheid om terug te keren naar het bedrijf van mijn man en zwager. Ken je De Laat Keukengigant in Amsterdam-Noord? Claudia en ik hebben er samen een paar jaar gewerkt, totdat ik besloot de pabo in deeltijd te gaan doen.'

'Dat was dus de eerste stap om te ontsnappen,' zegt Viola.

'Klopt. Ze hebben me dat erg kwalijk genomen, maar ik heb doorgezet. Het onderwijs was mijn leven en ik vond het verschrikkelijk dat ik werd wegbezuinigd.'

'En wat is er nog meer aan de hand?'

Ik verslik me en word overvallen door een hoestbui. Nika springt overeind. Viola timmert op mijn rug. Ze haalt een glas water en houdt me vast als ik drink. Als ik eindelijk mijn stem terug heb, vertel ik over Jimmy.

Mijn vader droeg hem naar binnen en legde hem op zijn bedje. Mijn moeder volgde, met haar tot vuisten gebalde handen tegen haar mond gedrukt. Claudia stond in de gang, stokstijf als een zoutpilaar, zwijgend.

Ik kon niet ophouden met huilen.

Er kwamen twee vrouwen die Jimmy wasten en aankleedden en later werd er een kleine kist gebracht, waar ze hem in legden. Daarna verscheen iedereen die we kenden om hem te zien en afscheid te nemen. De meesten mompelden onverstaanbare teksten van medeleven. Ik werd gekust door te natte lippen en probeerde dekking te zoeken. Maar Claudia stond niet toe dat ik me afzonderde. Ze klampte zich voortdurend aan me vast en dwong me erbij te blijven.

Mijn ouders zeiden dat het niemands schuld was.

Het schuldgevoel lag als een tweede huid over me heen en was ondoordringbaar voor goedbedoelde woorden en geruststellingen. Ik wist me geen raad met de vragen die zich voortdurend aan me opdrongen. Vragen over hoe dit had kunnen gebeuren, hoe het mogelijk was dat mijn broertje de voordeur had open gekregen. Ik wist zeker dat ik, nadat mijn moeder was vertrokken om boodschappen te gaan doen, de zware schuif boven het slot had dichtgedaan. Jimmy kon daar niet bij. Hoe had hij dan die deur open gekregen?

Niemand zei het, maar ik voelde dat iedereen dacht dat ik me vergiste en vergeten was de schuif dicht te doen.

'Hoe kan Claudia van mening zijn dat ik die deur expres heb opengezet?' vraag ik me hardop af. 'Dat zei ze namelijk. Ze dreigde aan iedereen in dit dorp te gaan vertellen dat ik bewust het risico nam dat hij naar de sloot zou rennen en erin zou waaien. Hoe komt ze daarbij?'

'Kan dat gebeurd zijn?' wil Viola weten. 'Ik bedoel: kan iemand die deur hebben opengezet? Iemand anders dan jij? Wie was er nog meer in huis?'

Ik staar haar aan. 'Claudia was er, maar die lag met griep in bed. Je denkt toch niet…'

'Was je broertje gezond?'

'Nee. Hij had het syndroom van Down.'

'Hadden jullie… ik bedoel: hielden jullie van hem?'

'Ik was dol op Jimmy. Claudia niet. Zij had geen geduld met hem en ze vond dat hij altijd te veel aandacht kreeg.' Ik schrik. 'Dat kan niet, dat geloof ik niet. Ze heeft dat niet gedaan, ze heeft die deur niet opengezet.'

'Als jij zeker weet dat je de schuif erop had gedaan en hem er niet vanaf hebt gehaald, kan er maar één persoon je broertje naar buiten hebben laten gaan. Is het nooit bij je opgekomen dat zij er iets mee te maken had?'

'Nee. Ik ben akkoord gegaan met het idee dat ik me vergiste. Dat was de enige mogelijkheid waardoor hij naar buiten kon lopen.'

'Jij bent zeldzaam loyaal, Amy.'

Ik voel mijn ademhaling stokken. 'Je vergist je. Als het klopt dat mijn zus iets met de dood van Jimmy te maken heeft, is ze voor mij.'

24

Viola heeft verse croissants gehaald bij de buurtsuper. Ik dacht dat ik geen hap naar binnen zou krijgen, maar dat valt mee.

'Ga je je man nog bellen om te vertellen waar je zit?' vraagt Viola.

'Vind jij dat ik dat zou moeten doen?'

'Ik vind niks, ik stel alleen een vraag.'

'Mijn zus vertelde dat hij zich iedere avond lam zuipt sinds mijn vertrek.'

'Schrok je daarvan?'

'Nee, ik ergerde me eraan.'

'Misschien is hij wanhopig geworden.'

'Koos wanhopig? Dat geloof ik niet. Ik denk eerder dat hij beledigd is.'

'Wat voel je nog voor hem?'

'Dat weet ik niet. Ik begrijp niets van mijn gevoel, of van wat daar eventueel nog van over is, of van wat er wel of niet is geweest.'

'Verklaar je nader.'

'Is dit een kruisverhoor?'

'Het is een poging om je te helpen je gedachten op orde te krijgen.'

'Waarom doe je dat?'

'Omdat ik je mag.'

'Dank je.' Ik neem de laatste hap van mijn croissant. 'Koos is me overkomen,' zeg ik.

Hij was attent en daar was ik van onder de indruk. Maar wat vooral voor hem pleitte was dat hij zich niet opdrong en me de ruimte gaf.

'Hij is je aan het veroveren,' zei mijn moeder. Ze streelde mijn gezicht. 'Op die manier deed je vader het ook met mij. Liefde wordt het sterkst als je erin kunt groeien. Geloof me kind, het klopt in dit geval dat hardlopers doodlopers zijn. Het klinkt cliché, sterker nog: het is cliché, maar zoals gewoonlijk valt daar veel van te leren. Neem de tijd om aan hem te wennen en geef jezelf de gelegenheid te ontdekken wat je voor hem voelt. Of het goed is, of het genoeg is.'

'Wat is genoeg?' vroeg ik.

'Dat verschilt per individu. Dit lijkt misschien een antwoord waar je niet wijzer van wordt, maar er zijn nu eenmaal geen getallen beschikbaar in dit geval.'

'Hij is aardig en lief, ik voel me goed bij hem.'

'Denk je dat je met hem kunt vrijen?'

Ik voelde dat ik bloosde.

Ze drukte me tegen zich aan. 'Weer een kind kwijt.'

Hij heeft me officieel ten huwelijk gevraagd toen we samen met Claudia en Hein op Mallorca waren. Mijn zus was drie maanden daarvoor getrouwd en sinds de dag van haar huwelijk deed ze niets anders dan aan me vragen of Koos al op zijn knieen was gegaan. Ze bleken later in het complot te zitten, toen ik me nietsvermoedend liet meenemen naar een stille plek op het strand waar opeens een kleed lag met daarop een tafeltje en twee stoelen, een fles champagne en twee glazen. Ik keek snel om me heen.

'We zijn echt alleen,' zei Koos en toen knielde hij.

Ik twijfelde niet aan mijn gevoel voor hem, maar wel aan de mogelijke gevolgen als ik ja zou zeggen. Zonder daar concrete ideeën over te hebben, voorzag ik een constante familiedruk en gebrek aan vrijheid.

Ik probeerde mijn angstgevoel woorden te geven, maar de smekende blik in zijn ogen verlamde me.

'Je hebt nog geen antwoord gegeven,' spoorde Koos me aan.
Toen heb ik ja gezegd.

'Voelde je je ongelukkig met hem?'

Ik hoef niet na te denken over het antwoord. 'Nee, beslist niet. Als ik terugkijk op onze jaren samen kan ik alleen zeggen dat er harmonie was tussen ons.'

'En passie?'

'Tot op zekere hoogte.'

'Maar...?'

Waar gaat dit gesprek naartoe? Ik heb nog nooit dit soort intimiteiten met iemand gedeeld. Nu geef ik zonder enig voorbehoud antwoord op vragen die me gesteld worden door een vrouw die ik nog geen vierentwintig uur ken. Ik haal mijn schouders op. 'Er was zeker een maar. Ik heb altijd gedacht dat het tekort dat er was en wat ik voelde te maken had met de nooit aflatende bemoeizucht van mijn zus, met haar dwangmatige gedrag en met haar controledrift. Koos en ik waren nooit met ons tweeën, ergens in de buurt spookte Claudia rond. Nu ik afstand begin te nemen, ontdek ik opeens dat ik mijn gevoel voor Koos nergens meer kan vinden. En ik vraag me af hoe lang het al weg is. Zelfs of het er ooit is geweest.'

'Jullie hebben geen kinderen, hè?'

Ik krimp in elkaar.

'Ik vind het fijn dat je me in vertrouwen neemt,' zegt Viola.

We veren tegelijk overeind van het geluid. Politie? Ambulance?

We lopen naar het raam. Er vliegen twee politieauto's en een ambulance voorbij.

Viola rent naar buiten, ik volg haar.

'Ze gaan het park in,' zegt Viola.

Op hetzelfde moment zien we Cathelijne, die komt aanrennen. Ze hijgt, haar ogen staan wild. 'Ik ben gebeld door de moeder van Branca,' kan ze met moeite uitbrengen. 'Ze zegt dat Jurre in de vijver ligt.'

'Nee toch, wéér?' gilt Viola.

Ik grijp haar arm. 'Wat bedoel je?'

'Je bent niet bepaald in een lekker dorp terechtgekomen,' zegt ze.

Cathelijne trekt Viola aan haar arm. 'Ga alsjeblieft mee,' smeekt ze.

Ze rennen weg. Viola wenkt me.

Ik draai me om, grijp Nika, die net naar buiten komt en achter haar vrouwtje aan wil gaan, bij haar halsband en loods haar naar binnen. 'Jij mag dadelijk met mij mee naar buiten,' beloof ik haar. 'Maar we gaan niet naar iemand kijken die in een vijver ligt.'

Cathelijne

25

Natuurlijk is het loos alarm. Terwijl we naar het park rennen, bedenk ik dat ik me laat gek maken door de moeder van Branca, terwijl ik heel goed weet dat die alles wat ze ziet tot idiote proporties uitvergroot.

Wat kan die vrouw eigenlijk gezien hebben? Ze heeft zicht op het park, maar nauwelijks op de vijver. Hoe weet dat chagrijn nou wat er eventueel in die vijver drijft?

Ik voel steken in mijn zij en sta stil. Viola stopt ook. Ik buk voorover. Als ik weer rechtop sta, zie ik Ramona Keller bij de ingang van het park op haar rollator zitten.

Ik wil hier niet zijn en ik wil vooral niet dat er mensen komen aanhollen, dat ze schreeuwen, dat ze zelfs huilen, dat ze verdwijnen in het park. Waar is de politie gebleven? Waar is die ambulance naartoe?

'Laten we toch maar gaan kijken,' zegt Viola. 'Of beter: ga jij op de eerste bank zitten en laat mij even uitvogelen wat er aan de hand is. Wie zei precies tegen je dat het om Jurre ging?'

'De moeder van Branca.'

Ze zucht diep. 'Juist, ja.'

Het gebeurt blijkbaar allemaal bij het deel van de vijver dat uitloopt in een kleine cirkel en verscholen ligt tussen het dichte struikgewas. De nieuwsgierige meute wordt door twee agenten op afstand gehouden. Ik tuur naar de plek waar de felgekleurde pakken van het ambulancepersoneel onduidelijke dingen doen.

Het kan Jurre niet zijn, onmogelijk!

Er zijn voetstappen die de bank waar ik zit naderen. Ik zie dat het Branca is.

'Klopt het dat ze...?'

'Het is Jurre niet,' zeg ik.

'Hebben ze dat gezegd? Wie is het dan?'

'Wat kan mij dat schelen?' snauw ik. 'Het hele dorp is in rep en roer door dat gekakel van jouw moeder en miss Ramona Keller doet er natuurlijk met liefde nog een schepje bovenop.'

'Ramona kwam het vertellen,' meldt Branca. 'Ze stormde de winkel in en ze riep dat er iemand in de vijver lag en het volgens haar Jurre was.'

'En toen is jouw moeder snel het hele dorp gaan rondbellen,' stel ik vast.

Branca ziet er aangeslagen uit. 'Ik heb 112 gebeld, wat moest ik anders doen?'

'Wel eens van een bericht controleren gehoord? Of kan een rollatorkip die opeens blijkt te kunnen rennen jou gewoon alles wijsmaken?' Het voelt goed om woedend te zijn en eruit te gooien wat in me opkomt. Laat er vooral nog meer volk langskomen, ik geef ze allemaal van jetje.

Branca houdt een hand boven haar ogen. 'Ze schermen de plek af.' Ze lijkt te schrikken. 'Daar komt zijn vrouw aan,' zegt ze. 'O jee, volgens mij is ze helemaal hysterisch.'

'Ik ben zijn vrouw!' schreeuw ik haar in het gezicht.

Ze deinst terug. 'Jij bent zijn ex.'

Het gebeurt vanzelf. Ik hef mijn hand en zie hem de wang van Branca raken. Ze gaapt me met opengesperde mond aan. Mijn hand wordt een vuist, die haar recht op haar neus treft. Opeens bloedt haar gezicht. Mijn voet raakt haar knie, ze wankelt. Ik trap nog een keer, ze valt.

Ze gilt dat ik moet ophouden.

Ik word vastgegrepen. 'Ben jij helemaal belazerd?' roept Viola.

Branca zit als een zielig hoopje mens naast me op de bank en ik zie dat de tranen op haar wangen zich mengen met het bloed dat uit haar neus blijft stromen. Viola trekt het ene na het andere papieren zakdoekje uit de zak van haar jasje. De knoopsgaten van het jasje zitten aan de linkerkant.

'Volgens mij draag jij een herencolbert,' stel ik vast.

Ze werpt me een vernietigende blik toe. 'Denk je dat je zelf thuis kunt komen?' vraagt ze aan Branca. 'Ik kan haar hier niet alleen laten,' fluistert ze erachteraan.

'Dat heb ik gehoord,' zeg ik. 'Je vergist je. Je kunt me hier gerust achterlaten, ik loop op mijn eigen benen naar huis, want ik heb hier niets te zoeken.'

Viola richt zich op en kijkt me ernstig aan. 'Cat, het is waarschijnlijk Jurre die daar in de vijver ligt. Ik denk dat het klopt. Hij is...'

'Hou je bek!' Ik spring overeind en ren het park uit.

26

Ik kan niet naar huis, ik kan niet naar het park, ik kan nergens heen omdat ik me overal onveilig zal voelen. Maar ik kan ook niet rennen, omdat ik direct weer steken in mijn zij krijg.

Er staat iemand naar me te zwaaien. Het is Amy. Ik loop recht in haar armen. 'Ze zeggen dat Jurre in de vijver ligt,' snik ik opeens. 'Dat liegen ze. Waarom doen ze dit met mij?'

Ze houdt me vast en neemt me mee naar binnen. Nika stuift op me af en probeert mijn gezicht te likken. Nu brul ik echt. Mijn ademhaling stuitert, mijn neus loopt vol. Nika maakt een jankend geluid. Ik aai haar over haar kop en zeg dat het niet aan haar ligt.

'Ze troost je,' is Amy van mening.

Ik wil geen troost, want er valt niets te troosten. Ik wil dat iedereen weer normaal doet en ophoudt met dit tenenkrommend theater. Wat bezielt de mensen? 'Ik heb Branca in elkaar geslagen,' biecht ik op.

Amy kijkt me met grote ogen aan. 'Die van de buurtsuper? Echt waar? Waarom?'

'Ze maakte een opmerking en ik werd woedend. Ze zeikt al jaren aan mijn kop, ik ben helemaal klaar met die vrouw. Dus ik haalde uit en sloeg haar een bloedneus. Ik heb haar ook tegen haar schenen geschopt. Viola verleent nu eerste hulp.'

'Je bent echt heel erg kwaad,' constateert Amy.

Ik veeg de tranen van mijn wangen en snuit mijn neus. 'Eerlijk gezegd niet op Branca.'

Ze heeft thee met honing voor me gemaakt en de zoete smaak bevalt me. De buitenwereld is ver weg, ik zit diep weggedoken in de grote fauteuil die met de rug naar het raam aan de voorkant van de kamer staat. Wat er achter me gebeurt, zie ik niet en ik wil het ook niet weten. Ik praat, zonder te kunnen stoppen. Zolang ik praat, kan niemand iets tegen me zeggen.

Opeens besef ik dat we het er in dit dorp eigenlijk nooit meer over hebben, terwijl de meeste mensen de geschiedenis kennen. Viola refereerde er even aan, toen ze riep: 'Nee toch, wéér?'

Misschien denkt Amy nu dat Jurre vaker in de vijver heeft gelegen, dus ik leg het haar uit. Ik probeer te bedenken hoeveel jaar het geleden is dat het gebeurde.

Nicolaas Strijbos was de zoon van een van de rijkste boeren in de hele omgeving. Hij had een jaar eerder zijn diploma van de middelbare school gehaald en studeerde in Amsterdam. Op een zaterdagavond in november sloeg zijn moeder alarm, omdat hij niet was thuisgekomen. Mijn vader was een van de eersten die gebeld werd en hij trommelde een aantal kerels op die gingen zoeken. Het was koud en er hing een dikke mist boven het dorp. Mist dempt vaak niet alleen het zicht, maar ook het geluid. Die avond probeerde het lawaai van stemmen die elkaar iets toeriepen, gierende remmen en opgewonden kreten tevergeefs door de mist heen te dringen. Daardoor leek alles minder erg dan het was. Nicolaas werd pas de volgende ochtend gevonden. Hij dreef in de vijver, een beetje verscholen in de inham bij het struikgewas. Er zat een groot gat in zijn achterhoofd en het dikke stuk hout waarmee hij in elkaar was geslagen, lag als een stilleven op de rand van het kiezelpad. Het hele dorp gonsde maandenlang van de theorieën over wat er kon zijn gebeurd en wie er iets mee te maken kon hebben.

'Heeft degene die nu in de vijver ligt ook een hoofdwond?' vraagt Amy.

'Dat weet ik niet. Volgens mij maakt iedereen daar in het park zijn eigen verhaal van wat er gaande is. Viola heeft maar een paar minuten bij de groep mensen gestaan die ernaartoe zijn gerend, maar ze werden op afstand gehouden door de politie.'

'Hoe komt Viola er dan bij dat het je ex is?'

'Omdat Viola even graag kakelt als de rest van de bevolking.' Ik schiet in de lach.

Amy kijkt me verwonderd aan.

'Het is echt te gek voor woorden,' leg ik uit. 'Dit is typisch iets voor dit dorp, iedereen weet hier altijd van alles zonder ook maar een seconde op het idee te komen dingen eerst te verifiëren. De hele meute staat te loeren zonder iets te kunnen zien. Het zal me niet verbazen als ze inmiddels al tien andere mogelijke slachtoffers hebben genoemd.'

'Wat doe je met Branca?' wil Amy weten.

'Ik zal mijn excuses moeten aanbieden, denk je ook niet?'

'Dat lijkt mij inderdaad een goed idee.'

Ik sta op. 'Laat ik dat dan maar eerst gaan doen.'

'Daar is Viola,' meldt Amy. 'Ik laat haar even binnen. Ze heeft een man bij zich.'

Ik ga staan en kijk uit het raam. 'Dat is mijn vader. Er zal toch niets met mijn moeder aan de hand zijn?'

'Nu niet vluchten, kind, niet doen!' smeekt mijn vader. Ik heb hem zelden zo geëmotioneerd gezien. Zelfs toen Arend net dood was, kon hij zich beter beheersen.

Ik blijf vragen stellen over mijn moeder en kan de gedachte dat mijn vader iets achterhoudt, niet loslaten. Ook al bezoekt hij haar zelden, hij is en blijft het eerste aanspreekpunt als er iets met haar aan de hand is. Hij weet dat ik me haar toestand erg aantrek en altijd bezorgd ben om haar. Daarom zal hij niet zomaar vertellen dat het niet goed met haar gaat. Waarom blijft hij toch volhouden dat hij tegen me wil zeggen wat er met Jurre is gebeurd?

Viola grijpt me vast. ‘Nu luisteren!’ gebiedt ze. ‘Ophouden met dat verzet en ingaan op wat je vader te vertellen heeft.’

Ik haal mijn schouders op. ‘Vooruit dan maar.’

Mijn vader schraapt zijn keel. ‘Jurre is dood, meisje,’ zegt hij.

‘Ik wil niet dat William dat te weten komt,’ antwoord ik.

‘Denk nu eerst even aan jezelf,’ adviseert mijn vader.

27

Viola en Amy zijn met me meegegaan naar mijn huis. Mijn vader heeft hun dringend gevraagd in mijn buurt te blijven en me beloofd dat hij morgen bij me langskomt. Maar morgen is Jurre even dood als vandaag. Het leek me beter dat alleen te denken en niet te zeggen.

Terwijl Viola Nika even uitlaat, zet Amy koffie. Ik probeer tot me te laten doordringen dat het waar is, dat Jurre echt dood is. Vermoord. Op dezelfde manier als Nicolaas Strijbos zesentwintig jaar geleden. Amy vindt het opmerkelijk dat ik dat nog zo precies weet.

'Ik heb een perfect geheugen voor jaartallen,' leg ik uit. 'Ik weet ook nog precies op welke dag in welk jaar mijn broer Arend om het leven kwam door een auto-ongeluk.'

Ze schrikt.

'Waarom schrik je?'

'Door wat je zegt over je broer. Ik heb een paar uur geleden met Viola gepraat over mijn eigen broer.'

'Je gaat me toch niet vertellen dat die ook een ongeluk heeft gehad?'

'Niet met een auto.'

Ik hoor aan haar stem dat ze geëmotioneerd is.

'Laten we het nu niet over onze broers hebben,' stelt Amy voor. 'Het gaat nu om wat er met je ex is gebeurd.' Ze lijkt even na te denken. 'Ik neem aan dat William je zoon is? Waar is hij nu? Waarom wil je hem geen bericht sturen?'

'Hij zit in Catalonië, daar werkt hij tijdelijk op een camping. Dat was tenminste het laatste bericht. Je weet het nooit bij William. Voor hetzelfde geld heeft hij zijn tocht alweer voortgezet. Eigenlijk hoop ik dat ook. Waarom zou hij een paar maanden op zo'n camping blijven werken? Hij wil toch de wereld zien?'

'Werkt hij om de reis te kunnen betalen?'

'Hij heeft bijna een jaar gewerkt, nadat hij zijn vwo-diploma had gehaald. Toen hij werd uitgeloot voor de studie geneeskunde, besloot hij minstens een half jaar op reis te gaan. En hij was van plan tijdens de reis nu en dan te proberen wat geld te verdienen. Volgens mij is dat niet echt nodig. Ik heb natuurlijk ook een donatie gedaan toen hij vertrok.'

'Hoe oud is hij?'

'Negentien.'

'Dan was je al jong moeder.'

'Ik was twintig. Ja, ik was jong moeder. Het was niet de bedoeling dat ik zwanger werd, ik slikte de pil, maar ja...'

Amy glimlacht. 'Een keer vergeten?'

'Wel meer dan één keer. Mijn hoofd stond vaak niet naar me ergens bewust van zijn.'

'Hoe kwam dat?'

'Ik was bijna negentien toen mijn broer verongelukte. Hij was vijf jaar jonger dan ik en ik beschouwde hem nog als een kind. Ik had een half jaar eerder Jurre leren kennen en we waren gruwelijk verliefd. Eigenlijk wilde ik weg uit dit dorp, maar toen ik eenmaal verkering had werd alles anders. Jurre werkte al in het bedrijf van zijn vader, een groot aannemersbedrijf. Later heeft hij het overgenomen. Dat was nog in de goede tijd, de beste tijd, kan ik beter zeggen. Hij heeft altijd veel geld verdiend.'

'En waarschijnlijk hard gewerkt,' oppert Amy.

'Klopt. Zeg maar rustig gebuffeld.'

'Vergat je de pil toen je broer...?'

'Ja, ik vergat zo'n beetje alles waar ik aan moest denken. Het was een verschrikkelijke tijd. Ik kan mijn ouders nog goed voor me zien, ze werden opeens twintig jaar ouder. De geboorte van

William was toen een enorme troost.'

'Waarom wil je hem nu geen bericht sturen?' herhaalt Amy haar vraag.

'Hij heeft zich heel erg verheugd op deze reis.'

'Maar hij kan toch weer teruggaan?'

Ik aarzel.

'Als je er liever niet over wilt praten...'

'Ach, waarom zou ik het niet gewoon tegen je zeggen? William en zijn vader waren geen vrienden. Ze hadden de laatste jaren totaal geen contact met elkaar. Ik wil mijn zoon niet belasten met een nepverplichting.'

Amy zwijgt.

'Zou jij het anders doen?' wil ik weten.

'Ik denk dat ik hem wel op de hoogte zou stellen,' zegt ze.

Er wordt gebeld.

'Dat zal Viola zijn. Ik doe wel even open.' Amy staat op.

'Zeg maar niets tegen Viola over wat we net hebben besproken,' stel ik voor.

'Waarom niet?'

'De manier waarop ik William heb opgevoed is een tijdlang een strijdpunt tussen ons geweest en het is nu net weer rustig. Ik vertel je later nog wel eens waarom we van mening verschilden.'

Amy loopt naar de gang.

Viola rent de kamer in. 'Ze hebben die Anneloes opgepakt,' roept ze.

Viola

28

De moord op Jurre Klaver is al drie dagen voorpaginanieuws. Maar als je goed leest, staat er eigenlijk iedere dag zo'n beetje hetzelfde. De mensen die in de buurt van de vijver waren willen hun verhaal maar al te graag kwijt. Vandaag doen de buren van Jurres ex een paar uitspraken die een inkijkje geven in wat er zich daar het laatste half jaar heeft afgespeeld. Weinig fraais, kun je wel zeggen. Veel ruzie, veel geschreeuw. Anneloes Klaver schijnt een enorme bek te kunnen opzetten, ook tegen mensen die vragen stelden over de herrie 's nachts, want Jurre en zijn vrouw blijken elkaar vooral in de nachtelijke uren de huid te hebben vol gescholden.

De berichtgeving riekt wat mij betreft naar sensatiejournalistiek en ik begin me er steeds meer aan te ergeren. Toch lees ik ieder artikel dat over dit onderwerp verschijnt. En ik vraag me serieus af wat ik in die stukken zoek. Het motief voor de moord? De werkelijke toedracht? De moordenaar?

Anneloes heeft voor een enorme opschudding gezorgd toen ze door de politie werd opgehaald. Ik heb bij de buurtsuper gehoord dat ze luid en duidelijk bekende dat ze hem in het park met een plank op zijn achterhoofd had geslagen en hem daar heeft laten liggen toen hij in elkaar zakte. Maar hoe is hij dan in de vijver terechtgekomen? Hier heeft iedereen zijn eigen theorie over, het ene idee is nog bezopener dan het andere.

Ik probeer me te herinneren of ik die bewuste nacht toch nog buiten ben geweest. Ik weet dat ik ontzettend onrustig was en het huis uit wilde lopen. Ik weet ook dat ik Nika heel laat nog heb uitgelaten. Daarna ben ik naar bed gegaan. Toen ik de volgende ochtend wakker werd, stonden mijn schoenen niet in de gang, maar voor de deur van mijn slaapkamer. Dat verbaasde me. Toch gebeurt dat wel vaker, ik ben niet altijd even helder als ik ga slapen. Dat komt vooral voor als ik me ergens over opwind of als ik pieker. Of als de herinneringen me lastigvallen.

Ik was die nacht heel erg bezig met wat er in ons gezin is gebeurd en ik weet nog dat ik de drang om buiten te gaan lopen moeilijk kon beheersen. Maar ik weet bijna zeker dat ik thuis ben gebleven. Bijna, niet helemaal. Het is vaker voorgekomen dat ik later hoorde dat iemand me midden in de nacht in de buurt van het kerkhof had gezien, terwijl ik me daar niets van kon herinneren. Later waren er dan opeens vlagen van herinneringen aan een gezicht of een stem en soms lukte het me erachter te komen wie dat geweest waren. De enige met wie ik daar ooit over heb gepraat is onze oude huisarts, de vader van Cathelijne. Dat is al jaren geleden, maar ik weet nog dat dokter Wolf tegen me zei dat ik waarschijnlijk ging rondlopen in een toestand van verlaagd bewustzijn en dat het te maken kon hebben met onverwerkt verdriet.

Ben ik in de nacht van 4 op 5 mei in het park geweest? Heb ik daar iets gezien wat ik me niet wil herinneren? Alleen deze vragen veroorzaken al een gevoel van paniek. Ik durf me nauwelijks op straat te vertonen, uit angst dat iemand tegen me zegt dat ik die nacht ben gesignaleerd. Maar ik moet bij Cathelijne zijn, ze heeft me nodig. Ik ben blij dat Amy ook steeds haar hulp aanbiedt. Ze is fijn gezelschap, ze is rustig en stelt geen overbodige vragen. Amy is een slimme vrouw. Maar zou ze wel alles in de gaten hebben?

Cathelijne is een soort zombie, ze praat op een trage manier en vraagt regelmatig hetzelfde. Ze duikt voortdurend in de krant en mompelt de teksten voor zich uit, alsof ze die uit het hoofd wil leren. Het is nauwelijks mogelijk oogcontact met haar te krijgen. Ik vind dat ze zich vreemd gedraagt. Maar wat is vreemd? En welk recht heb ik haar te veroordelen? Er overkomt haar iets verschrikkelijks, ze is in de war en reageert op haar eigen manier. Dat is logisch. Ik zwerf zelf nog met enige regelmaat 's nachts door het dorp, als ik weer eens wegvlucht voor mijn eigen demonen.

Op het moment dat ik wil aanbellen, gaat de deur open en verschijnen er twee mannen in de deuropening. Achter hen zie ik Amy staan, ze begroet me hartelijk. Ik voel me direct beter.

De mannen lopen in de richting van een zwarte BMW, die aan de overkant van de straat geparkeerd staat.

'Twee rechercheurs,' legt Amy uit. 'Ze hebben Cathelijne vragen gesteld.'

'Wat heeft ze allemaal verteld?'

'Dat weet ik niet, ik ben in de keuken gaan zitten.'

'Hoe komt het eigenlijk dat je hier bent?' Dat klinkt niet vriendelijk. 'Sorry, daar heb ik niets mee te maken.'

'Ik kwam Cathelijne tegen toen ik op weg was naar de buurtsuper en ze nodigde me uit voor een kop koffie. Ze zag er zo... verdrietig uit, ik kon niet weigeren.'

'Je hoeft je niet te verdedigen, het was een foute vraag.'

'Laat maar zitten, ik weet zeker dat je het niet vervelend bedoelt. Maar ik voel me op dit moment wel een indringer.'

'Dat ben je echt niet, Amy. Ik ben blij dat je met Cat mee bent gegaan. Voor mij ben je een vriendin.'

We lopen samen naar binnen. Cathelijne staat voor het raam. 'Ze willen van alles weten, maar ze vertellen je niets,' moppert ze. 'Die dikke pad zit nog vast, het kind is bij haar moeder. Daar zal hij wel een paar jaar moeten blijven, denk ik.'

'Denk je dat Anneloes hem heeft vermoord?' vraag ik.

'Wie anders? Jij soms? Je bood het me aan, weet je nog?'

'Dat was een grapje, Cat.'

'Jij zegt het.'

Ik wil hier weg.

Amy maakt een afwerend gebaar. 'Ander onderwerp,' fluistert ze.

'Hij is die nacht hier geweest,' zegt Cathelijne.

29

Ik heb de neiging om steeds te controleren of er niet iemand anders in huis is, die zou kunnen horen wat Cathelijne allemaal uitkraamt. Ze is behoorlijk op dreef en Amy en ik vermijden het elkaar aan te kijken. Cathelijne maakt behoorlijke sprongen in haar verhaal, maar ik kan het volgen omdat ik haar al zo lang ken.

Omdat ik haar geschiedenis ken.

'Ieder mens ontwikkelt in zijn leven zijn eigen geschiedenis,' zei Harm Jan tegen me. 'Maar je vraagt je af waarom dat bij de ene persoon zo dramatisch is en alles bij de andere zo gladjes verloopt.'

'Je bedoelt mij en jezelf,' stelde ik vast.

'Klopt. Het spijt me voor je dat je dit hebt moeten meemaken. Maar nu zijn wij samen en wij gaan een goed leven tegemoet. We hebben geen geldzorgen en we krijgen een gezin.'

Ik moest lachen om de stelligheid waarmee hij dit beweerde. 'Dat van geen geldzorgen geloof ik direct,' zei ik. 'Dat is ook niet zo moeilijk, aangezien ik met een behoorlijk rijke erfgenaam ben getrouwd. Maar wat dat gezin betreft... daar moeten we wel aan werken.'

Hij greep me vast. 'Met alle liefde,' riep hij. 'Ik dacht dat je het nooit zou zeggen.'

Het klopt, ieder mens ontwikkelt in zijn leven zijn eigen geschiedenis. Als ik naar Cathelijne kijk en luister, krijg ik het benauwd. Hoe is het mogelijk dat ze steeds opnieuw haar eigen struisvogelpolitiek tevoorschijn tovert? Haar relaas over Jurre is een kronkelig pad vol valkuilen en versperringen. Toch blijft ze het over liefde en trouw hebben. Welke liefde, welke trouw?

Ik zou haar door elkaar willen schudden.

Amy en ik waren net vertrokken toen de bel ging, hoor ik haar nu vertellen. Ze dacht dat een van ons iets vergeten was en opende lachend de deur. Jurre stormde naar binnen. Hij was gewond, er zat bloed op zijn gezicht. Het betekende niets, volgens hem, Anneloes had alleen haar nagels over zijn huid gehaald.

Cathelijne rijgt de ene zin aan de andere. Haar gezicht is strak, bijna vlak. Haar stem klinkt monotoon. 'Hij was hun huis uit gerend en wilde in de toestand waarin hij zich bevond niet binnenkomen bij zijn nieuwe liefde. Hij was in paniek, ik had hem nog nooit zo gestrest gezien. Maar dat zei ik niet. Ik wist niet wat ik precies moest zeggen of moest doen. Ik wist zelfs niet of ik het prettig vond dat hij juist naar mij toe was gekomen. Het hele gebeuren verlamde me.'

'In het dorp circuleren verhalen over Anneloes,' zeg ik. 'Ze komt eruit tevoorschijn als een tamelijk ontembare wilde kat. Die twee vochten dus.'

'Jurre is geen man die vecht.' Cathelijne is opeens fel.

'Hoe lang is hij hier gebleven?' vraag ik.

'Niet lang, ik denk een minuut of twintig. Ik heb hem een biertje gegeven, daarna vertrok hij snel, hij zei me niet eens meer gedag.' Cathelijnes stem hapert. 'Ik had hem naar die vrouw moeten brengen en met hem moeten afspreken dat hij zijn auto de volgende dag kwam ophalen. Ja, dat had ik moeten doen, dan had dat vette stuk onbenul hem niet te pakken kunnen nemen.'

'Ik hoorde iemand bij de buurtsuper vertellen dat zijn auto niet bij Anneloes voor de deur stond,' meldt Amy. 'Er was die avond geen plaats in de straat, daarom heeft hij hem bij de ingang van het park geparkeerd.'

'Dus hij is teruggegaan om verder ruzie te maken,' concludeer ik en ik heb direct spijt van deze opmerking. Ik richt me tot Cathelijne. 'Luister, Cat, jij hebt hem opgevangen en hem ongetwijfeld getroost, zo ben je nu eenmaal. Jij bent niet verantwoordelijk voor wat er met Jurre is gebeurd. Hij ging terug en dat had hij dus niet moeten doen. Dat is natuurlijk opnieuw misgegaan en toen is hij weggelopen en de kortste weg naar zijn auto was door het park. Zij is hem achternagegaan met een stuk hout in haar hand. Zoiets zal het zijn, maar wat maakt het nog uit? Jurre leeft niet meer en dat feit zul jij een plaats moeten geven. Je bent niet alleen. Je hebt je vader, vlak die niet uit. En mij. En Amy.'

'En je zoon,' voegt Amy toe.

'Ik ga hem toch maar op de hoogte stellen,' zegt Cathelijne. 'Maar dat doe ik pas als Jurre begraven is. Dan hoeft William niet terug te komen.'

'Heb je de politie verteld dat Jurre hier is geweest?'

'Nee.'

'Waarom niet?'

'Waarom wel? Straks gaan ze denken dat ik er iets mee te maken heb. Ik heb ook niet verteld dat we nog... Het is privé, jullie zijn de enigen die hiervan weten en ik reken op jullie discretie.'

'Ik had dit allemaal liever niet geweten,' antwoordt Amy. 'Maar ik beloof je dat ik m'n mond erover zal houden.'

Cathelijne kijkt mij aan.

'Deal,' zeg ik.

30

Cathelijne heeft ons gevraagd haar vandaag verder alleen te laten. Ze gaat naar haar vader en dat vind ik een geruststellende gedachte. Verder stelt niets me momenteel gerust. Ik voel me opgejaagd en kan nauwelijks stilzitten. Ik moet maar eens een stevige tocht gaan maken met Nika.

'Wat ga je doen vandaag?' informeert Amy.

'Mijn hond halen en minstens twee uur lopen.'

'Mag ik mee?'

Ik zie tranen in haar ogen en omhels haar spontaan. Ze voelt heerlijk.

Verwarrend heerlijk.

We hebben besloten naar het strand van Den Helder te gaan. Nika mag overdag niet loslopen op het strand, maar ik weet dat daar meestal alleen in het eerste stuk mensen zitten en iedereen zijn hond na dat deel gewoon los kan laten. Het is eindelijk lekker weer, het werd eens tijd. Maar het is toch nog heel rustig en ik geef Nika snel de vrijheid. Ze rent direct de zee in en laat zich op hoge toon blaffend door een grote golf terugwerpen op de kustlijn.

'Heerlijk, zo'n dier,' zegt Amy.

'Heb jij huisdieren?'

'Nee, mijn man is allergisch voor honden en katten, maar het had mij toch nooit een goed idee geleken omdat we allebei werken.'

'Is je zus nog gesignaleerd in het dorp?'

Amy's gezicht vertrekt even. 'Niet dat ik weet, ik heb haar in ieder geval niet meer gezien. Ik denk dat ze toch met vakantie zijn gegaan. We zouden begin mei naar Toscane gaan.'

'Wie zijn "we"?'

'Koos en ik, samen met mijn zus en haar man, Hein. Die heeft waarschijnlijk gewoon besloten dat ze zonder mij gingen. Hein neemt altijd alle besluiten en Koos volgt. Als ik het bij het rechte eind heb, hoef ik de komende week nog geen bezoek van Claudia te verwachten.'

'Intussen word je lastiggevallen met de moord op de ex van iemand die je nog maar heel kort kent. Ik moet zeggen dat je er heel relaxed onder bent. Ik denk dat ik in jouw geval snel had gemaakt dat ik de prille vriendschap weer verbrak.'

'Ach, zo zit ik nou eenmaal niet in elkaar. Maar... zeg eens eerlijk: wat doet dit allemaal met jou? Jij hebt Jurre gekend, jij bent al jaren bevriend met Cathelijne. Ik kan me voorstellen dat dit je allemaal behoorlijk raakt.'

Ik haal de tennisbal die ik heb meegenomen uit mijn zak en gooi hem de zee in. 'Ik word er onrustig van en ik raak geïrriteerd,' zeg ik. 'Het haalt niet bepaald mijn mooiste kanten naar boven.'

Cathelijne

31

Ik herken het handschrift direct en verbaas me erover dat ze geen enkele moeite heeft gedaan om haar identiteit te verbergen. De brief is gewoon door de post bezorgd en de tekst laat niets te raden over.

> Cathelijne,
> Ik begrijp wat je hebt gedaan.
> Je moet jezelf aangeven.
> Je bent gevaarlijk en dat weet je zelf heel goed.
> Ga naar de politie, anders doe ik het.
> Ik zal je nooit laten vallen, ik blijf altijd je vriendin, maar dit moet stoppen. Twee slachtoffers is genoeg. Of ben je Nicolaas Strijbos soms vergeten?

Ze begon van het ene op het andere moment recht te schrijven, nadat ze in het huis van haar moeders beste vriendin was gaan wonen. We zaten in de klas bij juffrouw Westerloo, altijd op de eerste rij, altijd naast elkaar. Op school werd niet over het gezinsdrama gepraat. Als een van onze klasgenoten het waagde een vraag te stellen, greep ik in.

Wij hadden allemaal geleerd om schuin te schrijven en aanvankelijk negeerde juffrouw Westerloo Viola's gedrag. Ik vertelde aan mijn vader dat mijn vriendin opeens recht was gaan schrijven en die legde uit dat een dergelijke reactie iets te maken kon hebben met het trauma dat Viola was overkomen. Hij voegde eraan toe dat het ook niets uitmaakte of je schuin of recht schreef. Daar dacht onze onderwijzeres anders over, want na drie maanden begon ze corrigerende opmerkingen te maken tegen Viola. Die haalde alleen haar schouders op en schreef lustig op dezelfde manier verder.

Ik vond haar stoer.

In de klas ontstonden twee kampen. Het ene kamp steunde Viola, het andere de juffrouw. Het leek of er op de hele wereld niets belangrijkers meer was dan de vraag of Viola het recht had om niet meer schuin te schrijven. Mijn vader waarschuwde me voor de mogelijkheid van een escalatie. Hij zei dat ik Viola vaker moest vragen om bij ons huiswerk te maken en te blijven eten. Als ik met mijn vriendin thuiskwam, stond mijn moeder meestal met wijd open armen klaar om ons te knuffelen. En Arend was onvermoeibaar als het op stoeien met Viola aankwam.

'Ga je ooit nog schuin schrijven?' vroeg ik haar op een dag.

'Nooit,' antwoordde ze. 'Wat een stomme vraag.'

Zelfs als we er nu weer over praten, formuleren we het altijd op dezelfde manier. We zeggen dat ze in het huis van haar moeders beste vriendin is gaan wonen, niet dat haar vader hun gezin heeft uitgemoord. We memoren haar moeder en de twee zusjes, nooit haar vader. Ik weet dat ze ook nooit zijn graf bezoekt. Of doet ze dat wel en zegt ze er niets over? Zou ze nog wel eens langs het graf van Nicolaas Strijbos gaan?

32

De grote aula van het crematorium stroomt vol. Ik zie strakke gezichten, maar ook nieuwsgierige blikken. Mijn vader houdt mijn hand stevig vast. Hij heeft me overgehaald om naar Jurres uitvaart te gaan. Ik heb krachtig geprotesteerd, maar ben toch bezweken onder de druk die hij op me uitoefende. 'Wat kan er gebeuren?' vroeg hij steeds. 'Ik ben bij je, ik zorg voor je. Hij was je man, je hebt een kind van hem gekregen, jullie zijn jaren samen geweest. Hij verdient het dat je hem deze laatste groet brengt.'

'Hij heeft me in de steek gelaten,' zei ik.

'Vergeef hem dat toch eindelijk eens een keer,' adviseerde mijn vader. 'Haat in stand houden levert je niets op, dat is alleen slopend. Jullie stonden nu eenmaal totaal verschillend in het leven en het is niet gelukt elkaar volledig te treffen. Dat was spijtig voor jullie beiden, maar het is gebeurd. Richt je op de herinneringen aan de goede jaren, die waren er toch ook?'

'Ik zal je eens iets vertellen,' begon ik en ik stelde me voor hoe mijn vader zou kijken als hij ontdekte dat ik tot net een week geleden nog met Jurre vree.

Hij hief zijn hand op. 'Genoeg,' zei hij.

Het is me nog nooit gelukt mijn vader verbaal te overtreffen.

Branca heeft me verteld dat de gesprekken in de winkel de hele dag over niemand anders dan Jurre en zijn vrouw gaan. Anneloes wordt nog steeds vastgehouden, ik heb in de krant gelezen dat ze in volledige beperking zit. Dat betekent dat ze alleen contact mag hebben met haar advocaat. Het kind blijft bij haar moeder.

Ik kijk voorzichtig om me heen. Hier is geen kind, maar de voorste rij stoelen is nog leeg. Er kan dus nog van alles gebeuren. Ik richt mijn ogen op mijn voeten en neem me voor ze daar de hele ceremonie te houden. Als ik nadrukkelijk aan andere dingen denk, kan ik misschien ook voorkomen dat ik iets hoor. Waar kan ik aan denken? Aan William? Vanavond stuur ik hem een sms. Ik weet al welke tekst het wordt. *Papa is overleden, vandaag gecremeerd. Mail me, svp.*

Ik weet zeker dat hij het zal waarderen dat ik hem niet eerder een bericht heb gestuurd.

'Viola is er ook,' fluistert mijn vader.

Fuck Viola!

'O, goed,' zeg ik.

33

Ze komt op ons af, als we met een kop koffie ergens in de buurt van de uitgang staan. Ik heb met mijn vader afgesproken dat we niet in de rij gaan om te condoleren, alleen even koffiedrinken en dan vertrekken.

De jongste zus van Jurre kwam net langs, ze bleek op weg te zijn naar het toilet. Toen ze me zag, bewoog ze haar hoofd als groet en liep snel door. Ik maakte daarover een afwijzende opmerking tegen mijn vader, maar die vond dat ik geen recht van spreken had, omdat ik zelf na de scheiding het contact met de familie van Jurre heb verbroken. Toch vind ik dat deze zus iets tegen me had kunnen zeggen.

Van verschillende kanten komen mensen op me af om hun deelneming te betuigen. Ramona Keller, als altijd vergezeld van haar rollator, dreigt me te gaan zoenen. Ik heb het net op tijd in de gaten en hou haar met gestrekte arm op een afstand. 'Dat je dit moet overkomen, na alles wat je al met je zoon hebt meegemaakt,' snikt ze.

Het lukt me vaag te glimlachen.

'Daar is Viola,' zegt mijn vader.

Ze omhelst me. Ik zeg dat ik haar medeleven waardeer.

Ze kijkt me aan. 'Gaat het een beetje?'

Nu zou ik kunnen zeggen dat ik de brief heb ontvangen. 'Het gaat goed,' antwoord ik.

'Amy is morgen jarig,' zegt ze. 'Ze wilde jou niet lastigvallen met een uitnodiging, maar ik heb gezegd dat je het waarschijnlijk best prettig vindt om even samen iets te drinken. Het leidt af, toch? Ze verwacht me rond lunchtijd. Ga je mee?'

‘Doe dat maar,’ adviseert mijn vader.

‘Nicolaas Strijbos is op precies dezelfde manier aan zijn eind gekomen als Jurre,’ zeg ik.

Mijn vader slaat een arm om me heen. ‘Laat het verleden toch rusten, meisje,’ sust hij.

Viola kijkt van me weg.

‘Ik denk dat ik wel meega. Mijn vader heeft gelijk, waarom steeds weer het verleden oprakelen? Ze zijn dood, iedereen gaat dood. Over honderd jaar loopt niemand die hier aanwezig is nog rond. Waar gaat het leven eigenlijk over?’

‘Over alles waar het over kán gaan,’ antwoordt mijn vader. ‘Vandaag gaat het vooral over verlies. Het spijt me voor Jurre dat hij op deze manier heeft moeten sterven. Niemand verdient zo’n dood.’

‘Jawel hoor,’ meent Viola. Ze grist een kop koffie van het dienblad af waarmee een vrouw langs ons loopt. ‘Alleen koffie, geen cake?’

‘Het is geen feest,’ snauw ik.

‘Laten we weggaan,’ stelt mijn vader voor.

‘Ik haal je wel op,’ roept Viola me na.

‘Wat is er gaande tussen jullie?’ wil mijn vader weten.

Ik probeer verbaasd te kijken. ‘Niets. Hoezo?’

‘Er is spanning, Cathelijne, doe niet zo onnozel.’

Ik voel mijn mond vertrekken.

Mijn vader legt een hand op mijn arm. ‘Sorry, dat had ik niet moeten zeggen. Wat je ook bent, niet onnozel. Dit is een zware dag voor je, dat begrijp ik goed. Maar nu is het voorbij, je kunt nu bijkomen. Wil je met me mee? Zal ik straks voor je koken?’

‘Ik ga liever naar huis, want ik wil eerst William een sms’je sturen en hem dan vragen of hij me even wil mailen. Hij weet nog van niets.’

‘Kind toch,’ zegt mijn vader.

Het sms'je is klaar, ik tuur naar de tekst. *Papa is overleden, vandaag gecremeerd. Mail me, svp.*

Hiermee val ik wel heel erg heftig binnen. Het moet iets subtieler. Ik wis het bericht.

Lieve Will, er is iets ergs gebeurd met papa. Het leek me beter je niet eerder een bericht te sturen. Mail me even of je nog steeds op de camping bent, dan kan ik het je uitgebreider vertellen. Je mag me ook bellen. Kus, mama.

Dat is beter.

Zou hij verdrietig zijn als hij het eenmaal weet? Wil ik dat? Hoop ik dat?

Er wil maar geen zinnig antwoord in me opkomen.

Het is al negen uur en ik zit nog steeds in dezelfde stoel, met mijn mobiel op schoot, roerloos te zijn. Er zijn vier uren voorbijgegaan zonder dat ik er erg in had. Heb ik geslapen? Ik ben de tijd kwijtgeraakt.

De brief ligt op tafel. Ik pak hem op en lees hem opnieuw.

Ga naar de politie, anders doe ik het.

Ze heeft een idioot handschrift. Soms spoort ze echt niet, die Viola, maar wat wil je ook? Hoe zou ik zelf zijn geworden als ik toen ik acht jaar was mijn ouders en mijn broertje had verloren? Ik kan me bij die gedachte niets voorstellen en dat komt vooral omdat ik het beeld van mijn vader als een nietsontziende moordenaar nergens kan plaatsen. Ik heb alleen mijn broer verloren en daarom moet ik Viola niets kwalijk nemen. Bij wat haar is overkomen valt mijn verlies weg.

Zij wint.

En ik moet haar vergeven dat ze het weer doet, dat ze opnieuw zo'n rare brief stuurt. Ik kan me waarschijnlijk beter voorbereiden op nog een paar van die brieven in plaats van geïrriteerd te raken. Het houdt vanzelf op, dat gebeurde ook nadat Nicolaas

Strijbos was vermoord. Toen zat er opeens een brief van haar in mijn schooltas die me duidelijk maakte dat de dood van Nicolaas het beste was wat haar kon overkomen. Later ontkende ze dat ze iets in mijn tas had gestopt.

Je bent gevaarlijk en dat weet je zelf heel goed.

Mijn vader zou zeggen: 'Dat is een schoolvoorbeeld van projectie.'

Ik ga mijn computer opstarten en kijken of William een bericht heeft gestuurd.

Amy

34

Als mijn mobiel gaat, controleer ik eerst de display. Dit is Claudia. Die mag iets inspreken en dat luister ik dan niet af. Of kan ik dat beter wel doen? Ik zou willen weten of ze allemaal in Toscane zitten. Als dat zo is, hoef ik nog even niet voortdurend op te letten of mijn zus misschien in de buurt is.

Mijn ouders zullen me vandaag ook zeker bellen. Ze begrijpen waarschijnlijk niet waarom ik al een paar weken niets van me heb laten horen en ze weten nog niet dat ik voorlopig in Molenveld woon. Sinds hun conflict met Claudia en Hein ontmoet ik ze alleen in hun huis en ook nog in het geheim. Het is te gek voor woorden dat ik het solidariteitsgevoel voor mijn zus en zwager heb laten winnen van mijn begrip voor het standpunt van mijn ouders. De ruzie ging nergens over, als je het goed bekijkt. Claudia en Hein hebben zelf uitgebreid gecommuniceerd dat ze hun twaalfenhalfjarig huwelijk niet zouden vieren, omdat Hein tegen een burn-out aan zat. Toen hebben mijn ouders een reis naar Zuid-Afrika geboekt en ze weigerden die reis te cancelen nadat Claudia haar man toch zover had gekregen dat hij toestemde in een bescheiden feest. Ze zouden het grootste deel van de reissom kwijt zijn geweest en ik begreep heel goed dat ze daar geen zin in hadden. Maar Claudia was in alle staten. In haar woede haalde ze alles tevoorschijn wat haar al jaren dwars bleek te zitten en al snel was het feestje bijzaak in een ongekend groot familiedrama. Koos verbood me me ermee te bemoeien, maar ik probeerde toch mijn zus tot inkeer te brengen. Ik vond dat ze veel te ver ging met haar verwijtende opmerkingen en waarschuwde haar voor de gevolgen. Ten slotte waren mijn ouders niet op het feest en werd het contact met hen totaal verbroken. Door iedereen, behalve door mij. Sinds de breuk spreek ik in het geheim met ze af en bedenk ik smoezen om onder het toezicht van mijn zus uit te komen. Dat is nu ook afgelopen. Als ze bellen, vertel ik wat er is gebeurd, waar ik ben, en vraag ik of ze willen langskomen. Ik ga ook tegen ze zeggen dat het me spijt dat ik zo'n watje was.

Het is Viola gelukt om Cathelijne mee te krijgen. Ze omarmen me en delen hartelijke zoenen uit. Het is nauwelijks voor te stellen dat ik deze vrouwen nog geen twee weken ken. Maar het is ook nauwelijks voor te stellen dat ik opeens in een dorp in de buurt van Hoorn woon, mijn huis op de Stoombootweg in Amsterdam-Noord heb verlaten en mijn huwelijk op een dood spoor is beland. Vanmorgen heb ik een paar minuten voor de spiegel in de gang gestaan en mezelf aangekeken. 'Ik ben vandaag zesendertig geworden,' heb ik tegen mijn spiegelbeeld gezegd. 'Nu ben ik echt op weg naar de veertig. Dit deel mag er wat mij betreft wel wat vrolijker uitzien.'

Viola geeft me bloemen, Cathelijne heeft een fles witte wijn meegebracht.

'Je hebt toch wel taart, hè?' vraagt Cathelijne. 'Ik heb ontzettend veel zin in een stuk.'

Je zou niet zeggen dat ze gisteren op de begrafenis van haar ex was. Ik vraag me af of ik daar nog vragen over moet stellen.

'Jurre is gisteren begraven,' begint ze zelf. 'Maar dat weet je natuurlijk al.'

'Ja, hoe was het?'

'Veel mensen, veel gesmiespel, veel blikken op me gericht en een enkele gemeende condoleance. De meeste aandacht ging natuurlijk uit naar de familie van Anneloes. Toch een raar idee dat zij er niet bij was, vind je niet?'

'Helemaal geen raar idee,' antwoordt Viola. Haar stem klinkt hard, een beetje geërgerd. 'Sinds wanneer is het logisch dat de moordenaar participeert in de uitvaart van een slachtoffer?'

'Heeft ze al bekend?' wil ik weten.

Cathelijne haalt haar schouders op. *'Nobody knows.'*

'Mij interesseert het ook niet,' zegt Viola.

'Wie zei dat het mij niet zou interesseren?' reageert Cathelijne tamelijk heftig.

'Wat is er met jullie?' vraag ik.

'Niets,' zeggen ze tegelijk en iets te snel.

'Zeg schat, heb je nou taart of niet?' informeert Cathelijne.

Ik wil dat ze weggaan. Er hangt een onaangename sfeer om die twee heen, er broeit iets. Ik wil geen escalatie in mijn huis.

Cathelijne is aan haar tweede stuk taart bezig. Ze eet haastig, het lijkt wel of ze bang is dat iemand het van haar wil afpakken. Ze is absoluut niet als anders, maar dat kan ik me voorstellen. Hoe zou ik me voelen en gedragen als Koos werd vermoord?

'Hoe voel je je nu?' vraag ik aan haar.

'Opgelucht,' zegt ze.

'Omdat Jurre dood is? Dat meen je toch niet?' Viola lijkt nogal onthutst.

Cathelijne schraapt het laatste vleugje slagroom van het gebakschoteltje. 'Toch wel,' zegt ze. Ze zet het bordje op de salontafel en richt zich tot Viola. 'Ik begrijp niet dat je daar zo verbaasd op reageert. Die man heeft nooit iets aan mijn leven toegevoegd. Ik heb jarenlang zijn geestelijke armoede geaccepteerd en me gevoegd naar zijn ordinaire voorkeuren.' Ze richt zich nu tot mij. 'Nooit eens een opera, altijd concerten van André Hazes, nooit eens een goed restaurant, altijd van die vreetschuren als Burger King, niet *de Volkskrant*, maar *De Telegraaf*, nooit een serieuze film met inhoud, altijd actiefilms met Arnold Schwarzenegger-types. Waarom zou ik niet opgelucht zijn?'

'Je schildert Jurre af alsof hij een dombo was en je weet heel goed dat dit niet klopt.'

'Dat was totaal niet mijn bedoeling, ik weet best dat Jurre niet dom was. Maar onze verschillen in interesses stonden me vaak tegen.'

'Je vree nog steeds met hem,' merkt Viola op.

Cathelijne glimlacht. 'Als je vrijt, hoef je niet te praten. We waren allebei liefhebbers en we hadden goede seks. Hij heeft vaak tegen me gezegd dat hij met niemand zo kon vrijen als met mij. Maar achteraf gezien had ik liever een man gehad die zijn intellectuele vermogen niet verspilde aan burgerlijke hobby's.'

'Ik begrijp het niet helemaal,' zeg ik.

Cathelijne staat op. 'Hoeft ook niet. Ga jij vandaag gewoon lekker jarig zijn. Verwacht je nog meer bezoek? Nee, natuurlijk, dat is een domme vraag. Wat ga je verder doen?'

'Ik ga naar Hoorn,' verzin ik. 'Iets moois kopen voor mezelf.' Terwijl ik het zeg, bedenk ik dat ik nu het risico loop dat ze met me mee willen. 'Ik ga samen met mijn moeder,' voeg ik er haastig aan toe.

Opnieuw dat ongemakkelijke gevoel in mijn maag en tranen in mijn ogen. Ik haal diep adem.

'Goed idee,' zegt Viola.

35

Het lijkt erop dat de lente zich eindelijk realiseert wat er van haar verwacht wordt. De terrassen zitten vol, de hele wereld kleedt zich uit. Ik heb zin om te shoppen. Lentekleren kopen die Claudia niet heeft. Laat ik vooral één ding met mezelf afspreken, ik ga me niet bezighouden met mijn zus. Die zit waarschijnlijk in Toscane, net als de man met wie ik over twee maanden twaalfenhalf jaar getrouwd zou zijn.

Ik sta stil voor de etalage van een juwelier en mijn ogen dwalen langs het deel waar de trouwringen zijn uitgestald, als het opeens tot me doordringt dat ik een besluit heb genomen. Ik ga niet meer terug naar Koos. Nooit meer.

Ik wil van hem scheiden.

En ik wil snel mijn ouders weer zien.

Ik ontdek een vrij tafeltje met twee stoelen in de hoek van het terras, loop er snel naartoe, schuif de vier tassen die ik bij me heb onder het tafeltje en grijp de kaart. Nu ik zit, voel ik dat ik moe ben en honger heb. Ik bestel een glas jus d'orange en een bruine pistolet met zalm en garnalen. Om me heen gonzen stemmen, maar ik sluit me ervoor af. Het is heerlijk om alleen met mezelf te zijn.

Als ik het glas wil pakken, zie ik mijn trouwring. Ik raak hem aan en draai hem een paar keer rond.

Koos was geëmotioneerd toen hij de ring aan mijn vinger schoof. Daar schoot ik van vol.

Ik sluit een paar seconden mijn ogen. Dit is het moment, het moet gebeuren. Ik maak mijn vinger een beetje nat met mijn tong en schuif de ring eraf. Mijn kale rechterhand grijpt het glas.

De zon voelt lekker warm aan, ik zit met gesloten ogen te genieten en laat de beelden aan me voorbijgaan. Ik beleef mijn trouwdag en voel opnieuw de armen van mijn moeder om me heen, nadat ze de rits van mijn trouwjurk heeft dichtgetrokken. Ik hoor haar zeggen dat ik de mooiste bruid ben die ze ooit heeft gezien en ik weet dat ze ervoor zorgt dat ik de enige ben die kan horen wat ze zegt. Achter me roept Claudia wat er te fluisteren valt.

Mijn vader geeft me weg. Ik weet dat dit veel voor hem betekent en daarom heb ik erin toegestemd. Als we de trouwzaal binnenkomen, zie ik dat Koos nerveus is. Ik voel me rustig.

Hein en Claudia zijn onze getuigen. Ik zie de mond van mijn zus vertrekken als ze haar handtekening plaatst. Ze produceert een lach met haar lippen die haar hele gezicht vervormt. Misvormt.

Tijdens de receptie is iedereen opgewonden vrolijk. Ik niet. Ik ben erbij zonder daadwerkelijk aan het feest deel te nemen.

De man staat opeens voor mijn neus en buigt zich voorover. 'Is de andere stoel vrij?'

Ik kijk op. Hij gaat weer rechtop staan. Het is een lange vent, ik bekijk hem van top tot teen. Goed gekleed, prachtig lijf, mooie kop. Sinds wanneer kijk ik op deze manier naar mannen? 'Die stoel is vrij,' zeg ik.

'Mag ik hier dan even zitten? Ik sterf van de dorst. Maar als je het niet prettig vindt...'

Ik maak een uitnodigend gebaar. Doe ik dit werkelijk?

De man wenkt een serveerster. 'Ik wil graag een bier, wat hebt u in het vat?' Hij kijkt weer naar mij. 'Mag ik jou ook iets aanbieden?'

'Een roseetje,' hoor ik mezelf zeggen.

Hij dringt zich niet op, stelt geen overbodige vragen, doet geen enkele poging om interessant te lijken en flirt niet met me. Toch raken we vrijwel direct met elkaar in gesprek en is het een vanzelfsprekende zaak dat dit gesprek ergens over gaat.

Hij is gescheiden en heeft daarna een nieuwe relatie gehad, maar die is sinds een paar maanden ook weer voorbij. Hij zegt dat hij tot nu toe geen schoonheidsprijzen heeft verdiend voor zijn relaties met vrouwen en dat dit vooral te maken heeft met zijn egocentrisme.

'Maar je lijkt zo'n aardige man,' merk ik op. Ik moet geen tweede glas rosé nemen.

'Ik ben ook een aardige man,' zegt hij. 'Ik heb dat in mijn relaties alleen iets te goed verborgen gehouden.'

'Valt er dan niets te herstellen?'

Hij glimlacht. 'Dat vroeg mijn vader me onlangs nog. Hij is dol op mijn eerste ex en hij hoopt op een verzoening. Maar dat zit er niet in. Weet je, soms is een bijkomstige situatie genoeg om in te zien dat het geheel niet klopt.' Hij zet zijn glas op het tafeltje. 'Oké, ik geloof dat ik me nu wel erg cryptisch uitdruk.'

'Ik begrijp wat je bedoelt,' zeg ik.

'Heb jij een relatie?' wil hij weten.

Ik ben me opeens sterk bewust van mijn kale rechterhand.

Als iemand me nu zou vragen hoe het komt dat ik zonder enige terughoudendheid vertel op welke manier ik mijn man heb verlaten en waar ik naartoe ben gegaan, zou ik het antwoord niet weten. Het gebeurt en het klopt.

Ik weet niet eens hoe hij heet.

Hij wenkt de serveerster, vraagt of ik nog iets wil drinken en bestelt twee tonic. 'Hoe heet je?' wil hij weten.

Ik zeg het.

'Mooie naam. Ik heet Harm Jan Wisse.' Hij wijst naar de tassen die onder het tafeltje staan. 'Nieuw leven, nieuwe kleren?'

Ik wil niet emotioneel worden, maar ik word het toch.

Hij grijpt mijn hand.

36

Dit is de tweede keer in korte tijd dat ik aan een wildvreemde vertel wat er in mijn leven is gebeurd. Wat is er met me aan de hand? Ik wil dit niet. Toch lukt het me niet mijn verbale overstroming stop te zetten.

Hij stelt geen enkele vraag als ik de geschiedenis schets van mijn zus en mij. Ik wist zelf niet eens hoeveel ik me herinner van onze vroege jeugdjaren en het lijkt of ik vertel en tegelijk luister naar mijn eigen verhaal. Wat ik vooral hoor is afkeer, zich vanaf onze puberjaren snel vermenigvuldigende weerstand en op dit moment diepe haat. Ik vertel hem over Jimmy en welke impact zijn dood altijd op mij heeft gehad. Terwijl ik praat, komen de vragen die Viola me hierover stelde ergens op de achtergrond van mijn gedachten tevoorschijn. Ik zie de voordeur van mijn ouderlijk huis voor me, ik zie ook dat mijn moeder naar buiten gaat en ik de deur afsluit. Ik heb nooit eerder zo zeker geweten dat ik die deur afsloot. De gezichten van mijn ouders flitsen langs me heen, vooral dat van mijn moeder. Ik herinner me de intense schrik in haar ogen, die later afweer werd. Maar die afweer was niet op mij gericht.

Harm Jan drukt een papieren zakdoekje in mijn hand. Ik heb niet eens in de gaten dat ik huil.

De gedachte is, als ik heel eerlijk tegen mezelf ben, niet nieuw. Ze is altijd al ergens aanwezig geweest, maar steeds in een soort sluimertoestand. Pas nu laat ik haar toe.

Hij draagt de tassen naar mijn auto en schuift ze op de achterbank. 'Ik ben onder de indruk van alles wat er de afgelopen uren is gebeurd,' zegt hij. 'Als ik eerlijk ben, moet ik zeggen dat ik eigenlijk niet goed begrijp wát er is gebeurd. Wat ik wel begrijp is dat ik nu geen afscheid wil nemen.'

Ik heb het gevoel dat ik een marathon heb gelopen. 'Het is bij mij ook stevig aangekomen,' antwoord ik. 'En ik vind het ook niet fijn om nu afscheid te nemen, maar ik moet echt even bijkomen.'

Hij kijkt op zijn horloge. 'Het is bijna halfvijf. Heb je wat te doen vanavond?'

'Ik ben vandaag jarig,' zeg ik.

Zijn mond valt open. 'Wat zeg je nou? Echt waar? Maar… geef je een feest?'

'Nee, ik heb vanochtend taart gegeten met twee vrouwen uit het dorp waar ik tijdelijk woon en die ik kortgeleden heb leren kennen. Verder doe ik niets.'

'Wil je vanavond met me uit eten? Hou je van vis? Ja? Ik weet een heel goed visrestaurant in Den Oever. De eigenaar is een vriend van me. Ik wil je er graag mee naartoe nemen.'

Ik aarzel.

Hij buigt zich voorover, zijn mond is opeens heel dichtbij. Ik deins niet terug. Hij geeft me drie zoenen op mijn wangen. 'Gefeliciteerd,' zegt hij.

Mijn mond raakt zomaar zijn lippen aan.

Viola

37

Ik heb nog steeds niet gereageerd op het bericht dat Harm Jan insprak. Zou ik nieuwe berichten gemist hebben? Ik controleer mijn voicemail. Geen nieuwe berichten.

Ik kan gewoon terugbellen en bedanken voor de eer. Die toon is niet goed, dus maar niet bellen. Een sms'je is beter, denk ik. Of helemaal niet reageren? Ik raak geïrriteerd van mijn eigen besluiteloosheid.

Kom op, Viola, laat je tanden zien. Die uitnodiging sloeg nergens op, dat was weer helemaal een Harm Jan-actie, zomaar iets doen zonder eerst goed na te denken. Waar hebben we dat vaker meegemaakt?

Ik lees de tekst goed na om te controleren of er geen typefouten in zitten. Alles klopt.

Ik ga niet mee naar Center Parcs, zal je vader later persoonlijk feliciteren. Viola.

Geen woord te veel, kort en krachtig. Ik verzend het bericht.

Zou Amy thuis zijn? Ik vind dat ik wel erg veel aan haar denk en ik vraag me af hoe dat komt. Zou ik misschien mijn gedachten niet op Cathelijne willen richten? Als ik aan haar denk en aan wat er recent gebeurd is, krijg ik het benauwd. De hints die ik tot nu toe gaf over wat er gaande kan zijn, negeert ze consequent. Ik zou me nog wat duidelijker kunnen uitdrukken, maar dan komen we waarschijnlijk weer in de ruziesfeer terecht die haar toppunt bereikte toen William helemaal doorsloeg. Nee, duidelijk zijn is geen optie. Maar wat dan wel?

Ik heb een nieuw sms'je, zou Harm Jan al geantwoord hebben?

Jammer. Hoop dat alles goed met je gaat. Liefs, HJ.

'Ik vraag me af of alles goed met me gaat,' zeg ik tegen het scherm.

'Cathelijne is er ook,' meldt Amy terwijl ze me binnenlaat. 'Mijn zus is gisteren bij haar geweest.'

Ik wil haar aanraken. Het lijkt of ze me probeert te ontwijken. 'Je zus? Nee toch? Wanneer dan?'

'Laat Cathelijne het maar vertellen,' zegt ze.

Cathelijne heeft veel zin om te vertellen. Haar ogen glinsteren, haar wangen zijn rood. Ze doet vrolijk. Ze doet nog iets anders, ze kust me. 'Wij zijn vrienden, toch? Het leek even spannend, maar daar gaan we niet mee door. Goed? Kijk me aan, zeg me na: Wij zijn vrienden.'

Ik gehoorzaam.

'Die zus van Amy heeft ze volgens mij niet allemaal op een rijtje,' deelt ze mee.

Ik zie dat Amy zich niet op haar gemak voelt. Ze plukt aan haar vingers, zucht regelmatig diep en haar ogen dwalen door de kamer. Cathelijne heeft dat duidelijk niet in de gaten. Ze kletst maar door en raakt niet uitgesproken over de enorme gelijkenis van de tweelingzussen. 'Ik heb echt wel tien keer gedacht dat Amy voor me zat en een geintje wilde uithalen,' zegt ze.

'Ik heb volgens de mensen die ons goed kennen andere ogen,' probeert Amy ertegen in te brengen.

'Zou best kunnen, daar heb ik niet op gelet. Maar toen ze over jullie broertje begon en later ook nog over jullie moeder, begreep ik dat jij het echt niet was. Zulke heftige beschuldigingen zijn niet grappig meer.'

'Wat zei Claudia over mijn moeder?' wil Amy weten.

Cathelijne lijkt te aarzelen. 'Tja... ik geloof echt niets van wat ze zei, hoor.'

'Maar wat zei ze?' Er zit een boze ondertoon in Amy's stem.

'Ze zei dat iedereen denkt dat jouw moeder geen onderscheid maakte tussen haar dochters, maar dat ze absoluut meer van jou hield dan van haar.'

'Klopt dat?' wil ik weten.

'Dat is dus wat mijn zus denkt en waar ze zich door niets en niemand vanaf laat brengen.' Er zit opeens een harde trek om Amy's mond. 'Mijn moeder is de beste moeder die een kind zich kan wensen. Geen van ons is ooit iets bij haar tekortgekomen, ook Claudia niet. Misschien juist Claudia niet, want die eiste altijd de meeste aandacht op.' Ze wendt zich weer tot Cathelijne. 'Wat zei mijn zus nog meer?'

'Je moet je er niets van aantrekken. Ze zei dat jij verantwoordelijk was voor de dood van jullie broertje. Wat bedoelde ze daarmee?'

Amy schudt bedachtzaam haar hoofd. 'Ik moest op hem letten en het lukte hem de voordeur open te krijgen toen ik in de keuken was. Hij is verdronken in de sloot die tegenover ons huis lag.'

'Wat verschrikkelijk! Maar het was toch geen opzet van jou? Hoe kan je zus nou beweren dat jij verantwoordelijk was voor zijn dood?'

'Natuurlijk was het geen opzet. Het was een ongeluk, een samenloop van omstandigheden. Maar mijn zus vindt het al jaren heerlijk om mij op de kast te jagen.'

'Dit gaat wel wat verder dan iemand op de kast jagen,' stel ik vast.

'Ik heb een pesthekel aan types als jouw zus,' zegt Cathelijne. 'Dat soort zou een klap op haar achterhoofd moeten krijgen en in een vijver verzopen moeten worden.'

Er valt een diepe stilte.

'Bij wijze van spreken,' voegt ze eraan toe.

38

Ik zou dicht bij Amy willen blijven, iets te eten voor haar willen maken en haar tegen me aan willen drukken. Ze ziet er aangeslagen uit en ik wil haar troosten. Mijn verlangen om haar aan te raken maakt me onzeker. Ik begrijp niets van deze behoefte, ik heb nog nooit iets in die richting ten opzichte van een vrouw gevoeld. Zou dit te maken hebben met de hormoonpreparaten die ik slik? In de periode dat we bezig waren met ivf gedroeg ik me ook anders dan anders. Maar toen probeerde ik juist elke vorm van contact met Harm Jan te vermijden. Hij lachte erom en zei dat we op die manier nooit een kind zouden krijgen.

Hij legde zich tamelijk gemakkelijk neer bij mijn besluit om niet mee te gaan met de familie. Er zijn waarschijnlijk belangrijkere zaken die hem bezighouden. Zou er een kind op komst zijn? De gedachte veroorzaakt een pijnlijk gevoel op mijn borst.

Ik merk aan Amy dat ze het niet prettig vindt dat Cathelijne zo wreed praat over haar zus. Het lijkt wel of Cathelijne zelf het slachtoffer is van Claudia en ze de realiteit enigszins aan het kwijtraken is. Als ze even naar het toilet gaat, leg ik aan Amy uit dat Cathelijne zich verbaal heel erg kan laten gaan als iets haar niet zint.

'Alleen verbaal?' wil Amy weten.

'Waarom vraag je dat?' Mijn keel voelt dichtgeknepen aan.

'Ze straalt iets dreigends uit, ik word een beetje bang van haar.'

'Het zijn echt alleen woorden,' probeer ik haar gerust te stellen.

Cathelijne valt de kamer weer binnen. 'Waar was je gisteravond eigenlijk?' richt ze zich tot Amy. 'Ik ben nog met je zus langs je huis gegaan, maar de vogel was gevlogen. Het leek me verstandig om mee te gaan, ik wist niet wat die engerd van plan was.'

'Dank je,' mompelt Amy.

'Waar was je?' herhaal ik de vraag en ik bedenk tegelijk dat wij daar niets mee te maken hebben.

'Ik kwam in Hoorn een paar oude vrienden tegen en ik ben gisteravond met ze gaan stappen.'

'Wat valt er te blozen?' informeert Cathelijne.

'Ik bloos niet.' Amy wrijft met haar vingers over haar wangen.

'Dan niet. Heb je ondeugende dingen gedaan?'

'Nu ophouden,' onderbreek ik Cathelijne.

'Ik heb gisteren besloten dat ik van mijn man wil scheiden,' zegt Amy.

Ik voel me op een vreemde manier opgelucht.

Amy heeft al een paar keer zo onopvallend mogelijk gegaapt en ik weet dat we haar met rust moeten laten. Toch kan ik maar niet opstaan en weggaan. Dat neem ik mezelf kwalijk. Sinds wanneer ben ik een plakker geworden? Dit gedrag past niet bij me.

'We moeten er eens vandoor,' beslist Cathelijne. Ze grijpt mijn handen vast en hijst me overeind. 'Jij ziet toch ook wel dat Amy bijna omvalt? Ik denk dat ze vandaag vroeg moet gaan slapen om uit te rusten van haar geheimzinnige activiteiten.'

'Ik denk dat Nika nog wel een eind wil lopen,' zeg ik, om mezelf een houding te geven en om Cathelijne te laten zwijgen. Ik wend me tot Amy. 'Mocht die zus van je weer opduiken en het je lastig maken, bel me dan. Ik kom direct.'

'Ik ook,' valt Cathelijne me bij.

We lopen samen naar buiten. Vlak voordat Cathelijne de andere kant op gaat, in de richting van haar huis, grijpt ze me vast. 'Geen brieven meer sturen,' zegt ze.

Cathelijne

39

William heeft me gemaild. Hij schrijft dat het bericht over zijn vader hard is aangekomen, maar dat hij ook blij is dat ik hem niet terug heb laten komen. Hij informeert hoe het met me gaat en benadrukt dat hij bereid is me te steunen, als ik dat wil. Ik maak snel een antwoord.

Ik red het, lieverd, blijf jij maar lekker in Catalonië. Opa houdt me in de gaten, maar ik heb ook Viola en sinds kort een nieuwe vriendin. Die heet Amy, ze heeft een supergestoorde zus. We vervelen ons hier dus niet.

Als ik de tekst teruglees, vraag ik me af of ik niet te vrolijk doe. De toon van deze mail sluit niet aan bij hoe ik me voel. Maar ik wil niet dat William iets aan me merkt. Hij moet denken dat ik alles onder controle heb en dat ik niet wakker lig van de dood van zijn vader. Dat zal hij ook niet doen. Het is een wrede waarheid, maar het klopt. Mijn ex en mijn zoon zijn al een paar jaar geen vrienden meer. Zijn ze dat eigenlijk ooit geweest?

Mijn moeder vertelde me dat Jurre met tranen in zijn ogen was komen vertellen dat we een zoon hadden. Ze hadden mij met loeiende sirenes naar het ziekenhuis afgevoerd toen de weeën plotseling zwakker werden en de baby in ademnood leek te komen. Ik was te uitgeput om bang te zijn, maar Jurre bleek later de nagels van zijn vingers helemaal te hebben afgekloven. Later heeft hij talloze keren verteld hoe machteloos hij zich voelde toen ik naar de operatiekamer werd gereden en hij moest achterblijven. Dat deel is uit mijn brein verdwenen. Ik weet nog dat de ambulance arriveerde en daarna is er een zwart gat, tot het moment dat ik bijkwam uit de narcose en iemand tegen me zei dat ik een zoon had.

De eerste dagen na de geboorte van William bevond ik me in een soort schemertoestand. Er werd regelmatig een kind in mijn armen gelegd, stemmen gaven instructies voor de borstvoeding, handen en lippen beroerden me, maar het drong niet echt tot me door. Op de ochtend van wat later de vierde dag na de keizersnee bleek te zijn werd ik me van het ene op het andere moment bewust van pijn in mijn buik en een baby aan mijn borst. Ik bekeek hem vol verwondering en wreef voorzichtig met een vinger over zijn voorhoofd. Hij hield op met zuigen, opende zijn ogen en keek me aan. Op dat moment werd ik moeder.

Jurre en ik konden samen uren naar onze zoon kijken. We volgden iedere beweging, elk geluid van hem, hoe miniem het ook was. Als ik hem 's nachts moest voeden, maakten we vertederd grapjes over de gulzigheid waarmee hij aan mijn tepel zoog. We konden over niets anders meer praten dan over ons kind.

De fixatie duurde drie maanden, totdat Jurre op een zaterdagmorgen tegen me zei dat we ons wat hem betrof niet moesten blindstaren op onze zoon. Hij stelde voor het normale leven weer eens op te pakken. Ik gaf hem gelijk, maar ik volgde hem alleen voor de schijn. Ik liet me aanraken, zelfs verleiden, veinsde lust en deed wat van me werd verwacht. Maar ik verlangde iedere morgen als ik wakker werd naar het moment dat mijn man naar zijn werk zou gaan, zodat ik alleen kon zijn met William. De rest van de wereld bestond niet meer.

Ik lees Williams bericht nog een keer en constateer dat hij me dankbaar is dat hij niet terug hoefde te komen. Ik ben blij dat ik niet uitgebreid met mijn vader of met Viola heb overlegd wat ik moest doen. Amy zei tegen me dat zij een bericht zou hebben gestuurd vóór de begrafenis. Maar zij kent de geschiedenis niet.

Mijn vader vroeg zich gisteren af of ik nog een keer verhoord zou worden door de politie. Hij kent de advocaat van Anneloes, maar beweerde dat hij niets meer weet dan tot nu toe bekend is geworden over haar situatie. Ze mag nog steeds met niemand anders contact hebben dan met haar advocaat en volgens mijn vader kan dit niets anders betekenen dan dat ze nog niet heeft bekend en de verhoren nog niet zijn afgerond. Ik wilde weten waarom hij zich afvroeg of men mij nog een keer zou willen verhoren. Toen zei hij: 'Omdat je met Jurre getrouwd bent geweest en misschien meer kunt vertellen over met wie hij omging. Of wie zijn vijanden waren.'

'Jurre had geen vijanden,' zei ik. 'Hij is niet door onbekenden vermoord. Die vrouw heeft nota bene geroepen dat ze hem met dat stuk hout op zijn achterhoofd geslagen heeft.'

'Maar ze heeft niet geroepen dat ze hem daarna in de vijver heeft geduwd,' sputterde mijn vader tegen.

'Dat komt er vanzelf uit, als ze haar maar lang genoeg vragen blijven stellen,' heb ik toen gezegd.

Ik moet hier nog eens met Viola over praten. Hoewel... Misschien kan ik er juist beter niet met Viola over praten. Misschien moet ik toch eens een gesprek voeren met de politie en aan ze vertellen wat ik denk. Misschien moet ik ze de brief laten lezen. Met wie kan ik dit overleggen? Mijn vader is veel te dol op Viola, die zal nooit geloven wat ik van haar weet. Met Amy dan?

Zou William het erg vinden als ik hem vraag wat hij me adviseert?

40

De buurtsuper is net open, ik zie dat Branca het reclamebord buiten zet. Vandaag is de verse worst in de reclame. Jurre was daar dol op, William haatte het. Hij moest het eten van Jurre en dat leidde tot zoveel conflicten dat ik besloot dit vlees niet meer op tafel te zetten. Toen werd Jurre pas echt woest.

Nadat ik uitgebreid mijn excuses heb aangeboden voor mijn gedrag, doen we weer normaal tegen elkaar. Toch is Branca na de dood van Jurre niet meer bij me aan de deur geweest om te klagen over haar moeder. Zou ze van me verwachten dat ik haar uitnodig?

Ik vul mijn mandje met de boodschappen die op mijn lijstje staan en ben daar zo geconcentreerd mee bezig dat ik niet heb gehoord dat er nog iemand de winkel is binnengekomen. Het is een vrouw, merk ik, als ze vlak naast me staat in de zuivelhoek. Ze heeft een bekend gezicht. Met een schok realiseer ik me dat het de moeder van Anneloes is.

Ze kijkt me op een koele manier aan en haar ogen dwalen een paar seconden over mijn lichaam. Ik heb het gevoel dat mijn bloes te ver openstaat en de rits van mijn broek niet goed dichtzit. Ze kijkt niet meer naar me, maar bukt zich om een pak melk te pakken.

'Hoe gaat het met u?' vraag ik.

Ze richt zich op. 'Wel goed.'

'En hoe gaat het met… Anneloes?'

Weer die koele blik. 'Interesseert dat jou echt?'

Branca komt erbij staan. 'Dat interesseert ons allemaal in het dorp,' zegt ze.

Nu wordt Branca van top tot teen bekeken. 'Ze zit nog steeds vast en dat zal nog wel even duren. Het schijnt dat ze eerst een bekentenis moet afleggen en dan pas weer contact mag hebben met de buitenwereld.'

'Waarom bekent ze dan niet?' wil Branca weten.

'Omdat ze hem niet in die vijver heeft geduwd,' antwoordt de vrouw.

'Hoe weet u dat?' vraag ik.

De vrouw zwijgt een paar seconden en kijkt me met half toegeknepen ogen aan. 'Hoe weet jij zo zeker dat ze dat wél heeft gedaan? Was je erbij? Weet je er soms meer van? Anneloes heeft me wel eens verteld dat ze jou regelmatig op het pad achter hun huis zag lopen.'

Ik snuif. 'Daar heb ik één keer in mijn leven gelopen, toen ik Ramona Keller haar kat hielp zoeken.'

'Dat zeg jij,' meent de vrouw.

'Niemand wil Anneloes ergens van betichten,' zegt Branca.

De vrouw keert zich met een ruk naar haar toe. 'O nee? Wil jij soms beweren dat er in dit dorp ook maar één persoon aan te wijzen valt die niet is overtuigd van haar schuld? Ik weet dat er verschillende personen uit eigen beweging naar de politie zijn gestapt om een belastende verklaring af te leggen. Het is algemeen bekend dat Jurre en zij voortdurend ruzie hadden en dat mijn dochter niet fluisterde als ze haar man vertelde wat ze van hem vond.'

Ik wil zeggen dat hij mijn man was. Branca kijkt me aan met een waarschuwende blik in haar ogen.

Er beweegt iets in het pad en ik kijk wat het is. De wandelwagen is me niet eerder opgevallen en het kind dat erin zit evenmin. Hij zwaait met zijn armen en maakt brabbelgeluiden.

'Wat is het toch een schatje,' zegt Branca. Ze loopt naar de peuter toe en aait hem over zijn hoofdje. 'Mag hij een schuimpje?' vraagt ze en ze loopt al naar de toonbank, waar het schaaltje met schuimpjes staat dat ze aan iedere klant aanbiedt als er is afgerekend.

'Nee,' zegt zijn oma. Ze richt zich weer op mij. 'Al duurt het tien jaar, al moet de onderste steen boven komen, ik zal bewijzen dat mijn dochter hem niet heeft vermoord. Ze heeft hem een klap gegeven en daardoor raakte hij buiten westen. Maar hij is niet overleden door die klap. Hij verdronk doordat iemand hem in die vijver heeft geduwd of gesleept. Die iemand was niet mijn dochter, dat weet ik zeker.'

Ik hoor wat ze zegt, maar ik luister niet echt. Ik kan alleen maar naar het kind staren. Hij speelt met zijn eigen vingers. Dat deed William ook toen hij nog een peuter was.

Hij lijkt sprekend op William.

41

Toen ik een paar dagen geleden bij mijn moeder was, zat ze het hele uur te slapen. Vandaag tref ik haar opnieuw slapend aan. Ik probeer haar wakker te maken, maar ze reageert totaal niet.

'Ze slaapt de laatste tijd nogal veel,' zegt de verzorgster die net binnenkomt. 'We hebben je vader voorgesteld om eens een bloedonderzoek te laten doen, maar dat vindt hij onnodig belastend. Hij is van mening dat het bij het ziektebeeld hoort en we haar met rust moeten laten.'

'Wat zou een onderzoek kunnen opleveren?' wil ik weten.

'Dat kun je beter met het afdelingshoofd bespreken,' antwoordt de verzorgster.

Ik kijk naar mijn moeder. Ze zit in een comfortabele rolstoel met een achteroverhellende hoge rugleuning. Het is lang geleden dat ik haar zo ontspannen zag.

'Je lijkt heel erg op je moeder,' meldt de verzorgster.

Ik streel de gerimpelde handen die ik zo goed ken. 'Dat weet ik, en niet alleen fysiek. Onze levens lijken ook op elkaar. Tot op zekere hoogte, gelukkig.'

'Jurre wil een tweede kind,' vertelde ik aan mijn moeder. 'Hij is bang dat William veel te veel verwend wordt als hij alleen blijft.'

'Daar zit iets in,' meende ze. 'Je bent net zo op jouw kind gefixeerd als ik destijds was op jou. Je vader mopperde dat ik hem niet meer zag staan.'

'Hij is het mooiste wat me overkomen kon,' zei ik.

Ze gaf me een kus. 'Dat weet ik, kind, maar leg dat maar eens uit aan een man. Maar wat wil jij?'

'Ik wil misschien wel een tweede, maar nu nog niet.'

'Wie weet, doe je het net als ik en baar je tegen de tijd dat William vijf is gewoon even tussen twee witte wassen door je volgende baby.'

Ik durfde niet te zeggen dat ik het absoluut niet wilde doen als mijn moeder, omdat haar tweede kind was overleden toen het veertien was.

'Ik begrijp niet dat je niet meer zwanger wordt,' mopperde Jurre. 'Of gebruik je nog steeds de pil?'

Ik werd boos. 'Doe niet zo achterlijk, zeg. Het komt als het komt, of niet. Denk je soms dat de wereld vergaat als wij geen tweede krijgen?'

William was vierenhalf jaar oud toen ik zwanger werd. Jurre was in alle staten en vertelde het aan iedereen die hij tegenkwam. Hij was de hele dag blij en minder ongeduldig ten opzichte van zijn zoon.

Ik lag ruim twee maanden het grootste deel van de dag op de bank en kwam alleen overeind om over te geven. Mijn moeder zorgde voor me en beweerde voortdurend dat dit vanzelf ophield. Mijn vader keek zorgelijk en vroeg me, als mijn moeder even niet in de buurt was, of ik dit kind wel wilde krijgen. Ik probeerde hem ervan te overtuigen dat het welkom was.

De angst vrat me langzaam op. Ik werd 's nachts badend in het zweet wakker en droomde regelmatig dat de politie voor de deur stond om te vertellen dat mijn jongste kind was verongelukt.

Op de dag dat ik een miskraam kreeg, was ik een geestelijk en lichamelijk wrak en liet ik gebeuren wat gebeuren moest. Ik sloot mijn ogen voor de paniek van Jurre en wendde me zelfs af van het angstige geschreeuw van William. Ik gleed gretig in de narcose die me moest verlossen van de stekende pijnen in mijn buik en de niet te stuiten bloedstroom tussen mijn benen.

Iedereen in mijn omgeving was aangeslagen en leefde mee. Jurre lag als een kind tegen me aan in bed en liet zich door mij troosten. Hij wilde weten wat ik voelde en ik zei dat het zo leeg was in mijn lijf. Dat klopte, maar het was slechts een deel van mijn verhaal. Ik voelde me niet alleen leeg, ik was vooral opgelucht. Later zei ik tegen Jurre dat ik geen tweede kind meer wilde, omdat ik het gevoel had dat de geschiedenis zich dan zou herhalen. Ik besloot de opleiding voor pedicure te gaan volgen en deed vervolgens ook nog twee vervolgopleidingen. Jurre hielp me met het starten van een eigen bedrijf aan huis. Hij liet folders drukken en verspreiden en een paar maanden later moest ik al klanten weigeren. Jurre liet voortdurend merken dat hij trots op me was en ik wist dat hij vooral blij was dat ik door mijn werk minder tijd zou hebben om me met mijn zoon bezig te houden. Dat nam ik hem kwalijk.

De verzorgster biedt me een kop thee aan. 'Gisteren vroeg ze steeds naar Arend,' zegt ze.

Mijn moeder snurkt.

Het fotoboek staat achter de boeken van Stephen King. Het is al een tijd geleden dat ik erin keek.

Ik voel mijn adem beven als ik de eerste foto bekijk. Ik zie de wijd openstaande deur van het kerkje, waar een witte kist voor staat. Aan weerszijden van de kist twee rijen gebogen hoofden. Jonge hoofden, het zijn allemaal pubers. Handen voor gezichten, armen om elkaars schouders.

Op de volgende foto staat mijn moeder. Het is een close-up en als ik eerlijk ben is het een prachtige foto. Een prijsfoto. Op haar gezicht heeft het leed van de hele wereld zich verzameld.

Ik staar naar de foto's die getuigen van een onstuitbare bloemenpracht. Ze bedelven de kist, later het graf.

Ik krijg geen lucht.

Het boek moet dicht, ik heb er niets aan om naar deze foto's te kijken. Misschien kan ik ze beter vernietigen, wie zal ze nog willen zien?

Ik ga William mailen. Met hem kan ik praten.

42

Ik dacht dat Viola de boodschap wel begrepen had, maar ik heb me blijkbaar vergist. De tweede brief is venijniger dan de eerste.

> Cathelijne,
> Je bent verkeerd bezig en je weigert dat onder ogen te zien.
> Ik weet waartoe je in staat bent en ik duld niet dat je hiermee doorgaat.
> Ik sprak je vader en hij deelt mijn mening. Maar ik kan niet van hem verwachten dat hij zijn eigen dochter aangeeft. Daarom zal ik dat doen, als het nodig is.
> Ik stel je een ultimatum. Als je niet binnen één week zelf naar de politie gaat, doe ik het.
> Gebruik je verstand en zoek hulp.

Dat mens is echt volslagen gestoord. Ik kan deze brief het beste als niet ontvangen beschouwen, maar er staat één zin in die me zorgen baart.

Ik sprak je vader en hij deelt mijn mening.

Waar is mijn vader mee bezig?

Hij begroet me met een stevige knuffel en drukt me tegen zich aan. ‘Het gaat niet goed met je moeder,’ zegt hij.

‘Ik weet het, ik hoorde dat ze een bloedonderzoek willen doen en dat jij dat tegenhoudt.’

‘Verwijt je me dat?’

‘Hoe kom je daarbij?’

'Zo klinkt het.'

Ik maak me van hem los. 'Jij bent arts, papa, als jij van mening bent dat het alleen een belasting is en niets oplevert, geloof ik jou. Wat denk je dat er aan de hand is?'

Hij zucht diep. 'Het vlammetje dooft, dat is een onomkeerbaar proces. Ik heb het al zo vaak zien gebeuren en ik ben van mening dat je de natuur gewoon haar gang moet laten gaan. Je moeder lijdt niet en is zich nauwelijks ergens meer van bewust. In dat opzicht is ze te benijden.'

'Viola stuurt me brieven,' zeg ik.

Ik ken de blik in zijn ogen. Hij is geïrriteerd en onzeker. 'Ik heb niets van dien aard tegen Viola gezegd,' beweert hij.

'Wat dan wel?'

Hij denkt na. 'Ik sprak haar een paar dagen geleden bij de buurtsuper en toen zei ze dat ze zich zorgen maakte om jou. Je was nu en dan verbaal nogal agressief en ze had de indruk dat de dood van Jurre je veel erger aangreep dan je wilde toegeven. Die indruk heb ik ook, Cathelijne.'

'Wat me aangrijpt is dat de vrouw die hem vermoord heeft niet gewoon bekent. En dat ze, als ze bekent, over een paar jaar weer rondloopt. Zo werkt dat nu eenmaal in dit land. Het zint je niet dat je vent ervandoor gaat en dan sla je hem maar de hersens in. Er komt straks natuurlijk een advocaat opdraven die uitgebreid gaat pleiten voor een lage straf, omdat de dikke dame door haar man getergd werd.'

'Hoe weet jij dat? Je had toch geen contact meer met Jurre? Hoe weet jij dan wat er tussen die mensen speelde?'

'Hij kwam naar me toe toen ik met Viola op vier mei in het kerkje was. En toen heeft hij me verteld dat hij weg was bij Anneloes, omdat hij een andere vrouw had leren kennen.' Nu moet ik stoppen, want ik riskeer vragen waar ik geen antwoord op wil geven.

'Ik kan me dat niet voorstellen,' zegt mijn vader.

'Dat moet je zelf weten. Maar wil je alsjeblieft niet meer met Viola over mij praten? Je ziet wat ervan komt.'

'Waar zijn die brieven?'

'Die heb ik thuisgelaten. Geloof je me niet, papa?'

'Jawel, maar ik vraag me af of je het goed gelezen hebt. Viola is een verstandige vrouw.'

'Ze is ook een boze vrouw,' zeg ik. Waarschijnlijk is het beter om niet meer met mijn vader over acties van Viola te praten.

De manier waarop mijn vader me bekijkt, bevalt me niet. Zo kijk je als je van mening bent dat iemand onzin staat uit te kramen. Ik wil daar iets van zeggen, maar hij is me voor. 'Je bent nog niet op de hoogte van het laatste nieuws, denk ik. Ik hoorde vandaag dat de vrouw van Jurre heeft bekend.' Zijn ogen houden mijn blik gevangen, ze zijn nu zacht en het lijkt of er ook iets wat lijkt op triomf uit straalt.

Ik moet me vastgrijpen aan een stoel.

Ik heb met hem afgesproken dat we een dezer dagen samen op bezoek gaan bij mijn moeder. Hij vroeg gelukkig niet wat ik vond van de mededeling dat Anneloes heeft bekend. Het bericht zou een opluchting moeten zijn, maar ik voel niets wat daarbij in de buurt komt. Als ik terugloop naar huis, word ik steeds begroet en groet terug zonder precies te weten tegen wie ik iets zeg. Ik kan geen enkel gezicht goed onderscheiden, omdat ik alleen het pafferige hoofd voor me zie dat ik een paar weken geleden bij de buurtsuper tegenkwam. En omdat ik alleen kan denken aan de confrontatie die ik had willen missen. De confrontatie met het kind dat op mijn zoon lijkt.

Viola verwacht van me dat ik de politie bel. Dat zal ik doen, maar niet om het over mezelf te hebben. Ik ga ze wat vertellen over mijn vriendin, die jaren geleden iets af te rekenen had met Nicolaas Strijbos.

Amy

43

We zijn al twee dagen aan het whatsappen en ik merk dat ik bij ieder bericht dat ik verstuur direct begin uit te kijken naar het antwoord. Ik lijk een verliefde puber die haar hormonen niet in bedwang kan houden. 'Nou en?' zeg ik tegen mijn spiegelbeeld. Ik kijk snel uit het raam of iemand me kan zien. De straat is leeg.

Ik heb de avond die ik met Harm Jan Wisse doorbracht in mijn hoofd al vele malen herbeleefd. Na de heftige kus bij mijn auto namen we afscheid en spraken af elkaar die avond om halfacht te treffen in het visrestaurant in Den Oever. Ik wilde niet dat hij mij kwam ophalen, ik wilde zelfs niet dat hij wist waar ik woonde. Hij drong niet aan en vertrok.

Toen ik thuiskwam, pakte ik eerst de kleren uit die ik had gekocht en stond voor mijn gevoel uren voor de kast om te bepalen wat ik die avond zou aantrekken. Op alles wat ik bedacht was wel iets aan te merken. Uiteindelijk koos ik voor een van mijn nieuwe jurken, omdat ik zeker wist dat Claudia die niet kon hebben. Bij de gedachte aan Claudia begonnen mijn benen te trillen. Dat is nog steeds het geval, daarom denk ik zo weinig mogelijk aan haar. Ze zit niet in Toscane, de hele familie bevindt zich waarschijnlijk gewoon op de Stoombootweg. Ik kan me er momenteel niet druk om maken, al weet ik goed dat ik stappen moet ondernemen in de richting van Koos. Wat ik heb besloten kan het beste maar zo snel mogelijk duidelijk zijn.

Ik heb in ieder geval de volledige support van mijn ouders. Mijn moeder belde vlak voordat ik naar Hoorn vertrok en ze leek nauwelijks verbaasd te zijn toen ik vertelde dat ik niet in Amsterdam was. We hebben afgesproken dat we binnenkort ergens gaan eten, als mijn vader is hersteld van de nare griep die hem te pakken heeft. Hij wilde wel even met me praten, maar ik kon hem nauwelijks verstaan. Ik verheug me erop ze weer te zien en met ze te praten. En ik krijg steeds meer het gevoel dat ik me door mijn vertrek ergens van heb bevrijd.

Ik leef per whatsappje. Dit is echt puberaal!

Maar vooral heerlijk.

Hij vroeg of er een vissoort was waar ik niet van hield. Ik zei dat ik alleen niet van tilapia hield.

Claudia is dol op tilapia.

Ik voegde er nog aan toe dat ik ook niet geconfronteerd wilde worden met levende kreeften die uit hun bak gevist werden om voor mij gekookt te worden.

Toen raakte hij even mijn wang aan.

We aten gegrilde zalm met sherry-walnootdressing en namen daarna het grand ijsdessert. Er viel tijdens ons diner geen seconde stilte, we vertelden om beurten aan elkaar wat ons bezighield in ons leven.

Ik werd geraakt door zijn verhaal over zijn kinderloosheid en vooral het verdriet dat hij daarbij voelde greep me aan. Ik herkende het. Later zei hij dat hij tot de conclusie was gekomen dat het leven minder maakbaar was dan hij dacht. Toen vroeg hij aan mij of er een reden was waarom ik niet zwanger was geworden. Het was een schokkende ervaring om te moeten antwoorden dat ik het niet wist.

Misschien had hij gelijk en is het beter de oorzaak niet te weten, omdat Koos en ik daardoor verschoond zijn gebleven van bloedonderzoek, zaadonderzoek, samenlevingstesten, en we de intieme details van ons seksleven ook niet hebben hoeven prijsgeven aan volslagen onbekende dokters. Ik heb me nooit gerealiseerd dat een ivf-behandeling, waaraan ik heel stiekem wel eens heb gedacht, betekend zou hebben dat ik hormoonkuren had moeten ondergaan die me stemmingswisselingen, labiel gedrag, hoofdpijn en buikpijn hadden kunnen bezorgen. Om niet te spreken van toestanden als het moeten laten maken van baarmoederfoto's en het moeten toestaan van eicelpuncties. Harm Jan vertelde uitgebreid wat hij en zijn ex in dit opzicht allemaal hadden meegemaakt en ik merkte dat ik mijn bovenbenen stevig over elkaar trok. Maar toch bleef er een ander gevoel aan me trekken en dat leek het meeste op spijt. Koos is altijd tegen een onderzoekstraject geweest, omdat voor hem vaststond dat onze kinderloosheid te maken had met de gezondheid van Claudia en mij, met mijn zus als lichtend voorbeeld. En ik heb me daarbij neergelegd. Die gedachte steekt nog steeds. Die houding, dat slaafse gedrag. Het aanstootgevende dociele deel van mevrouw De Laat-Patijn.

Je hoeft geen schuldige aan te wijzen als je wilt scheiden, de tijd van de noodzaak van overspel is al heel lang voorbij. Toch zou ik, als er wel een schuldvraag moest worden vastgesteld, zeker niet vrijuit gaan en dat werd me duidelijk in dat visrestaurant. Ik kan niet alleen Koos verwijten dat hij onvoldoende energie in onze relatie heeft gestoken.

Harm Jan raakte me even aan en vroeg wat me dwarszat. Ik kreeg een antwoord niet over mijn lippen. Ook al heb ik nooit eerder in zo'n korte tijd zoveel over mezelf aan iemand verteld en zeker niet aan een man en vooral niet aan een man die ik nog geen dag kende, ik had op dat moment een grens bereikt. Dat zei ik eerlijk tegen hem en hij vroeg niet verder.

Voordat we ieder naar ons eigen huis vertrokken, hebben we minutenlang gezoend. Hij vroeg niet of hij met me mee mocht en ook niet of ik met hem mee wilde. Hij vertelde alleen dat hij in Wognum woonde, gaf me zijn mobiele nummer en noteerde dat van mij. Daarna is ons whatsappavontuur begonnen. Ik lees het laatste bericht dat hij stuurde, vijf minuten geleden.

Van welk soort films hou je? Ken je The Killing? *In totaal 20 uur spanning en drama. Ik heb een logeerkamer.*

Ik antwoord dat ik *The Killing* wel wil zien.

44

De afspraak is gemaakt, ik ga zaterdagmiddag naar Wognum. Dat betekent dat ik nog drie dagen de gelegenheid heb om Koos op de hoogte te stellen van mijn besluit.

Ik kan beter weer op aarde landen en me bezighouden met de realiteit. Claudia. Nee, mijn zus krijgt geen aandacht en dat heeft weinig te maken met dat ik last van haar heb. Ik moet ervoor zorgen dat ze geen last krijgt van míj. Ik leg de bruine envelop die ik vanmorgen in de brievenbus vond in de middelste la van de sidetable en schuif hem tussen twee tijdschriften. Die brief wil ik nooit meer lezen.

Laat ik me eerst richten op Koos. Er is iets gaande en dat moet worden opgelost. De enige die dat kan aanpakken ben ik en dat moet ik niet alleen eerlijk, maar vooral snel doen. Koos heeft recht op duidelijkheid.

Hoe pak ik dit aan? Opbellen? Een brief sturen? Mailen? Naar huis gaan en praten? Thuis loert mijn zus op me, dus dat is geen optie. Zou hij me ergens op neutraal terrein willen treffen? Klopt het wat Claudia beweerde, doet Koos momenteel niets anders dan drinken? Ik kan het me niet voorstellen van de nuchtere en volwassen man die hij is. Ik heb hem nog nooit zijn zelfbeheersing zien verliezen en ik kan me niets voorstellen bij een uit het lood geslagen Koos.

Het geluid van de voordeurklopper veroorzaakt enorme schrik, ik heb het gevoel dat ik door mijn knieën ga. Mijn hart klopt direct in mijn keel, er blijft niets over van de bijna overmoedige euforie die ik mezelf had toegestaan. Als dit Claudia is... Ik open de voordeur en word direct besprongen door een hijgende hond.

'Rustig, Nika,' roept Viola, 'laag! Leer je nou nooit hoe je je moet gedragen?'

Ik leun tegen de deurpost en aai Nika. 'Het is goed, ze is nu eenmaal enthousiast, maar ik vind haar lief.'

Viola bekijkt me aandachtig. 'Is alles in orde? Ik heb almaar het idee dat ik je in de gaten moet houden. Is je zus nog langs geweest?' Ze wijst naar de tuin. 'Zet de tuinstoelen maar buiten, de lente is nu echt doorgebroken. Het wordt vandaag zelfs warm, dan blijf je toch niet binnen zitten? Weet je wat? Als jij nu eens koffiezet, dan sop ik even twee stoelen af. Of had je plannen om weg te gaan?'

Er komt een geluid uit de zak van mijn jasje.

'Volgens mij heb je een bericht,' stelt Viola vast. 'Toch niet van je zus?'

'Goed idee van de tuinstoelen. Ik zet koffie,' zeg ik.

Ze is attent, lijkt oprecht in me geïnteresseerd, heeft humor en is een goede gesprekspartner. Hoe komt het dan dat ik de neiging heb me terug te trekken? Ze raakt me veel aan, op een vluchtige manier, spontaan en gemakkelijk. Ze praat met handen en voeten en ik denk dat ze me wil afleiden van de spanning die Claudia veroorzaakt. Waarom ben ik dan zo op mijn hoede en probeer ik haar handen zo nadrukkelijk te ontwijken?

'Ik wil je wat vragen.' Viola is opeens minder druk. 'Zou jij zaterdag op Nika kunnen passen? Ik wil Cathelijne verrassen en haar meenemen naar Amsterdam om een dagje te shoppen, lekker te eten en een bioscoopje te pakken. Het gaat niet goed met haar, volgens mij moet ze er nodig even tussenuit. Of wil je liever mee?'

Zaterdag?

The Killing. Twintig uur spanning en drama. Logeerkamer.

'Zaterdag kan ik niet, dan heb ik een afspraak met een… mijn man. We moeten praten, begrijp je wel?'

'Natuurlijk begrijp ik dat. Het maakt niet uit, hoor, ik kan Nika ook een dagje naar het dierenpension brengen. Daar straf ik haar echt niet mee. Weet je al hoe je dat gesprek gaat aanpakken?'

Ik ben blij dat op dit moment mijn mobiel begint te rinkelen. Op de display verschijnt het nummer van Claudia. 'Het is mijn zus.'

'Wat moet dié nou weer?' Viola trekt haar neus op.

Ik druk op de groene knop.

'Het is nu echt genoeg geweest,' schettert de stem van Claudia door de ruimte. Ik hou het toestel een stukje van mijn oor af. 'Tot hier en niet verder, hoor je me? Ik sta niet toe dat je de familie uit elkaar rukt. Nooit! Koos gaat kapot aan deze situatie, het is niet om aan te zien. Ik kom vanmiddag naar je toe, ik rij hier om drie uur weg en ben tegen vieren bij je. Heb niet het lef me voor een dichte deur te laten staan. Stoppen, Amy. Stoppen, voordat het definitief te laat is. Dus voordat ik aan Hein en Koos vertel wat ik voor jou heb opgeschreven.'

Ik hoor haar hijgen. Ik hoor ook iets anders. Angst, twijfel.

Ik druk op de rode knop en zet het geluid van mijn mobiel uit. 'Zo, als ze nog meer te zeggen heeft, spreekt ze maar iets in. Het wordt nu echt tijd dat ik met Koos praat.' Terwijl ik dit zeg, neem ik een besluit. Ik ga vanmiddag naar Koos en zorg ervoor dat ik uiterlijk om drie uur wegrijd, dan weet ik zeker dat ik mijn zus niet in Amsterdam-Noord tref. Later vertel ik wel een keer aan Viola dat ik de afspraak met Koos heb verzet, of zoiets. Het leven wordt op deze manier wel ingewikkeld.

'Wat bedoelde ze met wat ze voor jou heeft opgeschreven?'

'Ik zou het niet weten, ze kletst volgens mij uit haar nek.'

'Dat kun je wel stellen,' zegt Viola. 'Dus ze komt vanmiddag. Laten we hopen dat ze zich onderweg te pletter rijdt.' Ze lacht hard om haar eigen woorden.

'Wat een gruwelijk idee,' zeg ik.

45

Ik merk dat mijn handen trillen als ik de Stoombootweg op rij. Het is een vreemde gewaarwording dat de straat niet meer hetzelfde lijkt als vroeger. Minder vertrouwd. Als iemand aan me zou vertellen dat ik hier al een jaar of tien niet ben geweest, zou ik het geloven.

Ik heb me voorgenomen het gesprek met Koos kort te houden. Waarom heb ik toch niet gewoon gebeld of geschreven?

Hij ruikt naar alcohol, sterker nog: hij walmt ervan. Zijn ogen staan troebel, hij heeft wallen onder zijn ogen. Er zit een harde trek om zijn mond, die ik nooit eerder heb gezien. 'Wat moet je?' blaft hij.

'Ik kom met je praten,' zeg ik en ik probeer hem opzij te duwen.

Hij drukt zijn handen tegen de deurpost aan en spreidt zijn voeten.

'Je kunt hier zeggen wat je te zeggen hebt. Je komt er niet meer in.'

'Het spijt me dat ik op deze manier ben vertrokken, Koos, maar ik zag geen andere oplossing. De manier waarop heeft niets met jou te maken, maar met Claudia.'

'Natuurlijk, het komt door Claudia,' schreeuwt hij. 'En door je moeder en je vader, door je dooie broertje, door Hein, door je ontslag, door je schrale baarmoeder, door alles wat er maar te bedenken valt, behalve door mij en zeker niet door jou.' Ik doe een stap naar achteren als hij een enorme boer laat. 'Was dat alles wat je kwam vertellen, dat het je spijt?' Hij boert nog een keer. 'Ik heb je adres van Claudia gekregen, je kunt binnenkort post van mijn advocaat verwachten. We zijn op huwelijkse voorwaarden getrouwd, dus de scheiding zal weinig meer zijn dan een formaliteit.' Nu hikt hij. 'Ik had het steriele wijf met wie ik getrouwd ben al veel eerder moeten dumpen.'

Ik voel dat ik wankel. Het volgende moment hoor ik de dreun van een dichtklappende voordeur en ik heb het gevoel dat het hout me aanraakt.

Zal ik eerst bellen om te weten of ze thuis zijn? Maar heb ik nog een stem? Lukt het me een verstaanbaar woord over mijn lippen te krijgen? Mijn moeder schrikt zich een ongeluk als ze me nu hoort. Dus niet bellen, gewoon gaan.

'Laat je er niet meer van weerhouden gewoon met ons om te gaan,' zei mijn moeder tegen me toen ze me op mijn verjaardag belde. 'Denk eraan: je kunt altijd bij ons terecht.'

Ik verlang naar haar stem en druk mijn handen tegen mijn oren om een andere stem terug te dringen.

'Laten we hopen dat ze zich onderweg te pletter rijdt.'

Ik knijp mijn ogen dicht, maar het beeld van een bruine envelop blijft zich aan me opdringen. Het beeld dat daarna verschijnt weiger ik te zien.

46

Vanaf het moment dat mijn moeder me vastgrijpt weet ik dat het goed is. Ik hoef niet te vragen of ze boos is, of teleurgesteld omdat ik me liet meesleuren door de afkeer van Claudia. Ik hoef ook niet bang te zijn dat ze mijn besluit om Koos te verlaten zal veroordelen, dat heeft ze me al duidelijk gemaakt toen ik dat meldde.

Ze was net aan het koken en het lijkt of ze wist dat ik zou komen. Ze heeft spaghetti gemaakt, mijn lievelingseten.

Mijn vader is nog aan het herstellen van de griep die hem geveld had. Hij schept maar een kleine portie op zijn bord, omdat hij zijn maag nog niet helemaal vertrouwt.

'Ik vroeg niet zo lang geleden nog aan je vader of hij zich kon herinneren dat Jimmy en jij altijd een wedstrijd hielden wie het snelst een sliert kon opslurpen,' zegt mijn moeder als ze de lege borden op elkaar stapelt.

Ik slik.

'Vind je het nog steeds moeilijk om over Jimmy te praten?' vraagt ze.

'Nee.'

'Toch is er iets. Vertel het maar.'

We gaan op de bank zitten. Wat Koos tegen me zei, doet er op dit moment niet meer toe. Ik hoef me niet meer te laten troosten voor wat hij uitkraamde. Er zijn belangrijkere dingen te bespreken. Er zijn beschuldigingen te verifiëren. Ik moet weten of iedereen hetzelfde dacht over mijn verantwoordelijkheid voor de dood van mijn broertje. 'Ik weet zeker dat ik die dag de schuif op de deur heb gedaan,' zeg ik tegen mijn ouders.

Mijn vader knikt. 'Je moeder was daar ook van overtuigd.'

'Jij niet?'

'Ik kon me niet voorstellen dat er gebeurd was wat zij dacht.'

Ik zit doodstil op de bank en vraag me af of hij echt zei dat hij zich niet kon voorstellen wat mijn moeder dacht. Wat dacht mijn moeder?

Ze tuurt naar haar vingers.

'Claudia beschuldigt mij ervan dat ik Jimmy expres naar buiten heb laten gaan, omdat ik wilde dat hij verdronk.' Zou iemand nog begrijpen waar dit allemaal over gaat?

Mijn vader slaat zijn handen voor zijn gezicht. 'O, nee toch,' kermt hij.

Ik heb nooit aan mijn ouders gemerkt dat zij van mening verschilden over de toedracht van mijn broertjes dood. Toch blijkt dit het geval te zijn en ontdek ik dat hun verschillende meningen tot veel spanningen hebben geleid. Hoe is het mogelijk dat dit langs mij heen is gegaan? Mijn vader legt uit dat Claudia al snel in de gaten kreeg dat mijn ouders hier discussies over voerden en vragen begon te stellen. Daar schrokken ze van en vanaf die dag spraken ze alleen nog met elkaar over Jimmy's dood als wij niet thuis waren of op bed lagen. Toen begon het hem op te vallen dat Claudia steeds opnieuw probeerde iets te weten te komen over hun ideeën en ze heel geleidelijk opmerkingen begon te maken over mij. Die opmerkingen kregen in toenemende mate de lading van schuld en een vooropgezet plan. Mijn ouders spraken met elkaar af het te negeren en waren van mening dat Claudia er dan vanzelf mee zou ophouden. 'Ik heb me erbij neergelegd dat ik niet wist wat er precies was gebeurd en de schuldvraag in het midden gelaten,' zegt mijn vader. 'Ik wist dat je moeder wel eens gelijk kon hebben, dat jij echt die schuif op de deur had gedaan en dat het goed mogelijk was dat je zus hem eraf had gehaald. Verder wilde ik er niet over nadenken. Jimmy was dood en wij moesten als gezin verder. Ik had een drukke baan en had veel aan mijn hoofd. Maar je moeder werkte parttime en was veel meer thuis, samen met jullie. Het lukte haar niet om haar genegenheid voor jullie gelijkmatig te verdelen.'

Hij maakt een uitnodigend gebaar in de richting van mijn moeder. 'Jij kunt dit misschien beter uitleggen dan ik.'

Het is nauwelijks te bevatten dat mijn ouders vraagtekens hadden bij de rol van Claudia in het drama met Jimmy. Wat zou ik daar op dit moment graag meer over willen horen, maar ik durf geen vragen te stellen. Mijn moeder is zichtbaar nerveus en ik denk dat ik er beter een andere keer op terug kan komen. Ik kan nu ook beter niet allemaal gaan herhalen wat Koos tegen me zei en zeker niet op welke manier hij dat deed. Mijn ouders maken momenteel een kwetsbare indruk en ik wil ze nergens mee belasten. Het verhaal over hun twijfels bij Claudia's rol is al ernstig genoeg. Misschien hadden ze niet gewild dat ik dit wist. Daar kan ik ook beter later nog eens vragen over stellen.

We schrikken alle drie door het geluid van de telefoon. Terwijl mijn moeder een gesprek voert met iemand die ik niet ken, realiseer ik me dat mijn mobiel nog op de stiltestand staat en haal hem uit mijn tas. Ik zie op de display dat er nieuwe berichten zijn.

Mijn vader stoot me aan. 'Je bloost.'

'O,' zeg ik en ik voel me dom. Ik kijk op mijn horloge en tuur naar de wijzerplaat. 'Mijn horloge staat stil.'

Mijn vader raakt even mijn hand aan. 'Ben je moe? Je ziet eruit of je twee nachten hebt doorgehaald. Wil je bij ons blijven slapen?'

Ik aarzel. 'Ik wil graag terugkomen en verder praten,' zeg ik. 'Maar nu wil ik het liefst naar huis en alleen zijn.'

'Dat is goed, maar kom alsjeblieft wel snel terug.' Mijn vaders stem breekt.

We staan op hetzelfde moment op en omhelzen elkaar.

Ze zwaaien me na als ik de straat uit rij en ik blijf de tranen van mijn wangen vegen. Ik concentreer me op het verkeer en prent mezelf in dat ik nu niet moet nadenken over wat ik de afgelopen uren heb gehoord en gezegd. Eerst veilig thuiskomen en slapen. Niet dromen, vooral niet over stemmen die vroeg in de ochtend tegen me schreeuwen dat ik een moordenaar ben. Als ik dit denk, besef ik opeens dat ik die nachtmerrie niet meer heb gehad sinds ik naar Molenveld ben uitgeweken.

Het is druk op de weg, maar iedereen rijdt goed door. Ik nader de afslag die ik moet nemen om in Molenveld te komen. Mijn oogleden voelen zwaar aan. Ik ben echt bekaf. Maar ik wil straks nog wel even mijn whatsappjes controleren.

Ik neem de scherpe bocht bij het kanaal met iets te hoge snelheid en moet remmen. Ik voel de schrik tot in mijn tenen.

Mijn huis staat op me te wachten. Ik voel me opgelucht als ik het zie en constateer dat er geen donkergroene auto op de oprit staat of enige andere vorm van onrust valt waar te nemen. Als ik uitstap, slaat de torenklok van de kerk naast mijn huis negen keer.

Er zijn vier nieuwe berichtjes, zie ik, en ik voel me direct wat beter. Ik wil me ook beter voelen. Ik wil zeker het gesprek dat ik met Koos heb gevoerd zo snel mogelijk vergeten. Hij was dronken en dan zeg je dingen die je niet meent. Zit ik nu Koos te verdedigen of mezelf gerust te stellen? Het geluid in mijn handen verdringt alle vragen. Ik zie het meteen: dit is niet Claudia, niet Harm Jan. De naam van degene die belt stoort me intens. Het is mijn zwager Hein de Laat. Zal ik die gewoon eens negeren?

Ik neem op.

Eerst begrijp ik niet wat hij vraagt. Waar heeft hij het over? Waarom zou Claudia nog steeds bij mij zijn? Hoe komt hij erbij dat ze bij mij is?

'Waar heb je het over, Hein?' Het lukt me de vraag op een rustige manier te stellen.

'Ze is vanmiddag om drie uur vertrokken en ze ging naar jou, dat weet ik zeker,' zegt Hein. Hij ademt alsof hij net heeft hardgelopen. 'Het is nu kwart over negen en ze is nog steeds niet terug.'

Cathelijne

47

De agente lijkt niet bijster geïnteresseerd te zijn in mijn verhaal. Het heeft veel moeite gekost om iemand op het bureau te spreken te krijgen. De receptioniste wees me tamelijk gedecideerd op de noodzaak eerst een afspraak te maken en was aanvankelijk niet van plan een agent te roepen. Maar toen ik bleef volhouden dat het om een ernstige zaak ging en ik zeker wist dat mijn verklaring kon bijdragen aan een oplossing voor de moord op mijn ex, belde ze zuchtend iemand op en zat ik tien minuten later tegenover deze agente. Ze heeft haar naam genoemd, maar die ben ik alweer vergeten. Het kan me ook niet schelen hoe ze hier allemaal heten, het gaat erom dat ze naar me luisteren.

'U ziet dus een verband met een moordzaak van, begrijp ik het goed, zesentwintig jaar geleden? U moet me misschien even bijpraten.'

Ze neemt me echt niet serieus. Nou, ze zal erachter komen dat ze maar beter goed naar me kan luisteren.

'Ik loop niet meer door het park, als ik naar school ga,' kondigde Viola aan.

Ik begreep dat niet en zei dat de weg door het park korter was.

'Toch loop ik niet meer door het park,' hield ze vol.

Ze was het ene moment vriendelijk en het volgende moment kwaad, zonder dat ik een reden kon bedenken voor die plotselinge verandering in haar stemming. Ze zei de ene middag dat haar pleegmoeder lekker kon koken en beweerde de volgende dag met een stalen gezicht dat alles wat die vrouw op tafel zette niet te vreten was. Als ik het waagde haar voor bijvoorbeeld een woord als 'vreten' te bekritiseren, probeerde ze me te slaan.

Ik zei tegen mijn ouders dat ik misschien geen vriendin meer wilde zijn met Viola. Mijn moeder vond dat ik eerlijk tegen haar moest zeggen wat me dwarszat, mijn vader vertelde dat iemand die zoiets verschrikkelijks had meegemaakt als zij er niets aan kon doen dat ze stemmingswisselingen had. Hij legde me uit wat dat woord betekende.

Mijn vader legde altijd alles uit en altijd als we aan tafel zaten. De maaltijden in ons huis duurden soms eindeloos lang, maar ik vond alles wat hij vertelde geweldig. Op school schepte ik over hem op en vertelde ik dat hij een professor was.

Omdat mijn ouders er zo op aandrongen begon ik Viola weer vaker mee te vragen om na schooltijd bij ons te spelen of om samen huiswerk te maken. Op een dag vertelde ze dat Nicolaas Strijbos haar steeds meer ging pesten. Hij stopte briefjes in haar schooltas met teksten als 'jij bent een stomme wees' en 'jij hebt geen echte moeder'. Ik stelde voor hem eens een keer op te wachten in het park en hem keihard te schoppen. Toen zei ze dat ze wel een andere straf voor hem wist.

Op de dag voordat Nicolaas vermist raakte, trof ik Viola in tranen op het schoolplein. Snotterend vertelde ze dat Nicolaas haar had vastgegrepen en tegen haar had gezegd dat haar vader een smerige moordenaar was en zij het later waarschijnlijk ook zou worden. Ik probeerde haar te troosten en zei dat die knul knettergek was en ze zich niets van hem moest aantrekken. Ze keek me woedend aan, greep mijn arm vast, zette haar scherpe nagels in mijn pols en siste dat wat haar betrof binnenkort het laatste uur van die knul geslagen had.

De volgende dag werd Nicolaas Strijbos dood in de vijver van het park gevonden. Op school hielden we een groepsgesprek over deze gebeurtenis. Iedereen was aangeslagen, sommigen waren erg bang. Viola zei dat ze het heel erg vond voor zijn ouders. Na de begrafenis probeerde ik met haar over de moord te praten. Ze raakte op een bijna tedere manier mijn wang aan. ‘Later we hier maar nooit meer over praten, lieve Cathelijne,’ zei ze.

Het gezicht van de agente vertoont geen enkele emotie. Ze schijnt te verwachten dat ik nog meer vertel.

‘Die moord is nooit opgelost,’ meld ik.

‘U vergist zich. Voor die moord is iemand aangehouden en veroordeeld.’

Ik knipper met mijn ogen. ‘Wie dan?’

‘Ik neem aan dat u begrijpt dat ik daar geen uitspraken over kan doen. De dader heeft zijn straf al uitgezeten.’

‘Dat kan niet, daar heb ik nooit iets over gehoord.’

‘Hoe oud was u destijds?’

‘Ik was dertien.’

‘Misschien hebben uw ouders er niet over gepraat.’ Ze staat op. ‘Het spijt me, maar ik heb nog het een en ander te doen.’ Ze legt een hand op mijn arm. ‘Ik hoorde dat de man die onlangs dood is aangetroffen uw ex-man was. Dat zal een hele klap voor u zijn geweest. Misschien zou u eens met een deskundige moeten praten over wat dit voor u betekent.’

Ik trek mijn arm weg. ‘Ik zou zelf eens met een deskundige praten als ik u was,’ snauw ik.

Mijn vader zit voortdurend met zijn hoofd te schudden als ik hem vertel wat er op het politiebureau is gebeurd. Dat ergert me. ‘Waarom zit je zo te schudden?’ wil ik weten.

‘We hebben je toch duidelijk verteld dat de buurman van Nicolaas het gedaan bleek te hebben? Ben je dat dan vergeten? Iedereen wist dat hij altijd klachten had over de geluidsoverlast die Nicolaas en zijn broer veroorzaakten. Het stuk hout waarmee de jongen was neergeslagen, kwam uit zijn tuin.’

‘Heeft hij die moord toen bekend?’

'Hij is ervoor veroordeeld, dat zegt genoeg. Ik begrijp niet dat je dit niet meer weet.'

'Er klopt niets van,' zeg ik.

'Misschien moet je weer eens een tijdje wat rustgevende medicatie nemen,' stelt mijn vader voor.

48

Viola heeft een bericht ingesproken. 'Hoi Cathelijne, waar hang je uit? Ik hoorde bij de buurtsuper dat je voorlopig geen cliënten behandelt. Goed idee, neem maar eens even de tijd om alles te verwerken. Maar nu iets anders. Ik wil je morgen meenemen om een dagje te shoppen en nog meer leuke dingen te doen. Zorg ervoor dat je om tien uur klaarstaat, dan pik ik je op. Ik reken erop dat je meegaat. Tien uur, hè?'

Ik begrijp niet hoe het komt dat ik zo verdrietig word van dit bericht.

In de periode dat het niet goed ging met William, adviseerde mijn vader me mijn gedachten op papier te zetten en ook vast te leggen wat ik tegen hem wilde zeggen. Ik heb zijn advies toen opgevolgd, maar wat ik opschreef was niet aan mijn zoon gericht. De volgeschreven vellen gaan allemaal over wat ik wilde zeggen of gezegd had tegen Jurre.

Ik heb alles bewaard en lees het nu terug. Het is een litanie van verwijten, woede en verbijstering over zijn onbegrip. We stonden in die tijd echt lijnrecht tegenover elkaar en als we met elkaar spraken was ruzie onvermijdelijk. Ik wilde zijn steun, ik verwachtte dat hij meedacht over oplossingen, ik smeekte om begrip. Ik beloofde zelfs dat ik William minder zou verwennen en hem meer verantwoordelijk zou laten zijn voor zijn eigen leven. Ik ging op alle fronten door het stof, maar het enige wat ik bereikte was dat Jurre schamper opmerkte dat hij het altijd al had gezegd. Daarmee bedoelde hij dat ik nooit had willen luisteren naar zijn waarschuwingen en dat ik het karakter van mijn zoon had verpest. Op een avond liep een ruzie tussen ons zo hoog op dat ik hem schopte. Hij greep naar zijn enkel en op dat moment haalde ik nog een keer uit en raakte zijn hoofd. Vervolgens werd ik zelf in elkaar geslagen. Mijn vader kwam met ons praten en stelde een afkoelingsperiode voor. Jurre woonde een paar weken bij een vriend en kwam toen weer terug. We huilden, we omklemden elkaar en we vreeën. Na afloop zei hij tegen me dat we niet verstandig bezig waren en daarna deden we het nog een keer.

Ik mis mijn man en ik mis mijn kind. Ik mis mijn moeder. Ik mis de tijd dat Viola en ik nog een pure vriendschap hadden. Er zit erg veel gemis in mijn leven en ik moet een manier zien te vinden om daarmee om te gaan.

Viola heeft dus bij de buurtsuper gehoord dat ik mijn cliënten voor de komende twee weken heb afgebeld. Ik kan het momenteel niet opbrengen om me zes uur per dag over voeten te buigen, nagels te vijlen, alle afwijkingen die aan tenen en voetzolen kunnen voorkomen te behandelen, voetzoolreflexmassages te geven en zelf door niemand te worden aangeraakt. Ik word misselijk bij de gedachte dat ik uur na uur interesse moet veinzen in leed, verlangen, teleurstelling en alles wat een mens verder kan bedenken om aandacht te krijgen. Ik wil mijn status van praatpaal voorlopig geen minuut van de dag overeind houden. Maar ik trek het ook niet om alleen te zijn, dus het aanbod van Viola kan ik maar het beste aannemen. Ik heb de brieven die ik van haar heb gekregen nog eens doorgelezen en besloten er geen woord meer aan te verspillen. Ik ken haar, ze glijdt nu en dan uit in haar gedrag en ik weet hoe dat komt. Viola heeft te vroeg te veel verloren en dat trauma heeft zijn sporen nagelaten. Ze heeft mijn opmerking over de brieven gehoord en ik denk dat ze er nu wel mee ophoudt. We zijn de laatste tijd geen van beiden onszelf en we weten van elkaar dat we dan kunnen doorschieten in ons gedrag. Ik had beter niet naar de politie kunnen gaan, ik heb mezelf waarschijnlijk hopeloos voor schut gezet. Maar het is gebeurd en gelukkig zal het geen gevolgen hebben. Nicolaas Strijbos is zesentwintig jaar geleden vermoord door zijn buurman en Jurre is vermoord door zijn vrouw. Ik herhaal deze zinnen een paar keer hardop.

Er is nog iets wat ik goed tot me moet laten doordringen. Mijn vriendin is in de war door de moord op mijn man. Daarom heeft ze me die idiote brieven gestuurd, die nergens op slaan. Waarschijnlijk heeft ze er allang spijt van.

Ik ga William mailen, hem duidelijk maken dat ik zielsveel van hem hou en hem mis, maar dat hij het niet moet wagen om al naar huis te komen. En iedere keer als ik hem mis, ga ik tegen mezelf zeggen dat er ook iets leuks zit aan zijn afwezigheid: het uitkijken naar zijn terugkomst.

Viola

49

Ik hou er rekening mee dat Cathelijne een smoes verzint om mijn uitnodiging niet te hoeven accepteren, maar tot nu toe heeft ze niet afgebeld. Het is vandaag weer warmer dan gisteren en de hitte maakt me loom. Nika geeft aan dat ze eruit moet, ik denk dat ze wel wil zwemmen in het kanaal. Ik zou ook even langs Amy kunnen lopen om te vragen of alles goed gaat.

Nika duikt inderdaad snel het kanaal in en terwijl ik over het gras loop, zwemt zij met me mee. Ik zie dat ze het leuk vindt en roep dat ze een prachtige zwemhond is. Als ze weer naast me staat, schudt ze zich enthousiast uit. Ik spring opzij, maar ik kan de spetters natuurlijk niet ontwijken. 'Kom,' zeg ik tegen haar, 'we gaan nu weer gewoon langs de weg lopen. Als we teruggaan, mag je nog een keer zwemmen.' Ze zwaait met haar staart.

Ik kriebel haar achter de oren. 'Hoe is het toch mogelijk dat ik eerst nooit een hond wilde hebben?' zeg ik tegen haar.

We hadden drie mislukte ivf-pogingen achter de rug en ik was er helemaal klaar mee. 'Het is wat mij betreft genoeg geweest,' zei ik tegen Harm Jan. 'Laten we ons eens buigen over de mogelijkheden voor adoptie.'

Adoptie was een onbespreekbaar onderwerp tussen ons. Harm Jan wilde een kind van zichzelf en anders maar niet. Ik verweet hem kortzichtigheid en ik probeerde hem ook duidelijk te maken dat zijn kinderwens minder groot leek te zijn dan hij deed voorkomen. Dergelijke gesprekken leidden altijd tot ruzie, elkaar een paar dagen negeren, een initiatief van mijn kant om het uit te praten en een onmetelijk leeg gevoel.

We besloten voorlopig niet meer deel te nemen aan het ivf-circus en de natuur haar gang te laten gaan. Harm Jan was ervan overtuigd dat ik op een dag spontaan zwanger zou worden. Ik sprak hem niet tegen. Later besefte ik dat ik vanaf het begin van onze relatie heb geweten dat ik geen kinderen zou krijgen. Niet omdat ik ze niet wilde hebben, maar omdat ik bang was voor wat ik eventueel genetisch zou kunnen overdragen. Ik weet zeker dat ik al die tijd zelf het obstakel ben geweest voor een bevruchting. En ook al verraste de vervroegde overgang me in zekere zin onaangenaam, ik heb er niet van wakker gelegen.

Drie weken na de laatste ivf-poging hoorde ik Harm Jan toen hij thuiskwam roepen dat ik met mijn ogen dicht op de bank moest gaan zitten. Ik gehoorzaamde en vroeg me af of hij alleen bloemen bij zich had of een mooi sieraad. Hij kwam vlak voor me staan en zei dat ik nu mocht kijken. In zijn armen lag een bruin bolletje hond met een platte snoet, half opstaande oortjes en smekende ogen. Ik begon spontaan te huilen en spreidde mijn armen. 'Hoorde ik jou zeggen dat je nooit een hond wilde?' lachte Harm Jan.

Er komt een auto aanrijden en ik maak een geïrriteerd gebaar om de chauffeur duidelijk te maken dat hij veel te hard gaat. Het is een donkergroene auto. Er zit een man achter het stuur, hij steekt zijn middelvinger op. Ik zou een trap tegen de bumper willen geven, maar hij is al voorbij. Ik ga opeens sneller lopen. Had ik gisteravond toch niet nog even langs Amy moeten gaan om te kijken of alles in orde was? Nika rukt aan de lijn en ik sta stil. Ze snuffelt in het gras. In de verte zie ik Ramona Keller achter haar rollator schuiven. Ik wacht tot ik niet meer hijg en dan gaan we verder.

Ze staat voor het raam. Wacht ze op iemand? Als ze me ziet aankomen, steekt ze haar hand op en wenkt me. Nika springt in haar armen zodra ze de voordeur opent. Ze geeft een lange lik over Amy's gezicht. Die veegt haar wangen af.

'Waarom huil je?' wil ik weten.

'Mijn zus wordt vermist,' zegt ze.

50

Ze zou zaterdag naar haar man gaan om te praten en nu blijkt dat ze gisteren al bij hem is geweest.

'Het klinkt misschien laf,' zegt ze, 'maar ik kon er even niet meer tegen om wéér met mijn zus in discussie te gaan en hoe eerder ik ging praten, hoe beter.'

Ik raak voorzichtig haar hand aan. Ze trekt hem niet terug.

Ik zou die Koos met liefde een dreun willen verkopen. Wat een hufter is dat. Als ze aan me vertelt dat hij haar een steriel wijf noemde, voel ik mijn knieën trillen.

Het verhaal over wat ze daarna allemaal met haar ouders besprak, treft me nog meer. Hoe is het mogelijk dat er zulke gestoorde mensen als die Claudia vrij rondlopen?

'En nu?' vraag ik. 'Heb je vandaag al contact gehad met je familie?'

'Hein, mijn zwager, heeft me een uur geleden gebeld. Hij heeft met de politie gesproken, omdat Claudia nog steeds niet is thuisgekomen, niet belt en haar mobiel niet aanneemt. Maar ze schijnt eerst achtenveertig uur weg te moeten zijn voordat er actie wordt ondernomen. Hein vertelde dat ze er bij de politie van uitgaan dat ze een time-out nodig had en vanzelf weer tevoorschijn komt.'

'Een time-out waarvan? Weet je zwager wat ze tegen jou allemaal uitkraamde?'

Amy haalt haar schouders op. 'Geen idee, ik kan het me eerlijk gezegd niet voorstellen. Ik denk dat Hein haar wel had teruggefloten. Misschien denkt hij dat ze op tilt is geraakt door mijn vertrek.'

Ik aarzel over de vraag die ik wil stellen, maar ik stel hem toch maar. 'Denk je dat ze is verdwenen omdat ze zich schaamt over haar gedrag ten opzichte van jou? Zou ze hebben bedacht dat ze onzin uitkraamde?'

'Onzin?' Amy glimlacht, maar haar ogen verraden dat ze mijn vraag niet grappig vindt. '"Onzin" is volgens mij niet het juiste woord. Heb je eigenlijk wel geluisterd naar wat ik je net vertelde?'

Ik voel me ongemakkelijk door de manier waarop ze dit zegt.

Ze biedt me koffie aan en doet of ze niets merkt van de ijzige sfeer die tussen ons is ontstaan. Ik probeer te bedenken op welke manier ik die sfeer kan herstellen, maar er is iets in haar houding wat me verlamt. Ze maakt een gespannen indruk en de bevroren glimlach op haar gezicht is onecht. Haar strakke lippen en haar koele ogen stralen een immense woede uit waar ik me onbehaaglijk door voel.

Hoe kom ik hier weg?

Maar kan ik haar wel alleen laten? Zouden we beter het gesprek kunnen voeren dat niet te omzeilen valt?

Ik blijf de juiste woorden zoeken, maar kom niet verder dan melden dat de koffie lekker is. Ik weiger de pindakoek die ze me aanbiedt en kijk verbaasd toe terwijl zij gretig aanvalt op die van haar. Moet ik mijn excuses aanbieden voor mijn vraag?

'Toen we hier eerder over spraken hebben we de mogelijkheid dat Claudia degene was die de voordeur openzette al als een realistische optie beschouwd,' zegt Amy. 'Als ik het me goed herinner, kwam dat idee zelfs van jou. Nu vertel ik je dat die gedachte ook in mijn moeder is opgekomen en zelfs mijn vader er open voor blijkt te staan. Hoe kom je er dan bij dit onzin te noemen?'

'Je bent boos,' constateer ik. 'En terecht. Ik kan me voorstellen dat je denkt dat ik je niet serieus neem. Sorry, dat was niet de bedoeling.'

'Wat heb je eigenlijk voor bedoelingen met mij, Viola?'

Ik klem mijn vingers om de rand van het schoteltje. 'Ik wil graag bevriend met je zijn.'

'Is dat alles?'

Ik slik. 'Ja. Wat zou er meer kunnen zijn?'

'Niets,' zegt ze.

Ik slik nog een keer. 'Waar denk je dat je zus nu is?'

Ze buigt zich naar me toe. 'Weet je dat me dat geen donder interesseert? Voor mijn part zie ik haar nooit meer.'

Dit is het moment om ons kat-en-muisspel te beëindigen. Maar we laten het allebei voorbijgaan.

51

Ik loop door mijn eigen dorp, maar ik heb het idee dat ik op een andere planeet terecht ben gekomen. Alles komt me vreemd voor, niets is vertrouwd. Ik wil zo snel mogelijk naar huis, mezelf opsluiten en niemand binnenlaten. Nadenken.

Het is echt te warm in huis, ik vlucht de tuin in. Nika zoekt meteen een koele plek in de schaduw op en ik sleep het ligbed ook in die richting. Als ik lig, durf ik de gedachte die me overviel toen ik het huis van Amy verliet, eindelijk toe te laten.

Ik ben verliefd op een vrouw. Ben ik nu opeens lesbisch geworden? Dat is een idioot idee. Ben ik al mijn hele leven bi zonder het in de gaten te hebben? Dat is minstens een even idioot idee. Maar hoe zit het dan?

Ik wil haar aanraken, haar strelen, ik verlang ernaar haar lippen op die van mij te voelen, mijn mond over haar lijf te laten dwalen. Ik wil samen met haar slapen, dicht tegen haar aan liggen. Vooral tegen haar aan liggen.

Drie dagen voor de verschrikkelijke dag vertelde mijn oudste zusje 's avonds aan tafel dat een klasgenootje van haar het deed. Mijn andere zusje wilde weten wat 'het' was. Daarop antwoordde mijn vader dat ze dat het beste aan mijn moeder kon vragen.

Mijn moeder at rustig door en deed of ze de opmerking van mijn vader niet gehoord had. Mijn oudste zusje zei dat 'het' betekende dat je in bed tegen elkaar aan ging liggen.

Mijn vader moest zo hard lachen dat hij zich verslikte.

Nadat ik het laatste schot hoorde knallen, bleef ik roerloos in de kast zitten. Voor mijn gevoel duurde de stilte die volgde uren, maar later begreep ik dat de buren al na een paar minuten kwamen kijken wat er aan de hand was. Ze belden meteen de politie en toen was het huis opeens vol stemmen en verspreidde zich een onrustige paniek. Maar zolang ik achter de kastdeur zat, was ik veilig. Toen hoorde ik opeens iemand vragen waarom de stofzuiger in de kamer stond en zei een stem die klonk als de buurvrouw dat ze hem wel even in de kast zou zetten. Ze gilde toen ze mij zag zitten. Later zei ze dat ze dacht dat ik ook was doodgeschoten.

Ik zag een laken in de kamer en ik begreep dat mijn vader daaronder lag, omdat het zijn schoenen niet bedekte. Een aardige vrouw nam me mee naar buiten en liet me instappen in een politieauto. Later zei iemand tegen me dat ik zou worden opgehaald door de vriendin van mijn moeder en dat ik voorlopig bij haar zou blijven.

Tante Anja was aardig, ze deed haar best me op mijn gemak te stellen. Haar eigen kinderen waren al volwassen en ze zal zeker niet hebben zitten wachten op een jong kind dat haar hele familie had verloren en daar geen woord aan wilde vuilmaken. De eerste nacht dat ik in haar huis sliep, schrok ik wakker van de knallen die ik hoorde en ik vloog mijn bed uit. Ik rende de eerste kamer in die ik tegenkwam en dat bleek de slaapkamer van tante Anja te zijn. Ze strekte haar armen naar me uit. 'Kom maar tegen me aan liggen,' zei ze.

Ik keerde me om en kroop snel weer in mijn eigen bed.

De enige persoon met wie ik over mijn familie sprak was dokter Wolf. Het lukte hem altijd mij zover te krijgen dat ik vertelde wat er precies was gebeurd en hoe bang ik was geweest. Tegen hem zei ik ook dat ik nooit van mijn leven tegen iemand aan zou gaan liggen.

Ik laat alle herinneringen en gedachten maar op me afkomen en lig stil in de tuin. Een paar minuten geleden merkte ik dat het een beetje begon te waaien. Dat is een lekker gevoel. Deze rust doet me goed, ik voel me niet meer opgejaagd en ben weer terug bij mezelf. Ik kijk om me heen. Dit is de plek waar ik woon, waar ik me thuis voel, waar ik kan blijven zolang ik leef. Hier zal voortaan ook een nieuw geheim wonen.

Toen Harm Jan en ik pas getrouwd waren, liep ik soms de hele dag door het huis zonder te weten waarom. Na een paar maanden kwam ik daar opeens achter en dat was op het moment dat ik mijn eigen gezicht tegenkwam in een spiegel en in dat gezicht mijn moeder herkende. Als iemand in die tijd tegen me zei dat ik heel erg op mijn moeder leek, begon ik altijd direct ergens anders over te praten. Het spiegelmoment maakte me duidelijk dat ik haar verschrikkelijk miste in dit huis. En niet alleen haar, ook mijn zusjes. Ik had ze willen laten zien waar ik woonde, ik had de koeken voor ze willen bakken waar ze zo dol op waren, ik had net als vroeger kleren met ze willen ruilen. We waren alle drie klein en tenger en soms werden we voor een drieling aangezien. De oudste en de jongste verschilden twee jaar in leeftijd.

Het heimwee dat me overviel was pijnlijk en wrang. Ik schaamde me voor mijn geluk en omdat ik leefde, terwijl voor hen alles voorbij was. Ik wilde ze allemaal zo graag één keer vertellen hoe leuk het was om verliefd te zijn op Harm Jan.

Ik denk terug aan de eerste reactie van tante Anja, toen ik haar vertelde dat ik verliefd was op Harm Jan Wisse en hij op mij. 'Dat doe je goed, hij komt uit een schatrijke boerenfamilie en je zult je nooit zorgen hoeven te maken over geld.' Destijds haatte ik haar opmerking, schaamde ik me er zelfs voor. Ik nam me voor nooit op die manier aan mijn lief te denken. Dat hield ik vol tot de dag dat hij me vertelde over de vrouw die hij ontmoet had, de vrouw die de moeder van zijn kinderen kon worden. Op die dag besloot ik dat ik me nooit zorgen wilde maken om geld en hem zou laten betalen voor zijn beslissing.

Mijn ogen dwalen door de tuin, richten zich op het huis en komen als vanzelfsprekend bij de strakblauwe lucht terecht. Ik vraag me af of mijn moeder me nog ziet. Soms lijkt het of ik haar blik op me gericht voel. Nu, op dit moment, is dat gevoel heel sterk.

'Ik ben verliefd geworden op een vrouw,' zeg ik tegen haar. 'En hoe het komt dat ik het zo zeker weet is me niet duidelijk, maar ik weet het. Ik wil haar hebben. Niemand kan me tegenhouden.'

Amy

52

De stem van Koos klinkt nuchter, maar nors. Er is geen nieuws, meldt hij, en als ik meer wil weten moet ik Hein maar bellen.

Ik bel Hein. Die begint vanaf het moment dat hij mijn stem hoort te ratelen en is niet te stuiten. Ik kan niets anders doen dan luisteren, nu en dan proberen een vraag te stellen en iets geruststellends te zeggen. Maar niets lijkt echt tot hem door te dringen, hij blijft spuien en ik hoor een boze ondertoon in zijn stem. Opeens is het stil aan de andere kant.

'Ben je er nog?' vraag ik.

'Ja. Waarom zeg je niets?'

Ik moet bijna lachen. 'Het is niet eenvoudig om jou te onderbreken. Waren er aanwijzingen dat Claudia van plan was om weg te gaan?'

'Welnee, hoe kom je erbij? Ze heet geen Amy.'

Ik zou me hier niets van moeten aantrekken, maar de opmerking raakt me op een onaangename manier. 'Kan ik wat voor je doen, Hein?'

'Terugkomen naar waar je thuishoort. Als Claudia in de gaten krijgt dat je thuis bent, verschijnt ze vanzelf weer.'

'Koos heeft tegen me gezegd dat ik binnenkort word benaderd door zijn advocaat.'

'Koos heeft nog geen contact gehad met een advocaat, omdat ik hem daarvan heb kunnen weerhouden. Dat is dus grootspraak van hem, maar het geeft wel aan hoe wanhopig en geraakt hij is. Je zult heel veel moeite moeten doen om dit bij hem goed te maken. Ook bij mij, trouwens.'

'Hein, er valt niets goed te maken. Ik heb besloten dat ik van

Koos wil scheiden. Dat is een zaak tussen ons en dat ga ik verder niet met jou bespreken. Ik belde je alleen om te vragen of je al iets gehoord hebt van Claudia. Mocht ik zelf iets van haar horen, dan zal ik het je laten weten.' Voordat hij nog iets kan zeggen verbreek ik de verbinding en ik toets meteen het nummer van Harm Jan in.

Hij reageert enthousiast. 'Kun jij ook bijna niet wachten tot het zaterdag is? Moet je mij horen, ik lijk wel een puber.'

'Vind je het goed als ik nu naar je toe kom?' Ik klem mijn vingers om het mobieltje.

'Kom maar,' zegt hij.

Mijn routeplanner leidt me moeiteloos naar de A.C. de Graafweg in Wognum. Ik tuur naar de huisnummers, die op verschillende huizen blijken te ontbreken. De brievenbussen aan het begin van grote voortuinen bieden uitkomst. Nog twee huizen. Ik merk dat ik gespannen ben.

Hij staat bij het hek aan het begin van een ruime oprit en zwaait naar me. De spanning ebt weg. Hij loopt om de auto heen, opent het portier aan de bestuurderskant en trekt me naar buiten. Het lukt me nog net de auto in de P-stand te zetten voordat twee armen om me heen worden geslagen en we elkaar kussen. Dit is goed, dit is wat ik wil, dit moet nooit meer ophouden. Ik voel zijn lichaam dat zich tegen me aan drukt.

'Kom mee naar binnen,' zegt Harm Jan. 'Laat mij maar even rijden.'

Ik loop door de ruime voorkamer naar de achterkamer met open haard en stap door de openstaande tuindeuren het enorme terras op. Om me heen zie ik niets anders dan tuin, die aan de achterkant een prachtig uitzicht biedt op een weiland waar koeien grazen.

'Wat woon je hier prachtig,' zeg ik.

'Het huis is eigenlijk veel te groot voor mij alleen,' antwoordt Harm Jan. 'Maar toen ik had besloten dat ik wilde scheiden vond ik dat ik ook zo snel mogelijk ergens anders moest gaan wonen en dit was het eerste huis dat ik bezichtigde. Ik werd op slag verliefd.' Hij trekt me naar zich toe. 'Wat is er aan de hand?'

Ik praat net zo gemakkelijk met hem als op het terras in Hoorn en later in het visrestaurant, ik voel me volkomen op mijn gemak en ga gewoon verder waar ik ben gebleven. Als ik vertel wat Koos tegen me zei voordat hij de deur voor mijn neus dichtsloeg, zie ik Harm Jans gezicht even verstrakken. 'Ik schrok ervan,' leg ik uit, 'maar ik heb het van me afgeschud. Doe jij dat ook maar.' Ik vertel tot in detail over het bezoek aan mijn ouders en hij luistert zonder me in de rede te vallen. Aan zijn ogen kan ik zien dat het verhaal hem raakt. Als ik het punt bereik van Claudia's verdwijning, schrikt hij. 'Is je zus verdwenen? Maar waar kan ze zijn gebleven?' Hij is oprecht bezorgd en ik realiseer me dat hij de enige is van ons tweeën.

'Dit is volgens mij een truc van haar,' leg ik uit. 'Ik ken dit gedrag. Als mijn zus haar zin niet krijgt, gaat ze een toer bouwen.'

'Denk je dat ze gewoon weer opduikt?'

'Dat weet ik wel zeker en ik weet ook zeker dat ik nog lang niet van haar af ben.'

'Als ze je lastig wil vallen, moet ze eerst langs mij,' zegt hij.

Ik raak zijn gezicht aan.

53

Ben ik dit? Maak ik deze geluiden, laat ik me zonder ook maar het geringste gevoel van gêne door deze man bekijken, aanraken en nemen? Gedraag ik me als een woeste tijger?

Ik wil de climax uitstellen, maar dat lukt niet meer. Onze kreten vermengen zich, onze lichamen bewegen zich wild en tegelijk eindeloos teder. Ik voel zijn heftige hartslag tegen die van mij.

Wat ik nu voel heb ik nog nooit gevoeld. Het is overweldigend goed, maakt me trots. En verdrietig.

Stop, denk ik. Er is geen ruimte voor welke negatieve gedachte dan ook. Dit is een streep onder alles waar een streep onder te zetten viel. Einde deel een van mijn leven, start deel twee. Zelfs al zou ik Harm Jan hierna nooit meer zien, dan nog heb ik een grens bereikt en kan ik verder.

Ik voel zijn lippen op mijn voorhoofd, ze dalen naar mijn neus en bereiken mijn mond. 'Zo heb ik nog nooit gevreeën,' zegt hij.

De dag is van ons. Elk uur, elke minuut, elke seconde gaat het om wat wij denken en voelen en doen. Vooral doen. We drinken en eten, lopen rond, douchen samen en komen steeds weer ergens terecht waar het vrijen opnieuw begint. De rest van de wereld is verrukkelijk ver weg.

Opeens begint hij over zijn verleden te praten. Hij schetst in het kort hoe hij zijn vrouw leerde kennen, verliefd werd en haar ten huwelijk vroeg. Het verhaal komt zomaar uit de lucht vallen, maar ik voel dat het verteld moet worden. Ik luister.

Hij is eerlijk en spaart zichzelf niet. Ik hoor hem het beeld schetsen van een verwend jongetje dat altijd kreeg wat hij wilde hebben en aan wie iedere mogelijke tegenslag voorbijging. Zijn ouders hadden een goed huwelijk, hij groeide op in een hecht gezin, er was altijd genoeg geld en alle kinderen studeerden zonder problemen aan de landbouwhogeschool. De familie bezat veel land en veel vee en zijn broers en hij bestuurden de verschillende boerenbedrijven die hun vader had gesticht. Vijf jaar geleden werd hij door de gemeente benaderd met de vraag of hij wilde meewerken aan de plannen voor een recreatiegebied met een aansluitende nieuwe woonwijk. Dat betekende dat hij een groot deel van zijn land zou moeten verkopen, maar ook dat hij in één klap multimiljonair zou worden. Het voorstel leverde veel discussies op met zijn ouders en broers, maar hij besloot het toch te doen. Het betekende een ommekeer in zijn leven en in zijn huwelijk. Toen hij eenmaal niet meer hoefde te werken, besefte hij pas hoe leeg hij zich voelde in de relatie met zijn vrouw en begon hij zich op andere vrouwen te richten. Het besluit om zijn huwelijk te beëindigen viel toen zijn vrouw vervroegd in de overgang bleek te zijn en duidelijk werd dat hun kinderwens nooit vervuld zou worden. Op het moment dat hij dit zegt, schrik ik.

'Wat is er?' wil hij weten. 'Waar schrik je zo van?'

'Ik kan geen kinderen krijgen,' zeg ik.

'Je bent in je huwelijk niet zwanger geworden, maar de oorzaak is toch nooit onderzocht? Dat heb je me verteld.' Hij neemt mijn gezicht in zijn handen, zijn mond is opeens heel dichtbij. 'Maar al zou je echt geen kinderen kunnen krijgen, het maakt voor mij niet uit. Echt niet. Vraag me niet hoe ik het nu al zo zeker weet, maar ik ben ervan overtuigd dat jij de vrouw bent met wie ik verder wil in mijn leven. Misschien ga ik te hard, trek je er dan maar even niets van aan. Ik wil je niet onder druk zetten of je dingen laten zeggen waar je nog niet aan toe bent.'

Ik leg een hand tegen zijn mond. 'Stil! Ik ben eraan toe. Ik bedoel: ik ben aan jou toe. Dat weet ik ook zeker.'

Ergens in mijn tas rinkelt mijn mobiel. Harm Jan laat me los. ‘Moet je niet opnemen?’

‘Waarom zou ik?’

‘Misschien is het je zwager of je man en is er nieuws over je zus.’

‘Dat kan ik niet laat genoeg horen,’ stel ik vast. ‘Wat zullen we nu gaan doen?’

Hij grinnikt. ‘Ik weet wel iets.’

54

Ergens in mijn achterhoofd rinkelen alarmbellen, maar ik weiger ernaar te luisteren en ik peins er niet over erop te reageren. Ik heb genoeg van alarm, van misverstanden, van onuitgesproken zaken en van doorgaan tegen beter weten in. Van mijn huwelijk, van mijn familieleven, van mijn huis in Amsterdam, van mijn hele verleden. Dat is veel, bedenk ik, en het klopt niet. In het verleden horen ook mijn ouders en Jimmy thuis.

Harm Jan heeft een pastasalade gemaakt en we eten buiten. Ik kijk naar de traag grazende koeien en ontdek in de verte ook schapen.

'Waar woonde je eigenlijk met je vrouw?' vraag ik.

'In Molenveld.'

Ik verslik me.

Hij brengt me een glas water. 'Wat gebeurde er?'

'Ik woon sinds kort in Molenveld,' zeg ik.

'Dat is toevallig. Ken je er al mensen?'

'Branca van de buurtsuper, Ramona met de rollator, maar met haar heb ik nog nooit een gesprek gevoerd, en dan twee vrouwen met wie ik in korte tijd bevriend ben geraakt.' Ik vraag me af waarom ik niet meteen zeg hoe ze heten.

'Wie zijn die vrouwen?'

'Cathelijne Wolf en Viola Bouvrie.' Ik zie zijn gezicht verstrakken.

'Allemachtig, dat is wel erg toevallig. Viola is mijn ex.' Hij leunt met zijn hoofd tegen zijn hand. 'Weet zij dat je mij hebt ontmoet? Of weet Cathelijne het?'

‘Nee, ik heb het er met geen van beiden over gehad.’

‘Doe het ook maar niet, tenzij je de vriendschap snel wilt beëindigen.’

‘Wat kan er gebeuren?’

‘Viola zal het je kwalijk nemen en Cathelijne is solidair.’

‘Dat moet dan maar. Ik wil je iets vertellen en aan je vragen of het kan kloppen. Ik heb de indruk dat Viola...’ Hoe zeg je zoiets? Hoe weet ik zeker dat ik het me niet verbeeld? ‘Ik denk dat ze op me valt. Ze raakt me veel aan, ze zoekt contact. Zou dat kunnen? Weet je of ze eerder met vrouwen...?’

Harm Jan schudt zijn hoofd. ‘Nooit iets van gemerkt, maar eerlijk gezegd heb ik daar ook nooit op gelet. We leefden sterk ons eigen leven, ik werkte veel, zij hielp mijn ouders vaak.’

‘Had ze geen baan?’

‘Ze heeft volgens mij overal gewerkt, maar ze werd ook overal weggestuurd. Het kwam altijd door hetzelfde, ze kreeg ruzie met leidinggevenden, vooral met mannen. Ik werd er soms kriegel van.’

‘Zij niet?’

Hij lacht. ‘Viola had er nooit moeite mee om bewezen te krijgen dat ze niet geschikt was om te werken.’

‘Bedoel je dat ze lui is?’

‘“Lui” is niet het goede woord. Ze kan niet acht uur per dag met dezelfde mensen omgaan. Ze mist het geduld, ze krijgt het er benauwd van. Ze is gewoon snel uit balans.’

‘Hoe komt dat?’

Nu kijkt hij echt ernstig. ‘Ze heeft in haar jeugd iets heel ergs meegemaakt,’ zegt hij. Daarna vertelt hij me het meest verschrikkelijke verhaal dat ik ooit heb gehoord.

We zitten nog steeds in de tuin, het wordt al schemerig. Ik heb voorgesteld het onderwerp Viola af te ronden en het vandaag niet meer over haar te hebben. Ergens in de verte rinkelt nu en dan mijn mobiele telefoon. Harm Jan vraagt niet meer aan me of ik hem wil opnemen. Ik probeer het gerinkel niet te horen. Ik wil niets horen of weten wat ons samenzijn verstoort, ik wil hier zijn en meer niet. Morgen ga ik wel weer naar huis, maar deze dag is van mij. Van ons.

'Blijf je slapen?' vraagt hij. 'Ja toch?' Hij trekt me omhoog uit mijn stoel. 'Ik zou willen dat je nooit meer wegging.'

Weer die mobiel. 'Ik zet hem uit,' zeg ik.

Voetstappen onder het raam, fluisterende stemmen. Ik krijg geen lucht, wil overeind komen, maar mijn bovenlichaam is te zwaar. Ik wil roepen, maar ik heb geen stem. Waar ben ik? Waar is Harm Jan?

De plek naast me is leeg.

In de verte is een geluid. Er komt een auto aanrijden, als ik het goed hoor met hoge snelheid. Gierende remmen, een klap.

Wat gebeurt er toch? En waar ben ik in hemelsnaam? Ik probeer te schreeuwen.

Iemand trekt aan mijn arm. 'Word eens wakker, Amy. Heb je een nachtmerrie?'

Ik lig hijgend in de armen van Harm Jan en snik. Hij wrijft met beide handen over mijn rug. 'Ik denk dat Claudia dood is,' probeer ik te zeggen.

Cathelijne

55

Ik begrijp eerst niet wat Viola bedoelt en ik heb ook niet veel zin haar te vragen het uit te leggen. Eigenlijk belt ze ongelegen, ik zit net met mijn vader te praten en probeer hem ervan te overtuigen dat het goed met me gaat. Dat lijkt een onmogelijke opgave, want hij blijft beweren dat hij me onrustig vindt en zich zorgen maakt. Ik besef net op tijd dat luisteren naar Viola betekent dat ik even kan ontsnappen aan kritische opmerkingen en indringende vragen. Wat zegt ze nu? Ik laat het haar herhalen.

'Wat is er aan de hand?' wil mijn vader weten.

Ik kan opeens niet meer stilzitten. 'Er schijnt net een auto uit het kanaal te zijn opgevist. Je zei toch dat het een auto was, Viola?'

Ze is moeilijk te verstaan, ze stottert en hijgt. En ze zegt dingen die waarschijnlijk niet kloppen. 'Volgens Viola zou het de auto van de zus van Amy kunnen zijn,' zeg ik tegen mijn vader. 'Ik begrijp er helemaal niets van.'

Mijn vader neemt de telefoon van me over. Hij luistert met gebogen hoofd. 'Dat klinkt niet goed,' meent hij. 'We komen naar je toe.'

We?

'Ze wil graag dat je naar haar toe komt, maar ik ga mee,' beslist mijn vader. 'Ik laat jou niet alleen op een dergelijk incident afgaan.'

'We kunnen ook hier blijven.'

'Je vriendin heeft je nodig, Cathelijne. Maar misschien is het beter als ik alleen ga.'

Ik sta op. 'We gaan samen.' Het moet eens afgelopen zijn met die onderonsjes van mijn vader en mijn vriendin. Dat ga ik met haar bespreken. Hij is mijn vader, niet die van haar. En ik ga ook niet mee een dagje shoppen. Ik ga meer afstand nemen.

Op de dijk die langs het kanaal loopt is een enorme file ontstaan. 'Het hele dorp is komen kijken,' stel ik vast. 'Maar wat zien ze precies?'

Er is veel politie en er staan twee ambulances. Ik zie ook een brandweerauto. Even flitst het beeld van de massa mensen bij de vijver aan me voorbij en ik voel mijn maag naar boven komen. Ik wil hier weg.

'Jij kunt beter teruggaan,' zegt mijn vader. 'Ga maar, kind, doe jezelf zulke taferelen niet aan. Het is niet goed voor je.'

Hij heeft gelijk, maar Viola rekent erop dat ik kom.

Mijn vader lijkt te begrijpen wat ik denk. 'Ik zoek Viola wel op en praat met haar. Ik zal aan haar uitleggen dat dit momenteel voor jou te heftig is. Zij moet hier zelf ook niet naar gaan staan kijken.'

'Zou Amy ook ergens zijn?' vraag ik me hardop af.

'Ga naar huis,' adviseert mijn vader. 'Hier moet je niet zijn. Als ik Viola gevonden heb, kom ik samen met haar naar je toe.'

Ik draai me om en loop terug naar mijn auto. Mijn vader is van mening dat ik hier niet moet zijn. Opeens weet ik waar ik nu wél wil zijn.

56

Ik ga hier altijd naartoe als er iets gebeurd is wat me aangrijpt. Het kerkhof is een rustige plek, waar alles wat te maken heeft met onaangename sensaties minder toegang heeft. Vandaag rij ik eerst langs het park en parkeer mijn auto vlak bij het grote hek. Het staat uitnodigend open.

Ik ben sinds de dag dat Jurre werd gevonden niet meer in het park geweest. Toch wil ik daar gewoon weer kunnen lopen, zelfs langs de plek waar hij lag. Dat gebeurt ook wel, later. Er komt een tijd dat de beelden vervagen, dat ik ze laat vervagen.

Ik weet precies welk pad ik wel en welk ik niet moet nemen. De meeste graven zien er goed verzorgd uit, zelfs de heel oude stenen worden schoongehouden. De steen die ik nu wil zien ligt half verscholen onder de linkerkant van een enorme goudenregen. De gele massa schittert in de zon.

Ik raak het marmer aan en laat mijn vingers over de letters en cijfers glijden. Met gesloten ogen groet ik de jongen die hier ligt. 'Ik moet even heel goed nadenken,' zeg ik tegen hem. 'Denk maar met me mee.'

Er is niemand anders op het kerkhof, daarom durf ik op de rand van het graf te gaan zitten en met mijn rug tegen de steen te leunen. 'Er is iets met Viola, iets wat ik niet begrijp.'

In het park blaffen een paar honden. Het lijkt me beter verder te denken zonder geluid.

Was het de manier waarop ze het vertelde? Was het de klank van haar stem? Ze struikelde over haar woorden, alsof ze de tekst die ze moest uitspreken probeerde te omzeilen. Ze was in paniek. Waarom? Het ging toch niet om háár? Wat klopte er niet?

Vroeger bespraken we alles met elkaar, we zwoeren ooit dat we nooit geheimen zouden hebben, hooguit geheimen die we samen deelden.

Zoals het geheim van Nicolaas Strijbos.

Ik moet rustiger denken, mijn gedachten vliegen alle kanten op. Misschien verbeeld ik het me en was Viola helemaal niet in paniek. Waarom zou ze dat ook zijn? Al blijkt het inderdaad om de auto van Amy's zus te gaan, dat is háár zus toch niet? We kennen Amy amper een paar weken, waarom zouden we overstuur worden van de eventuele dood van die Claudia? Ik kan nu beter stoppen met denken.

Over de marmeren steen glijdt een prachtige zonnestraal. Ik probeerde als kind al om zonnestralen te vangen in een spiegeltje en Arend holde dan achter me aan. Nog één keer met mijn papieren zakdoekje de letters afvegen, tot ik zeker weet dat er geen stofje is achtergebleven. Ik loop snel weg van het graf.

Bij de ingang staat een vrouw.

'Goed dat ik je tref,' zegt ze. Ze kijkt net zo boos als toen ik haar tegenkwam bij de buurtsuper. Haar mond is strak en afkeurend.

'De moeder van Anneloes,' stel ik vast. 'Wat kan ik voor u doen?' Ik loop haar voorbij en kijk om of ze me volgt. Waar ik ook iets met haar wil bespreken, niet in de buurt van deze graven. Zeker niet met het zicht op het graf waar ik net vandaan kom.

'Anneloes heeft haar bekentenis ingetrokken.'

Ik staar haar aan. Ze herhaalt de zin nog een keer en voegt eraan toe dat dit, als het aan haar ligt, consequenties heeft voor mij.

57

Mijn vader probeert me te kalmeren. Hij stond tien minuten nadat ik hem had gebeld weer voor mijn deur. Volgens hem gebruikt die vrouw mij om haar woede op los te laten. Hij raadt me aan om alles wat ze zei gewoon naast me neer te leggen en me er vooral niet druk om te maken.

Ik zit te shaken op mijn stoel en mijn handen blijven maar trillen.

'Wat maakt je zo overstuur?' wil mijn vader weten. 'Is het omdat Anneloes haar bekentenis heeft ingetrokken? Of komt het doordat haar moeder je zo dreigend toesprak?'

Het woord blijft in mijn oren nagalmen. *Consequenties*. Waarom zei ze dat? Ik drink gehoorzaam het glas water dat mijn vader in mijn handen drukt leeg en onderwerp me aan een ademhalingsoefening. De rustige stem van mijn vader helpt me om beter te ademen.

'Kan iemand zomaar een bekentenis intrekken?' vraag ik.

Mijn vader legt een hand op mijn schouder. 'Ik denk van wel.'

'Ze schijnt heel hard te hebben geroepen dat ze hem op zijn achterhoofd had geslagen.'

'Laat het los, Cathelijne, ook al zal dat niet meevallen. Je kunt er niets meer aan veranderen, het is gebeurd.' Hij heft zijn hand op. 'Er is iemand bij de voordeur, ik doe wel even open.' Hij loopt de gang in.

Ik hoor een vrouwenstem en luister scherp. Dat is toch... Hij laat haar toch niet binnen?

De deur vliegt open. 'Ik ben over een paar minuten weer weg,' roept de moeder van Anneloes. 'Maar eerst wil ik het een en ander duidelijk maken.'

De buurvrouw van Anneloes gaat een verklaring afleggen. Ze schijnt dat eerder niet gedurfd te hebben, omdat haar man haar verbood zich ermee te bemoeien. Maar de moeder van Anneloes heeft zo sterk op haar ingepraat dat ze toch wil verklaren dat ze Jurre op de avond van zijn dood in de richting van het park heeft zien lopen, op de voet gevolgd door Anneloes, en dat ze hem niet heeft zien terugkomen, maar haar wel. Ze kan onder ede verklaren dat Anneloes vijf minuten weg is geweest en daarna niet meer naar buiten is gegaan. Als je bedenkt dat het heen en weer lopen van huis naar vijver zeker twee minuten vergt, kan een kind begrijpen dat het onmogelijk is om in drie minuten tijd een volwassen man bewusteloos te slaan en hem ook nog eens naar een vijver te slepen. De moeder van Anneloes is ervan overtuigd dat ze door de verklaring van de buurvrouw een sluitend bewijs in handen hebben van de onschuld van haar dochter.

Er valt een diepe stilte als ze eindelijk ophoudt met praten. Mijn vader schraapt zijn keel. 'Nou, dan zien we wel wat de recherche met die verklaring van de buurvrouw doet. Maar ik wil u toch dringend vragen om Cathelijne niet meer lastig te vallen. Zij heeft hier niets mee te maken, ze is van Jurre gescheiden, zoals u weet.'

'Tja,' antwoordt de moeder van Anneloes, 'wat zal ik daar op zeggen? Heel erg gescheiden was ze niet. Toch?'

Mijn vader grijpt haar bij de arm en duwt haar in de richting van de deur. 'U moet nu echt gaan, mevrouw.'

'Hoe goed kent u uw dochter, meneer?'

'Heel goed, geloof me maar.'

'Zo goed dat u weet dat ze regelmatig afspraakjes had met Jurre in een motel?'

Mijn vader laat haar los, hij kijkt naar niemand.

De vrouw richt zich op mij. 'Je hebt waarschijnlijk altijd gedacht dat je hem terug kon krijgen, als je maar met hem bleef neuken. Het zal een harde dobber voor je zijn geweest te ontdekken dat hij het inmiddels weer met een ander had aangelegd. De bedrieger bedrogen, is het niet? Dat gaf jou een heel serieus motief om hem te vermoorden.'

'En nu eruit!' schreeuwt mijn vader.

Mijn moeder werd altijd boos als mijn vader begon te schreeuwen.

58

Het is gelukt de moeder van Anneloes het pand uit te krijgen en ik wilde net opgelucht ademhalen, toen ik een andere stem in de gang hoorde waar ik ook geen zin in had. Toch protesteerde ik niet toen Viola achter mijn vader de kamer in kwam. Zij kent het verhaal van Jurre en mij en dat maakt het misschien gemakkelijker om het aan hem te vertellen. Maar voorlopig valt er niets te vertellen, omdat Viola aan één stuk door blijft praten over de auto die uit het water is gehaald en daarbij blijft beweren dat de zus van Amy erin zat. Mijn vader biedt haar het ene na het andere glas water aan, klopt geruststellend op haar rug en lijkt mijn aanwezigheid vergeten te zijn. Ook goed, nog even en ik hoef niets meer uit te leggen, of ik ontken gewoon dat ik na mijn scheiding van Jurre nog iets met hem had. Hij zal het graag geloven.

Ik vraag me af waarom Viola zich zo druk maakt over wat er eventueel met die zus is gebeurd. Zou ze ook niet stiekem denken dat dit ongeluk haar verdiende loon is en Amy eindelijk van dat secreet is verlost? Ik heb zin om dat hardop te zeggen.

Nu belt Viola al wéér het nummer van Amy. Die neemt steeds niet op. Ze schijnt ook niet thuis te zijn, Viola is al langsgereden en maakt zich nu druk over waar ze kan uithangen. Wat hebben wij daarmee te maken? Hebben wij niet al genoeg aan ons hoofd, moet daar de sores van iemand die we net een paar weken kennen en die binnen afzienbare tijd weer uit ons leven zal verdwijnen ook nog aan worden toegevoegd?

Iemand stoot me aan. 'Viola vroeg je wat,' zegt mijn vader.

'Heb jij gisteren nog met Amy gesproken?' wil Viola weten.

'Nee. Jij wel?'

'Ik sprak haar eergisteren voor het laatst. Ik had de indruk dat ze in de war was.'

'Wie is dat niet, tegenwoordig? Ik heb de indruk dat er met jou ook wat aan de hand is. Je bent helemaal gefixeerd op Amy, of heb je dat zelf niet in de gaten?'

'Geen gekibbel,' maant mijn vader.

'Het is vandaag de eerste vrijdag van de maand,' zeg ik. 'Jij bent aan de beurt om de borrels te schenken, maar nu je hier toch bent kunnen we net zo goed meteen beginnen. Dan maar zonder Amy, misschien kunnen we die nu en dan eens uitnodigen. Het was altijd leuk met ons tweeën, laten we het zo houden.'

Viola is weer met haar mobiel bezig. Ze spreekt een nieuw bericht in. Opeens heb ik er genoeg van. 'Ga alsjeblieft naar huis en laat me met rust. En laat háár ook eens met rust. Ze is er niet en volgens mij heeft ze ergens een vent opgedoken. Herinner je je dat ze bloosde toen ik daarnaar informeerde? Die meid is op zoek, zoals wij dat ook waren na onze scheiding. Val haar niet steeds lastig.'

Viola stopt haar mobiel terug in de zak van haar jasje en kijkt me aan. 'Moeilijk hè, om je in een ander in te leven? Vooral ook niet een keer proberen, Cathelijne. Gewoon lekker blijven soppen in je eigen verdriet.' Ze staat op en loopt de kamer uit.

'Wat een kutopmerking!' schreeuw ik haar na. 'Ga morgen maar alleen shoppen, trut!'

'Beheers je,' zegt mijn vader.

'Waarom zou ik me beheersen? Neem je het nu weer voor háár op? Ik ben je dochter, niet zij. Ik word door de moeder van mijn opvolgster beledigd en jij kijkt gewoon toe. Je vraagt niet eens wat er klopt van haar verhaal.'

'Ik wil het niet weten, Cathelijne.'

'Papa, ga alsjeblieft naar huis. Wij moeten geen ruzie maken.'

'Goed. Ik bel je vanavond nog wel.' Mijn vader geeft me een

kus. Ik wil tegen hem aan kruipen, me laten vasthouden. Maar hij is al weg.

Viola

59

Er staan nog steeds mensen bij de plek waar het gebeurde. Een vrouw maakt brede gebaren en wijst naar het water. Ik lijn Nika aan en loop met haar langs het kanaal. Ze probeert naar beneden te lopen, maar ik hou haar tegen. 'Vandaag niet zwemmen, meisje, misschien morgen weer.' Ze komt dicht naast me lopen.

Er fietst een man voorbij, hij heft zijn hand op. Ik groet terug en vraag me af wie hij is. 'Hé, Viola,' roept hij.

Ik aarzel. 'De man van de herdershond,' zeg ik. 'Tijs Donner.'

Hij lacht breed. 'Bijna goed. Het is Gijs.' Hij maakt een handgebaar naar achteren. 'Wat een drama, hè? Je zult die boodschap thuis krijgen. Weet jij of het iemand uit het dorp is?'

'Nee, dat weet ik niet. Het is een scherpe bocht, dit zou al veel eerder gebeurd kunnen zijn. Misschien zetten ze er nu eens een hek omheen.'

'Een simpel hek houdt een auto niet tegen,' meent Gijs. 'Staat er nergens een waarschuwingsbord?'

Ik heb geen zin in dit gesprek, maar ik wil niet onvriendelijk tegen hem zijn. Het is een aardige man. Een mooie man, zelfs. Als ik eerlijk ben is hij de eerste man na Harm Jan die ik de moeite van het bekijken waard vind.

'Hoe lang zou die auto in het water hebben gelegen?' vraagt hij zich af.

Sinds gistermiddag kwart voor vier, zou ik nu kunnen zeggen. Ik haal mijn schouders op.

'Niet lang, volgens mij,' gaat hij verder. 'Ik hoorde dat de vrouw die erin zat nog helemaal gaaf was. Ik ben blij dat ik het niet heb hoeven zien.' Hij steekt zijn hand uit naar Nika en laat hem besnuffelen. 'Wat leuk om je weer eens tegen te komen,' zegt hij. Bedoelt hij Nika?

Hij kijkt me lachend aan. 'Ik bedoel jou,' voegt hij eraan toe.

Ik kan me nauwelijks voorstellen dat ik een afspraak heb gemaakt met een man die ik amper ken. Toch is dat gebeurd, ik heb een date voor morgenavond. Hij haalt me om een uur of halfzeven op en we gaan eten bij een Italiaan in Haarlem. Volgens Gijs de beste Italiaan in Noord-Holland en misschien wel in Nederland. De afspraak was snel gemaakt, ik had toegestemd eer ik er erg in had. Maar het is nog geen morgen, ik kan altijd nog afbellen. Als ik tenminste achter zijn telefoonnummer kan komen. Ik weet alleen hoe hij heet en dat hij sinds januari in Molenveld woont, maar waar? Typisch een geval om bij de buurtsuper te bespreken.

Het is een verwarrende situatie, maar die heb ik zelf gecreëerd. Ik had gewoon nee kunnen zeggen toen hij me uitnodigde. Ik had een smoes kunnen verzinnen en ook de waarheid kunnen vertellen. Hoe zou hij gereageerd hebben als ik gezegd had dat ik momenteel maar aan één persoon kan denken en het om een vrouw gaat?

Ik moet haar nog een keer bellen. Ik kan ook naar haar huis gaan en als ze er niet is naar binnen stappen. Zou ze al gemerkt hebben dat de sleutel van de achterdeur verdwenen is? Ik controleer of hij nog in mijn zak zit. Natuurlijk klopt het niet dat ik hem heb meegenomen, maar toch heb ik het gevoel dat het nodig was.

'Kom,' zeg ik tegen Nika, 'ik breng je naar huis.'

60

Haar auto staat niet op de oprit. Toch bel ik aan, ik voel mijn hart wild bonken. Ik kijk snel om me heen. Niemand te zien, maar het is ook al donker. Bij de buren brandt geen licht. Ik ren naar de achterdeur.

Als ik voor de deur sta, slaat de twijfel toe. Wat ben ik aan het doen? Hoe is het mogelijk dat ik op het punt sta ongenodigd iemands huis binnen te dringen? Dit kan echt niet, ik zou het zelf van niemand accepteren. Snel omkeren dus, en naar huis teruggaan.

Opeens zit de sleutel in het slot, draai ik hem om en open de deur.

In de woonkamer sluit ik eerst de gordijnen en pas als ik zeker weet dat niemand me kan zien knip ik twee schemerlampen aan. Er ligt een tijdschrift op de bank, ernaast ontdek ik een envelop van de Rabobank. Het saldo is niet misselijk. Ik schuif het overzicht snel terug en leg de envelop weer naast het tijdschrift. Nu echt vertrekken, Viola, en nooit meer zo'n streek uithalen. Ik haal diep adem door mijn neus en het lijkt of ik haar kan ruiken.

Ze stond op dezelfde plek waar ik nu sta, toen ik haar voor het laatst zag. Ik kon bijna niet ademen door de kille blik in haar ogen. Haar hele lichaam straalde een verpletterende onbereikbaarheid uit. Ze stelde vragen die ik niet wilde horen, maar wel moest beantwoorden.

Ik wist dat ik weg moest gaan en probeerde mijn benen naar de deur te slepen. Ze voelden aan of er tien kilo lood in zat. Ik vroeg of ik nog even van het toilet gebruik mocht maken en liet me een halve minuut later opgelucht op de pot zakken. De droge snik die aan mijn keel ontsnapte kwam van heel diep uit mijn lijf. Toen ik naar de keuken liep om mijn handen te wassen, viel mijn oog op de sleutel in de achterdeur. Ik draaide hem eerst om, haalde hem daarna uit het slot en stopte hem in mijn zak. De duizeligheid die me overviel zorgde ervoor dat ik me moest vastgrijpen aan het aanrecht. Ik bleef staan en ademde diep in en uit, totdat ik mijn ogen weer kon openen. Ik wist dat ik die sleutel weer in dat slot moest steken.

Amy stond in de kamer op deze plek en maakte een vaag gebaar dat op een groet moest lijken. Ik draaide me om en liep de gang in. Toen ik eenmaal buiten was, nam ik me voor de sleutel zo snel mogelijk terug te brengen. Ik was misselijk van schaamte en voelde me hopeloos eenzaam.

Het is goed dat ze niet thuis is, nu kan ik de sleutel gewoon weer in het slot doen en het huis via de voordeur verlaten. Op het moment dat ik dit bedenk, schrik ik van het idee dat in me opkomt. Ik loop naar de voordeur en grijp de klink. Als ik het niet dacht, de deur is op slot gedraaid. Ik kijk om me heen, hangt er ergens een reservesleutel? Nee, natuurlijk niet. Ik zal het pand weer via de achterdeur moeten verlaten, die dan dus niet meer afgesloten is. Amy zal denken dat ze vergeten is de deur op slot te draaien en als ze dat niet denkt... Wat maakt het uit? Ik moet geen sporen achterlaten. Het enige wat telt is dat niemand me ziet en daarna wordt dit een incident waar ik niet trots op ben. Zou Cathelijne gelijk hebben, heeft Amy een man ontmoet en is ze nu bij hem? Ik kan het me niet voorstellen. Ze is amper weg bij haar eigen man en ze lijkt me geen type dat van de ene naar de andere relatie fladdert. Cathelijne gelooft nog in sprookjes, maar dat wist ik natuurlijk al.

De middelste la van de sidetable staat een stukje open. Ik steek mijn hand uit om hem dicht te doen. Mijn oog valt op iets bruins, ik trek de la naar me toe. Het is een bruine envelop waar Amy's naam en adres op staan. Ik draai de envelop een paar keer om.

Ik heb hier niets te zoeken, laat ik dat mezelf toch beter inprenten. Ik jaag iets na wat niet bestaat. Raap jezelf bij elkaar, Viola, en maak dat je wegkomt. En doe zoiets nooit meer.

Ik haal de brief uit de envelop en begin te lezen.

61

Zodra ik wakker word, check ik mijn voicemail. Amy heeft niet teruggebeld. Ik begrijp er niets van, of misschien toch wel. Waar kan ze uithangen?

Nika rent eerst een paar keer met een noodgang de tuin op en neer en begint vervolgens enthousiast een kuil te graven. Ik roep haar terug en lijn haar aan. 'We lopen naar de buurtsuper, de vrouw heeft zin in verse harde broodjes,' zeg ik tegen haar. Ze kwispelt met haar staart.

Het kanaal ligt stil in het landschap. Ik tuur naar de plek waar de auto uit het water is gehesen en voel een rilling over mijn rug lopen. Kan ik ooit nog naar die plek kijken zonder te rillen?

Er fietsen kinderen langs het kanaal, ze praten druk met elkaar. Ik zou willen roepen dat ze beter moeten uitkijken en in het water kunnen vallen. Een van de kinderen zwaait naar me.

Hoe vaak hebben Cathelijne en ik hier wel niet gefietst toen we nog kinderen waren? Als we gingen zwemmen kregen we van haar moeder altijd een trommeltje mee waar boterhammen met pindakaas en een Mars in zaten. We stapten vaak al voordat we er waren af om die Mars naar binnen te werken. Toen we op de middelbare school zaten, fietsten we hier iedere schooldag en kwetterden net zoals de kinderen die ik nu voorbij zie komen.

Ik kan beter geen herinneringen oproepen die me weemoedig maken. Niet vandaag.

Zal ik nog eens proberen of ik Amy kan bereiken? Of zou ze al gebeld zijn door haar man? Ik wil dat ze weet dat ze op me kan rekenen, dag en nacht mijn steun kan verwachten, nooit door mij verraden zal worden. Die laatste gedachte moet ik vandaag nog afschaffen. Er valt niets te verraden, het was een ongeluk. Prent je dat goed in, Viola Bouvrie. Een ONGELUK!

Het is druk bij de buurtsuper, er staan mensen voor de winkel. Wat is er nu weer aan de hand? Zou er iets met de moeder van Branca gebeurd zijn? Ik heb haar al een paar weken niet gezien en het wordt tijd dat ik weer eens aan het werk ga als vrijwilliger. Genoeg geluierd en me druk gemaakt om zaken waar ik niets aan kan veranderen. Ik ga volgende week de coördinator bellen en melden dat ik weer beschikbaar ben.

Iemand staat naar me te wenken. Ik knijp mijn ogen een beetje dicht. Branca?

Nika begint opgewonden te blaffen en sleurt me bijna in de richting van de winkel. Ik trek de lijn strak en spreek haar berispend toe.

'Goed zo, ze moet wel weten wie de baas is,' zegt een stem achter me. Ik draai me om. Het is Gijs Donner. 'Ik ben blij dat ik je zie,' hijg ik. 'Het spijt me, maar ik kan vanavond niet met je gaan eten.'

'Kun je niet of wil je niet?' vraagt hij.

Ik slik. 'Dat is een eerlijke vraag en ik geef je een eerlijk antwoord. Ik wil niet. Mijn hoofd staat niet naar afspraakjes maken en dat komt omdat ik… nou ja, gewoon omdat ik verliefd ben.'

'Lucky man,' zegt Gijs. 'Ik ben jaloers op hem.'

Branca neemt me mee naar binnen en stelt me voor aan een man die ik hier nog nooit heb gezien. 'Dit is Loek Groot, hij is journalist. Loek wil mensen uit het dorp vragen stellen.'

'Waarover?' Ik richt me op de man.

Hij steekt zijn hand uit. 'Ik maak een artikel over gebeurtenissen die op elkaar lijken en als zodanig opvallend zijn. Iemand uit het dorp attendeerde me op een moord die hier een kwarteeuw geleden is gepleegd en op de vrijwel identieke moord die een paar weken geleden plaatsvond. Hoe lang woont u hier al?'

'Lang genoeg om te weten dat dit een kletsdorp is,' snauw ik.

'Zeg, doe niet direct zo boos, je kunt toch moeilijk ontkennen dat dit wel heel erg toevallig lijkt? Daar schijnen ze zich bij de politie niet druk over te maken, dus dan moeten wij dat misschien wel doen,' pleit Branca.

Ik richt me op haar. 'Heb jij de krant gebeld?'

'Ik niet, dat was de moeder van Anneloes Klaver. Ze wil bewijzen dat haar dochter onschuldig is. Heb je al gehoord dat een buurvrouw wil getuigen? Die hield zich aanvankelijk gedeisd, omdat haar man haar verbood iets te zeggen. Anneloes schijnt op de avond van de moord maar vijf minuten weg te zijn geweest en zeg nou zelf: wie kan er in vijf minuten tijd naar het park lopen, een man neerslaan, hem in de vijver gooien en weer naar huis gaan?'

'Wat wil je eigenlijk beweren?' Vanuit mijn ooghoeken zie ik dat de journalist driftig aantekeningen maakt.

Branca kijkt om zich heen en dempt haar stem. 'Er zijn geruchten.'

'Hou op met dat geheimzinnige gedoe. Wat voor geruchten?'

'Er wordt verteld dat Cathelijne nog steeds iets met Jurre had, ik bedoel dat ze het met hem deed. In een motel. Dat Van der Valk-motel in Wieringerwerf. De moeder van Anneloes kent iemand die daar werkt en heeft het van haar gehoord.'

'Al zou dat waar zijn, wat heeft dat dan volgens jou met deze moord te maken?'

'Jij weet het misschien nog niet, maar Jurre Klaver wilde weer scheiden. Hij had een andere vrouw, maar dat was niet Cathelijne. Vat je hem? Die is natuurlijk woest geworden.'

Ik wacht en zorg ervoor dat er van mijn gezicht niet af te lezen valt wat ik denk.

Branca maakt een weids gebaar. 'Volgens mij ligt de conclusie voor de hand. Anneloes heeft toegegeven dat ze Jurre een klap heeft gegeven met een stevig stuk hout en dat hij daarvan in elkaar zakte. Maar ze heeft niet voldoende tijd gehad om hem naar de vijver te slepen, laat staan hem erin te gooien. Dat heeft dus iemand anders gedaan en wie was er kwaad op hem?'

Ik loop naar het broodvak, vis twee harde broodjes uit de bak en doe ze in een plastic zak. 'Ik zou als ik jou was een beetje uitkijken met wat ik zei, Branca. Voor je het weet heb je een aanklacht wegens laster aan je broek hangen. Ik was die avond bij Cathelijne, het was vier mei en de eerste vrijdag van de maand. Jij weet dat wij altijd op de eerste vrijdag van de maand bij elkaar zijn, je hebt al vaak geprobeerd jezelf uit te nodigen. Die avond was de tijdelijke bewoonster van het huis naast de kerk er ook, maar zij ging eerder weg dan ik. Cathelijne en ik zijn daarna stevig doorgezakt en ik kan getuigen dat ze het pand niet heeft verlaten om iemand in de vijver te gaan gooien.'

'Hoe laat bent u naar huis gegaan?' wil de journalist weten.

Ik haal diep adem. 'Bent u van de politie? Nee? Hoe haalt u het dan in uw hoofd om mij zo'n vraag te stellen? Voor welke krant werkt u eigenlijk?'

'Ik ben een freelancejournalist.'

'Dat kan ik me voorstellen. En u bent waarschijnlijk gespecialiseerd in riooljournalistiek.'

'Hè, doe toch niet zo vijandig!' roept Branca.

'Hè, doe jij toch niet zo stompzinnig,' wijs ik haar terecht. 'Als je zin hebt in sensatie, verzin dan iets anders en laat je dorpsgenoten met rust. En zeker Cathelijne, ik kan je verzekeren dat die het er moeilijk mee heeft. Ze heeft jou nota bene ik weet niet hoe vaak opgevangen als je weer eens last had van je moeder. Is dit je dank?' Ik loop naar de kassa. 'Ik wil even afrekenen,' zeg ik.

'Sorry,' mompelt Branca.

62

Cathelijne is niet thuis, ik loop daarom direct door naar het huis van haar vader. Als we zijn tuin naderen, begint Nika weer aan de lijn te trekken. Ik laat haar los en ze springt enthousiast tegen het tuinhek aan.

Ik zie dokter Wolf voor het raam verschijnen, hij wijst naar de voordeur, die op hetzelfde moment wordt geopend. 'Kom je voor mijn vader of voor mij?' vraagt Cathelijne. Ze knuffelt Nika. 'Dag pop, hou je nog een beetje van me?' Ze doet stoer, maar daar trap ik niet in.

Dokter Wolf begroet me hartelijk en biedt me koffie aan. Ik heb de indruk dat hij nerveus is en ik vraag me af wat hij met zijn dochter aan het bespreken was. 'Kom ik ongelegen?' wil ik weten.

'Nee!' roepen ze tegelijk en allebei iets te luid.

Ik richt me op Cathelijne. 'Het leek me het beste je snel in te lichten. Ben je vandaag al bij de buurtsuper geweest? Ga er ook maar niet naartoe, er loopt een journalist rond die op zoek is naar een sensatieverhaal. En de moeder van Anneloes is van de munitieverschaffing.'

'Laat maar horen,' nodigt Cathelijne me uit.

Dokter Wolf kijkt zorgelijk, Cathelijne vertrekt haar gezicht steeds tot een grimas. Ik probeer zo rustig mogelijk te vertellen over mijn bezoek aan de buurtsuper, maar ik kan dat niet zonder mijn stem te verheffen. Vooral als ik Branca's betoog over haar conclusie citeer, hoor ik de woede in mijn stem tevoorschijn komen. Cathelijne legt een hand op mijn arm. Het lukt me mijn arm niet schielijk terug te trekken.

'Wat nu?' vraagt Cathelijne als ik ben uitgesproken. 'Heb ik soms een advocaat nodig?'

'Wat denk je zelf?' wil ik weten.

'Doe even normaal,' zegt ze.

Ik zie dat haar vader naar haar kijkt en word beroerd van de blik in zijn ogen. 'Wat vindt u, dokter Wolf, moet Cathelijne een advocaat raadplegen? Ik denk zelf dat dit geen slecht idee zou zijn.'

Cathelijne springt overeind. 'Hou toch op met dat idiote gelul,' schreeuwt ze. 'Wat heb jij tegenwoordig toch tegen mij? Ik tel zeker niet meer mee nu je een nieuwe vriendin hebt? Ben je soms vergeten dat we al jaren vrienden zijn? Dat we alles van elkaar weten?'

'Niet alles, Cat,' zeg ik. 'Niet alles.'

Er valt een diepe stilte.

'Wat wil je van me weten?' Cathelijnes stem is schor.

'Ik wil weten of het verhaal dat je vertelde over de avond dat Jurre werd vermoord, klopte. Ik bedoel: is het waar dat hij nog bij je langs is geweest?'

Dokter Wolf schrikt. 'Wat zeg je? Is Jurre nog bij jou geweest? Dat klopt toch niet?'

Cathelijne kijkt me aan. Haar ogen zijn donker. 'Dat heb ik aan jou en Amy in vertrouwen verteld, Viola. Sinds wanneer kun of wil jij niet meer zwijgen over vertrouwelijke zaken?'

'Sinds ik bang ben dat je iets met zijn dood te maken hebt,' zeg ik.

Amy

63

Iemand wrijft heel zacht over mijn wang. *'Good morning.'*

Ik grijp Harm Jans handen en kus ze.

'Weet je wel hoe laat het al is?' Hij trekt me tegen zich aan.

Ik heb geen idee hoe laat het kan zijn, het zou me niet verbazen als hij me nu vertelde dat ik twee dagen heb geslapen.

'Het is kwart over twaalf. Ik denk dat het verstandig is om nu toch eens even je voicemailberichten af te luisteren.' Hij reikt me mijn mobieltje aan.

'Ik heb nieuwe berichten,' mompel ik.

Hij lacht. 'Hoe is het mogelijk?'

Ik heb eerst gedoucht, daarna twee koppen koffie gedronken en roerei gegeten waar iets pittigs doorheen zat en een groot glas koud water achterovergeslagen. 'Nu moet het maar,' zeg ik.

Harm Jan wil weten waarom ik zo aarzel om de berichten af te luisteren. Daar kan ik geen duidelijk antwoord op geven. Het is een gevoel, misschien een voorgevoel. Er hangt iets in de lucht waar ik verschoond van wil blijven.

De voicemailstem meldt dat er zeven berichten zijn ingesproken. Ik kan ze allemaal wissen en als Harm Jan niet naast me zat, zou ik dat doen.

Eerste bericht. *'Amy, met Viola. Kun je me snel terugbellen? Er is iets aan de hand bij het kanaal.'*

Tweede bericht. *'Waar zit je? Bel alsjeblieft snel terug. Er schijnt een auto in het kanaal te liggen. Er zwommen kinderen en een van hen heeft het gezien. De hele omgeving is afgezet. Is je zus al boven water? Sorry, verkeerde vraag. Het is tien over zes, vrijdagmiddag. Bel me! O ja, dit is Viola.'*

'Het zijn berichten van Viola,' zeg ik. 'Ze heeft me om tien over zes op vrijdag gebeld, omdat er iets aan de hand was bij het kanaal.'

'Bij het kanaal? Wat heb jij daarmee te maken?'

'Ze zegt dat een kind dat aan het zwemmen was een auto op de bodem heeft zien liggen.'

'Maar waarom moet ze jóú daarover bellen? Wacht eens even… Kan dat iets te maken hebben met je zus?'

Ik reik hem mijn mobiel aan. 'Wil jij de rest van de berichten afluisteren?'

Hij noteert wat er wordt gezegd, maar ik hoef het niet te lezen. Ik hoor hem een paar dingen hardop herhalen. Donkergroene auto, brandweer, ambulance, lijkwagen.

'Claudia heeft een donkergroene auto,' zeg ik.

Harm Jan adviseert me om Viola te bellen. 'Zeg dat je bij vrienden bent, je hoeft daar verder toch geen verantwoording voor af te leggen?'

'Wil je niet dat ze het weet, van ons?'

'Nog niet. Het ligt gevoelig bij haar, ik vertel het haar liever zelf. Of we doen het samen, later.'

'Er zal dus een later zijn?'

'Wat mij betreft wel.' Hij kust me. 'En hoe zit dat met jou?'

'Ik kan nauwelijks bevatten wat er allemaal gebeurt. Ik wil wel een later, maar eerst moet ik me officieel vrijmaken.'

'We hebben geen haast,' zegt Harm Jan.

Donkergroene auto.

Ik toets het nummer van Viola in.

64

'Eindelijk,' roept Viola. 'Waar hang je toch uit? Ik heb je zo vaak gebeld!' Haar stem slaat over.

'Ik ben bij vrienden,' zeg ik. Harm Jan legt een vinger tegen zijn lippen. 'Ik kom er net achter dat de batterij van mijn mobiel leeg is,' fantaseer ik. 'Gelukkig hebben zij dezelfde oplader. Ik begrijp niets van de berichten die je hebt ingesproken.'

'Ik denk dat je het niet wil begrijpen, Amy. Ze waren volgens mij duidelijk genoeg. Er is hier gistermiddag een donkergroene Peugeot uit het kanaal gevist waar jouw zus in zat.'

'Lekker tactisch ben je,' sneer ik.

'Hou op met je verzet en zie onder ogen wat er gaande is.' Haar stem klinkt koel. De toon bevalt me niet. 'Heb je geen berichten van je man of je zwager? Ik neem aan dat die al op de hoogte zijn gesteld.'

'Ik ga mijn zwager direct bellen,' beloof ik. Voordat ik daar nog iets aan kan toevoegen, verbreekt Viola de verbinding.

'Ze heeft ergens de smoor over in,' meld ik. 'Ze zal toch niet in de gaten hebben dat ik bij jou ben?'

'Hoe moet ze dat dan weten? Viola kan erg goed van de ene stemming in de andere vallen,' legt Harm Jan uit. 'En zonder dat jij begrijpt waar het vandaan komt. Maar wat zei ze precies?'

Pas op het moment dat ik de woorden van Viola herhaal, besef ik wat er aan de hand is.

Ik toets het nummer van Hein in en zet me schrap.

Zijn stem klinkt koel en afgemeten en zijn woorden snijden door mijn ziel. Het lijkt of hij een verhaal vertelt dat over volslagen onbekende mensen gaat. Hij hapert niet, aarzelt niet, er is geen enkele emotie aan hem te horen. Hij is gisteravond door de politie op de hoogte gesteld van wat zij een gruwelijke vondst genoemd schijnen te hebben. In het kanaal hebben zwemmende kinderen een auto ontdekt en dat bleek de auto van Claudia te zijn met Claudia erin. Men vermoedt dat ze de bocht bij het kanaal te scherp heeft genomen en te hard heeft gereden, want er waren duidelijke remsporen op de weg. Ze is dus dood.

Ik weet niet wat ik moet zeggen of moet vragen. Of moet aanbieden. Opeens schiet me iets te binnen. 'Weten mijn ouders het al?'

'Wat kan mij dat schelen?' antwoordt Hein. 'Claudia wilde geen contact meer met ze. Voor mij hoeven ze niet te verschijnen.'

'Het zijn haar ouders, Hein. Je wil toch niet beweren dat je die gaat verbieden om afscheid te nemen van een van hun kinderen?'

'Ik verbied niemand iets, ik zeg alleen dat ik ze niet hoef te zien. Het voegt voor mij niets toe.'

'Wil je dat ik kom?' Ik pers de woorden uit mijn keel.

'Als je vindt dat je wat te zoeken hebt op haar begrafenis, moet je het vooral niet laten.'

Ik slik een paar keer. 'Ze was mijn zus.'

Hij snuift. 'Daar had je wel wat meer bij mogen stilstaan toen je op een stiekeme manier vertrok en vooral...'

'Wat wil je zeggen, Hein?'

'Het zou me niet verbazen als je iets met dit ongeluk te maken hebt gehad. De begrafenis is woensdag op De Nieuwe Noorder, om drie uur 's middags. Je ziet maar of je erbij wilt zijn.'

Ik hoor een klik. 'Hij heeft opgehangen,' zeg ik tegen Harm Jan.

'Je ziet eruit of je gaat flauwvallen,' hoor ik hem nog roepen.

Ik wil naar mijn huis om schone kleren aan te trekken en ook om even alleen te zijn. Harm Jan heeft voorgesteld te rijden en me later weer op te halen, maar ik weet hem ervan te overtuigen dat ik zelf kan gaan. Hij blijft volhouden dat hij het geen fijn idee vindt om mij te laten rijden, terwijl ik net nog onderuit ben gegaan.

'Ik moet mijn ouders inlichten. Maar hoe doe ik dat? Zoiets vertel je toch niet per telefoon?'

'Je kunt inderdaad beter naar ze toe gaan,' meent Harm Jan. 'Ik wil echt met je mee.'

'Ze kennen je nog niet.'

'Dan leren ze me meteen kennen.'

'Liever niet op deze manier,' zeg ik.

We hebben afgesproken dat ik me weer meld als ik in Alkmaar ben geweest en terug ben in Molenveld. Ik weet nog niet of ik vandaag al terugga naar Wognum. Ik ben er nog steeds niet over uit of ik dicht bij Harm Jan wil zijn of juist alleen. Het is me in ieder geval duidelijk dat ik daar even goed over moet nadenken.

'Wat voel je nu?' vroeg hij toen ik vertrok. 'Ik bedoel: ten opzichte van Claudia?'

Ik haalde mijn schouders op. 'Geen idee. Ik kan het misschien nog niet geloven. Zou dat het zijn, zou ik twijfelen aan wat ze allemaal over Claudia vertellen? Maar waarom zouden ze liegen?'

'Een eerste reactie op zulk nieuws is vaak ontkenning,' was Harm Jan van mening.

Dood, dood, dood, blijf ik maar denken. Ze is dood en ik heb haar dit toegewenst. Maar dat meende ik toch niet? En wat Hein beweerde slaat nergens op.

65

Het lijkt of het allemaal met iemand anders gebeurt. Klopt het wat Harm Jan zei, is dit een kwestie van ontkenning? Maar wat valt er te ontkennen? Wat voel ik eigenlijk? Voel ik wel iets?

Het wordt een mantra in mijn hoofd. Claudia is dood, het was een ongeluk.

Woensdagmiddag drie uur, De Nieuwe Noorder. Ik moet mijn ouders inlichten.

Mijn vaders auto staat niet voor de deur, maar die van mijn moeder wél. Ze sleurt me bijna naar binnen en slaat haar armen om me heen. 'Wat is er aan de hand?' vraagt ze.

Ik wil het vertellen, maar het lijkt of ik stik in mijn eigen stem. Ze zet een kop thee voor me neer en wrijft met haar hand over mijn arm. Ze zegt lieve dingen waardoor ik steeds harder ga huilen. Ze blijft me van zakdoekjes voorzien. Eindelijk lukt het me mijn stem weer in bedwang te krijgen en worden mijn wangen droog. 'Claudia is dood,' zeg ik en ik realiseer me dat ze pas vanaf dit moment dood is voor mij.

Mijn vader is onderweg en ik ben weer rustig. Mijn moeder dringt erop aan dat ik iets eet en om haar een plezier te doen stem ik toe in een broodje met kaas. Als ik eenmaal begin te kauwen merk ik dat ik trek heb. Ze zet nog een broodje voor me neer. Haar gezicht staat strak, haar ogen dof. Zou ze wel beseffen wat er aan de hand is?

'Daar is je vader,' zegt ze.

We omhelzen elkaar zonder woorden. Ik zie aan zijn mond dat

hij aangeslagen is. Dan trekken zijn mondhoeken altijd.

Ik vertel wat ik weet en herhaal wat Hein tegen me zei. Mijn vader zit dicht tegen mijn moeder aan en streelt voortdurend haar handen. Hij stelt voor dat we woensdag samen naar de uitvaart gaan.

Het lijkt of we het over een verre kennis hebben en of het ons niet echt raakt. Ik bedenk dat dit niet klopt, maar toch zou ik niet willen dat iemand iets zegt wat emoties oproept. Ik denk voortdurend aan de tekst van de brief die Claudia me stuurde.

'Volgens mij hoor ik jouw mobiel,' zegt mijn moeder.

Ik vis het toestel uit mijn tas en druk op de groene stip. 'Met Viola, stoor ik je?'

Ik weet niet wat ik moet zeggen.

'Hallo, Amy, ben je er nog?'

'Ja. Ik zit bij mijn ouders. Is er iets?'

'Ik wil even zeggen dat het me spijt dat ik zo bot tegen je deed. Het liep allemaal uit de hand hier.'

'Wat liep er uit de hand?'

'Daar zul jij momenteel niet mee bezig zijn, maar ik denk dat je het beter wel kunt weten. Er zijn hier een paar mensen op oorlogspad, of je kunt beter zeggen op heksenjacht, en ze jagen op Cathelijne. Ze suggereren dat ze iets met de moord op haar ex te maken kan hebben.'

'Wat een onzin! Daar gaan jullie je toch niet druk om maken?'

'Wel dus.'

'Waarom dan?'

'Dat bespreek ik liever niet door de telefoon. Wil je me bellen als je terug bent? Misschien kunnen we dan even rustig samen praten.' Ik hoor haar diep ademhalen. 'En gecondoleerd met het verlies van je zus.'

Het is geen verlies, denk ik. 'Dank je. Het is goed, ik zal je bellen. Maar ik weet niet of dat vandaag nog gebeurt.'

Ik wil niet in Molenveld slapen, besef ik opeens. Ik zal wat kleren ophalen en ik ga naar Harm Jan. Bij wie ik ook in de buurt wil zijn, niet bij Viola. Of zouden mijn ouders van me verwachten dat ik bij ze blijf? Ik vraag het aan mijn vader, want mijn moeder lijkt in shock te zijn.

'Ga maar naar huis, als je dat graag wil,' zegt hij. 'Wij moeten samen even bekomen van dit bericht.'

66

Op het moment dat ik mijn ogen open, weet ik wat voor dag het is. Ik kijk naar rechts en ontdek dat Harm Jan al is opgestaan. Door de nog gesloten gordijnen is te zien dat de zon ook vandaag weer schijnt. Geen begrafenisweer, denk ik. Of in dit geval toch wel. Ik moet er niet aan denken dat ik met mijn ouders in de stromende regen over het kerkhof loop. De afwijzende houding die Koos en Hein ongetwijfeld gaan aannemen zou door een troosteloze regen alleen maar versterkt worden. Ik rek me uit en denk aan wat deze dag gaat brengen. Het wordt een afscheid en een begin, want ik heb met Harm Jan afgesproken dat hij me naar Alkmaar brengt en na afloop van de begrafenis ook weer ophaalt. Maar dan stel ik hem wel voor aan mijn vader en moeder. Natuurlijk heb ik me de afgelopen dagen beziggehouden met de vraag of het niet te vroeg is. Het is vroeg en misschien zal later blijken inderdaad te vroeg. Maar wat heb ik aan later? Ik concentreer me op nu en dat vergt al behoorlijk veel energie.

Het is heel stil in huis. Waar zou Harm Jan zijn? Is hij wel thuis?

Het is vreemd en tegelijk heerlijk dat we ons in zo'n korte tijd zo goed voelen bij elkaar. Gisteren zei ik nog tegen hem dat het lijkt of ik hem al jaren ken. Mijn huwelijk met Koos is vervaagd, al vrijwel verdwenen. Die conclusie raakte me, ook al wilde ik het niet. Ik heb de neiging me af te vragen waarom ik niet eerder heb ingegrepen. Maar ik weet dat Harm Jan gelijk heeft als hij zegt dat terugkijken in dit geval weinig zin heeft. Hij doet dat ook zo weinig mogelijk. Als ik vragen heb, kan ik ze stellen en dat is wederzijds. Maar ik wil hem niet bevragen over zijn relatie met Viola. Ergens in het recente verleden is er bij mij een knop omgegaan ten opzichte van deze vrouw. Ik weet dat ik beter bij haar uit de buurt kan blijven.

De deur van de slaapkamer gaat langzaam open en Harm Jan komt tevoorschijn met een groot dienblad in zijn handen. 'Mijn vrouw is al wakker. Na alles wat ze vannacht gepresteerd heeft zal ze wel gieren van de honger.'

Met Koos sprak ik nooit over wat we deden in bed, met Harm Jan heb ik het bijna over niets anders. En iedere keer als we er weer over praten, komt het vanzelf tot daden. De gretigheid heeft bezit van me genomen en dat voelt aan als een vanzelfsprekendheid. Ik moet het beeld dat ik van mezelf heb als seksuele partner stevig bijstellen. Vannacht heb ik tegen Harm Jan gezegd dat ik nooit had gedacht dat ik dit in me had.

Ik ben me voortdurend bewust van mijn lijf, wil aangeraakt worden, aanraken, voelen dat ik leef. Ik heb het idee dat ik mijn huwelijk al tien jaar geleden heb afgesloten. Als ik daar te veel over nadenk, word ik somber. Toch wil ik er niet aan voorbijgaan en probeer ik er met Harm Jan over te praten. Er is nog een ander onderwerp dat gevoelig ligt en dat is mijn werkloosheid. Ik verlang naar mijn werk, naar de drukte van een klas vol kinderen, naar overleg met collega's. Binnenkort wil ik serieus op zoek gaan naar een nieuwe baan. Maar eerst de begrafenis, eerst de scheiding doorzetten, eerst wat meer rust vinden. De situatie waarin ik verzeild ben geraakt put me uit.

Harm Jan zei gisteren opeens dat hij er geen enkel bezwaar tegen zou hebben als ik bij hem kwam wonen. Ik weet dat dit te snel gaat, maar toch heb ik al bijna een week niet meer in mijn tijdelijke huis geslapen. Molenveld ligt hemelsbreed een paar kilometer verderop, maar gevoelsmatig aan het andere eind van de wereld.

'Je hebt je piekerhoofd op,' zegt Harm Jan. 'Zie je ertegen op om naar de begrafenis te gaan?'

Ik trek een paar kussens achter me. 'Ook.'

'En verder?'

'Ik moet even lucht krijgen, alles gaat razendsnel. Ik ben nauwelijks anderhalve maand geleden in mijn auto gestapt met de bedoeling mijn leven eens grondig te reorganiseren en afstand te nemen van wat ik had. Nu zit ik opeens in een emotionele draaikolk.'

'Ik begrijp het. Wat heb je bedacht?'

'Dat ik jou in ieder geval niet kwijt wil.'

Hij kust me. 'Dat is wederzijds. Laten we dat besluit als basis houden voor de komende tijd. Nu over vandaag. Ben je er klaar voor?'

'Dat moet nu eenmaal. Ik kan nog steeds nauwelijks geloven dat Claudia dood is. Zo'n ongeluk zou in mijn beleving iedereen kunnen overkomen, behalve haar. Ze heeft iedere situatie altijd kunnen beheersen en ze kwam overal mee weg. Ze had ons leven stevig in handen en was beslist niet van plan de regie kwijt te raken. Ik begrijp dit ongeluk gewoon niet.'

'Waarom was ze zo overheersend?'

Ik glimlach. 'Ze was vijf minuten ouder dan ik.'

'Dat is toch geen reden?'

'Wel als je Claudia was. Ze vond dat ze als oudste recht had op de regie.'

'Heb je er nooit bij stilgestaan dat die drang om alles te beheersen heel veel energie van haar heeft gevergd? Je vertelde dat ze steeds kwader werd, ging schreeuwen, een wanhopige indruk maakte. Misschien was ze door de uitputting minder alert en was die scherpe bocht bij het kanaal een voor de hand liggende oorzaak.'

'Of een ideale mogelijkheid om ermee te stoppen,' zeg ik.

We kijken elkaar aan. Ik probeer te ontdekken waarom ik dit zei.

'Je hebt me nog niet alles verteld,' constateert Harm Jan.

67

Ik zou toch iets moeten voelen, het is toch niet normaal dat ik zo rustig ben? En wat is er met mijn ouders aan de hand? Ze verliezen voor de tweede keer een kind en er valt bij hen geen spoor van wanhoop te ontdekken. Of houden ze zich in voor mij?

Mijn vader is stil. Ik kijk naar zijn strakke gezicht. 'Dit had niet moeten gebeuren,' zeg ik. 'Niet op deze manier, zonder afscheid te kunnen nemen.'

'Er is nooit een goede manier,' meent mijn vader.

'Ik denk steeds dat het niet echt gebeurt,' zegt mijn moeder. Ze is nauwelijks te verstaan.

We hebben afgesproken dat we eerst ergens in de buurt van de begraafplaats samen een broodje eten. Volgens mijn vader is het beter om met een volle maag naar een kerkhof te gaan. Ik moet op dit moment niet aan eten denken, ik heb vanmorgen met veel moeite een sneetje geroosterd brood naar binnen gekregen en een halve kop thee gedronken. Toch zal ik proberen iets te eten, want ik denk dat een te lege maag me straks extra kwetsbaar maakt, als ik de confrontatie aan moet gaan met mijn man en mijn zwager. En met alle verwonderde en misschien wel afwijzende blikken die op me gericht zullen zijn. Ik kan me niet voorstellen dat mijn vertrek een geheim is, ik moet me in ieder geval voorbereiden op vragen. En laat ik vooral rekening houden met onaangename opmerkingen.

Ik wil het aan mijn ouders vertellen en ik probeer te bedenken op welke manier ik het beste kan beginnen. Harm Jan heeft in de gaten dat er iets gaande is rondom de dood van Claudia en ik kon vanmorgen met moeite ontkomen aan zijn uitnodiging er iets over te zeggen. Ik wil geen geheimen voor hem hebben, maar ik weet niet of ik hier ooit met hem over kan praten. Of ik het wil. Toch heb ik de behoefte het met iemand te delen.

'Daar is een eetcafé,' wijst mijn vader. 'Laten we daar wat gaan eten. We hebben nog vijf kwartier de tijd, dat moet lukken. En dan heb je ook tijd genoeg om te vertellen wat je dwarszit.'

Ik moet zijn woorden even tot me laten doordringen. Mijn vader pakt mijn hand vast. 'Praat alsjeblieft met ons, kind,' zegt hij.

Toen Claudia en ik op de middelbare school zaten, veroorzaakte een verschil tussen ons regelmatig onrust. Claudia kon het niet uitstaan dat ik een tekst soms maar één keer hoefde te lezen om de inhoud moeiteloos te kunnen navertellen. Ze beschuldigde me vaak van vals spelen en beweerde dat ik haar probeerde af te troeven. Soms klopte dat ook, ik genoot diep in mijn hart van het feit dat er iets was waarin ik uitblonk. Maar meestal las ik het studiemateriaal dat we als huiswerk meekregen even vaak als zij, om ruzie te voorkomen.

Ik heb de brief één keer gelezen en kan de inhoud zonder moeite reproduceren. Terwijl mijn vader zich op een stokbroodje kaas en salami stort en mijn moeder met alleen een kop koffie voor zich kaarsrecht tegenover hem zit, vat ik de massa woorden die Claudia me stuurde met gesloten ogen samen.

Het leek op een verhaal, omdat de tekst in de derde persoon was opgesteld. Het ging over iemand die geen naam had, alleen werd aangeduid als 'ze'. Het verhaal bestond uit twee delen die van datum verschilden. Het eerste deel was een verslag van wat er was gebeurd op de dag dat Jimmy stierf, het tweede deel was recent gedateerd. Ik kon, toen ik het deel over Jimmy las, de schuldige zonder naam van minuut tot minuut volgen, vanaf het moment dat ze de voordeur ontgrendelde tot het moment dat ons broertje zijn verdrinkingsdood tegemoet rende. De laatste zin van de brief krijg ik met moeite over mijn lippen en ik vraag me af of ik nog te verstaan ben. Ik zie de letters voor mijn ogen, ze bewegen, ze lijken me uit te lachen. Stond het er echt? Ja, het stond er.

Zo is het gegaan, op die manier heb je het gedaan.

Mijn moeder drukt haar tot vuisten gebalde handen tegen haar mond en maakt kokhalsgeluiden. Ik zie dat mijn vader zijn bestek heeft neergelegd. Zijn gezicht is nu intens wit, hij lijkt opeens jaren ouder dan hij is. 'Dit slaat nergens op, trek je hier alsjeblieft niets van aan. Het is een krankzinnige beschuldiging.'

'Het was geen beschuldiging,' zeg ik. 'Het was een schuldbekentenis.'

68

'Ik lijk wel dronken, ik kan niet eens zonder steun vooruitkomen. Moeten we nog bloemen kopen, wat vind jij?'

'Ik had het jullie beter niet kunnen vertellen,' stel ik vast.

'Toch wel, toch wel, het komt alleen erg hard binnen.'

We lopen de bloemenstal voorbij. 'Wat ga je doen met die brief?' Ze staat weer wat steviger op haar benen, lijkt het.

'Ik wil die brief verscheuren of misschien wel verbranden, wat moet ik er verder mee?'

'Maar waarom heeft ze hem aan jou gestuurd? Wat was haar bedoeling?'

'Daar bedenk ik voortdurend verschillende redenen voor en ik twijfel over alles wat in me opkomt. Het is Claudia heel vaak gelukt mij aan het twijfelen te brengen, ik voelde me altijd klein tegenover haar. Dat was ze van me gewend, die rol stond ik haar ons hele leven al toe en mijn besluit om haar en de rest van de familie de rug toe te keren moet heel hard zijn aangekomen. Toen bleek wie van ons tweeën de sterkste was en dat veroorzaakte een enorme stress bij haar.'

'Je moeder en ik hebben er nooit aan getwijfeld wie van jullie de sterkste was,' zegt mijn vader.

'Toch hebben jullie me niet tegen haar beschermd.'

We staan midden op straat stil. De woorden hangen om ons heen, ik zie mijn ouders in elkaar krimpen.

'Dat had ik niet willen zeggen,' stamel ik. Hoe maak ik dit goed? Hoe leg ik op een betere manier uit wat ik bedoel?

Mijn vader trekt me mee naar het trottoir. 'Het werd tijd dat je dat eens tegen je ouders zei. Je hebt gelijk, kind, wij hadden jou beter tegen haar moeten beschermen.'

'Laten we er nu over ophouden,' stel ik voor. 'Laten we afscheid gaan nemen en Claudia afsluiten.'

Mijn vader geeft me een kus. Mijn moeder trekt me stevig tegen zich aan.

Er lopen veel mensen in de richting van de aula en ik probeer zo onopvallend mogelijk iemand te herkennen. Tot mijn verbazing zie ik niet één bekend gezicht. Wie zijn al deze mensen? Waar komen ze vandaan en wat hebben ze op de begrafenis van Claudia te zoeken?

Er staat een man aan het eind van het pad, die elke bezoeker met een ingetogen hoofdknik groet. Ik vraag me af of we wel op de goede begraafplaats zijn. Toch weet ik zeker dat Hein De Nieuwe Noorder noemde en zei dat de uitvaart om drie uur begon. Het is kwart voor drie, wat klopt er dan niet? Ik loop op de man af en voordat ik iets kan vragen maakt hij een lichte buiging en zegt: 'U komt voor de uitvaart van de heer Jacobus Kroeze?'

Ik staar hem aan. 'De heer Kroeze? Nee, wij komen voor de uitvaart van mevrouw De Laat-Patijn.'

De man trekt slechts een seconde zijn wenkbrauwen op. 'Het spijt me voor u, maar de uitvaart van mevrouw De Laat was om twaalf uur. De familie is al vertrokken. Wilt u naar het graf begeleid worden?'

Ik draai me om naar mijn ouders.

'Weet je zeker dat hij drie uur zei?' vraagt mijn vader.

Ik kan alleen knikken.

Hij grijpt mijn arm vast. 'Kom met ons mee, kind.'

69

We hebben eerst minstens een half uur samen op een bank gezeten en elkaar vastgehouden. Ik heb me nog nooit zo belazerd gevoeld, de actie van Hein was stevig onder de gordel. Zou Koos hier iets van weten? Is hij in staat dit met mij te doen? Ik wil het niet eens meer weten, ik ben definitief klaar met mijn aangetrouwde familie.

Mijn vader twijfelde sterk of we nog langs Claudia's graf moesten gaan, maar mijn moeder en ik hebben hem overgehaald. Ik wil tenminste één keer zien dat er een graf is waar ze in ligt.

Een medewerker van het uitvaartcentrum heeft ons naar de plek begeleid en is daarna weggegaan. Nu staan we voor een verse hoop aarde die bezaaid is met bloemstukken en linten. In het midden ligt een enorm grafstuk waar veel rode rozen in zitten. Op het lint dat erbij hoort, staan twee namen. Hein en Koos.

Mijn moeder wijst naar het lint. 'Zie je dat?'

'Ja, zo is het goed.'

'Doet dat geen pijn?'

'Nee, als mijn naam ook op dat lint zou staan, zou ik het stuk eraf knippen.'

'Ben je boos door de actie van Hein of door die brief?'

'Ach, boos... Ik wil er gewoon niet meer bij horen.'

'Dat kan ik begrijpen, kind. Maar het raakt me dat ze je op deze manier behandelen. Ik ben wel boos, als ik eerlijk mag zijn ben ik woedend. Vooral door die brief. Ik kan nauwelijks bevatten dat je waarschijnlijk gelijk hebt en het een schuldbekentenis was. Wat kan het anders zijn? Fantasie? Daar klopte het verhaal te goed voor. Maar waarom zou ze dat hebben opgeschreven en aan jou hebben gestuurd? Om je medeplichtig te maken, omdat ze wist dat je erover zou zwijgen?'

'Zoiets kan het geweest zijn,' zeg ik. 'Claudia heeft me haar hele leven van alle persoonlijke details uit haar leven op de hoogte gehouden, al zei ik nog zo vaak dat ik niet alles wilde weten. Ze bracht zelfs uitgebreid verslag uit van de pogingen die Hein en zij ondernamen om een kind te maken. Ik móést van haar gewoon alles weten wat er gebeurde, ze eiste eenheid.'

'Ze was net zo'n drammer als mijn vader. Die kon er ook wat van. Dan denk je gemakkelijk dat het een genetisch element is dat zich jammer genoeg herhaalt.' Haar stem breekt. 'Ik kan niet begrijpen wat ze waarschijnlijk heeft gedaan. Ik kan er niet eens aan dénken. Ik wil niet dat het waar is.' Ze vist een zakdoek uit haar tas en snuit haar neus.

'Laten we weggaan,' stelt mijn vader voor, 'voordat ik die hele bloemenzee aan gort schop.'

Ik bied aan om te rijden. Mijn ouders maken een verdwaasde indruk en ze vegen allebei regelmatig tranen weg die over hun wangen rollen. Ik heb met ze te doen en realiseer me dat ik zelf op een kille manier reageer.

Ze weten nog niets van Harm Jan. Hoe begin ik over hem? Hij komt me straks ophalen in Alkmaar en ik heb beloofd hem aan mijn ouders voor te stellen.

Mijn moeder raakt mijn schouder aan. 'Wat wil je nog meer vertellen?'

'Ik heb een vriend, ook al is dat veel te snel en lopen we veel te hard van stapel. Ik kan het soms zelf niet bijhouden, maar het voelt ontzettend goed. Verliefd zijn maakt eigenlijk alles goed, de ellende om me heen komt nauwelijks bij me binnen.'

'Ik dacht al zoiets, maar wat is te snel? De tijd kan er rijp voor zijn, dus val jezelf niet lastig met idiote gevoelens als schuldgevoel of schaamte.'

Ik wil haar knuffelen. 'Het spijt me echt dat ik me door Claudia heb laten meesleuren in die stompzinnige ruzie,' zeg ik.

'Zand erover,' stelt mijn vader voor. We kijken elkaar aan en ik denk dat niemand in de auto kan geloven dat we werkelijk uitbarsten in een schaterende lach.

Ik heb de auto aan de kant van de weg geparkeerd en veeg mijn gezicht droog. Mijn vader doet hetzelfde. 'Dat was dus even nodig,' merkt hij op. Hij veegt ook de tranen weg uit het gezicht van mijn moeder. 'Gaat het weer wat beter met je? Echt? Misschien gaan we de klap nog krijgen.'

'Dan krijgen we hem samen,' zegt mijn moeder. 'Gelukkig is Amy niet meer alleen.' Ze richt zich tot mij. 'Hoe heet die vriend van jou?'

70

Ik ben onder de indruk van de rust die mijn moeder uitstraalt. Of houdt ze zich toch flink voor mij? Ze biedt aan wat te eten voor me te maken, omdat ik tijdens de lunch geen hap naar binnen heb kunnen krijgen. Ik zeg maar niet dat voor haar hetzelfde geldt. Ze wil zorgen en dat zal ze nu nodig hebben.

Als ze in de keuken bezig is, komt mijn vader naast me zitten. 'Ik mag het misschien niet hardop zeggen, maar ik denk voortdurend dat wat Claudia overkomen is...' Hij schudt zijn hoofd. 'Laat ik dat maar niet zeggen.'

'Ik denk dat ook,' zeg ik.

'We hebben het er later nog wel over. Wat doe je verder met die brief?'

'Die ga ik vernietigen. Ik wil het achter me laten, pap, als ik er te diep over nadenk word ik gek. Het zal niet gemakkelijk zijn er niet meer aan te denken, dat zal ook zeker niet altijd lukken, maar ik wil mijn leven er niet door laten beheersen. Ze is gestraft voor haar daden, aan die gedachte hou ik me vast.'

Ze begroeten Harm Jan of hij een goede bekende is en ik zie dat het klikt tussen hen. Er komen hartige hapjes op tafel en we worden uitgenodigd te blijven eten. Ik vertel aan Harm Jan in het kort wat ons vandaag op de begraafplaats is overkomen. Zijn mond valt open. Ik vraag me af op welke manier ik iets van wat het met me deed kan laten blijken zonder emotioneel te worden. Maar ik wil me in het huis van mijn ouders toch liever beheersen. Ze weten zelf nauwelijks hoe ze hiermee moeten omgaan.

'Ga je hem over die brief vertellen?' vraagt mijn vader aan me, als Harm Jan mijn moeder in de keuken helpt met de voorbereidingen voor het eten.

'Ik weet het niet. Wat denk jij, zou ik dat moeten doen? Wat kan het veranderen of toevoegen?'

'Het betekent dat je iets met hem deelt wat een grote impact heeft op jou. Vergis je niet in wat dit met je doet en nog gaat doen, als je erover nadenkt. Je moeder en ik zijn hier in ieder geval nog lang niet over uitgepraat. We zitten allebei nog heel erg met de ruzie met Claudia en Hein in onze maag en vooral met wat ze ons allemaal voor de voeten hebben gegooid toen we hadden besloten toch naar Zuid-Afrika te gaan. Het heeft er allemaal stevig in gehakt. En nu dit...' Zijn stem trilt. 'Nu is ze dood en kunnen we nooit meer iets uitpraten.'

'Claudia was degene die iets moest uitpraten, papa.'

'Dat weet ik. Maar... ze was niet zoals jij, Amy. Ze was nu eenmaal communicatief niet sterk en ze neigde sterk naar negativiteit. Ik heb vaak tegen je moeder gezegd dat ik nooit deze dochter zou willen zijn.'

'Dat gevoel heb ik ook wel,' geef ik toe. 'Maar toch wint de weerzin het momenteel van het begrip. Vooral als ik bedenk wat ze gedaan moet hebben met Jimmy.' Ik wil me beheersen, maar de tranen komen gewoon. Het zijn tranen van verdriet, maar niet om Claudia.

Harm Jan rekende erop dat ik in Wognum zou slapen, maar ik heb hem toen we terugreden verteld dat ik meereed om mijn auto op te halen en vannacht in Molenveld wilde zijn. Hij was teleurgesteld en probeerde me over te halen bij hem te blijven. Maar ik wil minstens twaalf uur slapen en daarna een paar etmalen alleen zijn.

Het huis is donker. De straat is leeg. In geen van de andere huizen in de buurt brandt nog licht.

Er hangt een muffe lucht in de kamer en ik zet snel alle bovenramen open. Ik sluit de gordijnen en knip alleen de schemerlamp die naast de bank staat aan. Daarna loop ik naar de sidetable. Ik heb de middelste la toch dichtgeschoven toen ik de bruine envelop erin opborg? Dat weet ik zeker. Ik kijk naar de la.

Hij staat half open.

Cathelijne

71

Ik ben al voor de derde achtereenvolgende dag met mijn moeder op stap en ik loop al voor de derde keer dezelfde route achter de rolstoel. Mijn moeder heeft me net weer verteld dat ze het heerlijk vindt dat ik haar heb meegenomen. Ze groet mensen die we tegenkomen alsof het allemaal goede bekenden zijn en zwaait naar auto's die langsrijden. Als we de kerk naderen, beginnen de klokken te luiden. Er staat een lange rij zwarte auto's op de oprit.

'Er wordt iemand begraven,' constateert mijn moeder.

'Dat zal Frank Metzers wel zijn, ik las in de krant dat hij was overleden,' leg ik uit. 'Weet je nog wie hij was?'

'Ik ken hier niemand,' zegt ze.

Op dit soort momenten kan de confrontatie met haar dementie me naar de keel grijpen. Ik verbaas me erover dat ik er iedere keer weer in trap, want zo voelt het. Ik ga naar haar toe, ze moet even aan me wennen, maar daarna lijkt er toch contact te zijn en ontstaat er iets wat dicht in de buurt komt van een gesprek. Totdat mijn moeder in één korte zin alles wat ik aan haar meende te beleven weer om zeep helpt. Totdat ze weer een ver van mij verwijderd wezen wordt.

Ik wil doorlopen, maar mijn moeder maakt een gebaar dat ik moet stoppen. De deuren van de kerk gaan open en er verschijnen mannen die een met bloemen beladen kist dragen. De kist wordt behoedzaam in de auto geschoven.

'Dragen ze hem niet gewoon naar het kerkhof, zoals altijd?' vraagt mijn moeder.

Ik buig me naar haar toe. 'Dus dat weet je nog wel?'

'Ik heb daar ook gelopen,' zegt ze.

We liepen met ons vieren vlak achter de kist, mijn ouders, Jurre en ik. Achter ons volgde een lange stoet mensen. Ik herinner me dat ik ieder moment verwachtte dat ik door mijn knieën zou zakken en verder gedragen zou moeten worden. Ik herinner me ook dat ik me afvroeg wie me zou dragen, Jurre of mijn vader.

We liepen door de straten en overal stonden mensen langs de kant die met een hoofdbuiging eerst de kist groetten en daarna ons. Er waren vrouwen bij die huilden.

Toen we het kerkhof op liepen was het eerste wat ik zag een enorme berg aarde en een groot gapend gat. Op dat moment weigerden mijn benen me verder te dragen.

Jurre ving me op.

'Tegenwoordig lopen ze meestal achter de auto aan waar de overledene in ligt,' leg ik uit. 'Denk je nu aan Arend?'

'Arend? Hoezo?'

'Laat maar, mam, verkeerde vraag.' Ik zou op dit moment ook wel dement willen zijn.

Het lijkt erop dat Amy weer thuis is, haar auto staat op het erf. Ik aarzel of ik zal doorlopen of bij haar langs zal gaan. 'Hier woont een aardige vrouw,' zeg ik tegen mijn moeder. 'Zullen we even koffie bij haar gaan drinken?' Ik krijg geen antwoord en draai de rolstoel in de richting van de oprit. Voordat ik kan aanbellen, wordt de deur al geopend.

'Ik zag je aankomen,' zegt Amy. Ze buigt zich voorover. 'U bent zeker de moeder van Cathelijne?'

'Natuurlijk ben ik dat, maar ik weet niet waar ze nu is.'

'Ik dacht dat je weer verhuisd was,' zeg ik. 'Viola vroeg zich ook al af waar je steeds uithing. We hebben je al minstens twee weken niet gezien.'

'Ik woon hier nog steeds, hoor.'

'Wat gaan we hier doen?' vraagt mijn moeder.

Ik vind dat Amy er afgepeigerd uitziet, maar ze ontkent dat er iets aan de hand is. Ze geeft toe dat het ongeluk van haar zus wel hard is aangekomen, maar dat het nu eenmaal gebeurd is en er niets meer aan te veranderen valt. Ik geloof geen woord van wat ze zegt.

Er is iets met haar en ik probeer erachter te komen wat precies. Ze doet zichtbaar moeite om een rustige indruk te maken, maar ik zie dat ze koffie morst op haar rok. Ze staat snel op en verdwijnt in de richting van de keuken. Ik volg haar. 'Gaat het wel goed met je?' wil ik weten.

Ze schrikt van mijn stem. 'Ja hoor, ik kan het alleen niet uitstaan dat ik altijd zo zit te knoeien. Je moeder is ver heen, hè?'

'Het wisselt, soms komt er zomaar een heldere opmerking uit.'

'Het lijkt me verschrikkelijk om je moeder geestelijk zo te zien achteruitgaan.'

'Heb je nog contact gehad met je man?' wil ik weten.

'Nauwelijks. Ik ga nu snel de scheiding inzetten. Het is klaar, weet je. Mijn zus is van mijn nek, nu mijn man nog.'

'Dat klinkt hard.'

'Vind je? Je hebt gelijk, het is hard. Maar het is wel de enige manier om me los te maken. Hoe is het eigenlijk met jou?'

'Er is hier in het dorp een hetze tegen mij aan de gang. De moeder van Jurres vrouw probeert iedereen ervan te overtuigen dat ik iets met zijn dood te maken heb.'

'Zoiets hoorde ik al van Viola, de laatste keer dat ik haar sprak. Je trekt je dat soort idiote praatjes toch niet aan?'

'Ik probeer erboven te staan en ik denk dat het wel wat rustiger zal worden als het tot iedereen is doorgedrongen dat de zogenaamde belangrijke getuige bakzeil heeft gehaald. Dat hoorde ik gisteren van Branca, toen ze eindelijk weer eens bij me langskwam. Ze vertelde dat de vrouw die eerst niet en later wel wilde getuigen tijdens het verhoor bij de politie helemaal door het ijs was gezakt. Ze bleek verondersteld te hebben dat Jurres vrouw maar vijf minuten uit huis was geweest op de avond van de moord, maar toen ze moest uitleggen hoe ze dat zo zeker kon weten heeft ze het niet hard kunnen maken. Branca vertelde ook dat ze er later slaande ruzie om heeft gekregen met haar man.'

'En nu? Heb jij daar zelf iets over gehoord? Is de politie nog bij jou geweest?'

'Nee, niemand gezien. De enige die nog moeilijk doet is Viola.'

'Viola? Waarom dan?'

Ik leun tegen het aanrecht om wat steun te geven aan mijn plotseling zwabberende benen. 'Viola heeft een grote fantasie,' zeg ik. 'Volgens mijn vader heeft dat te maken met het trauma dat ze als kind heeft opgelopen. Ze is in één klap haar ouders en zusjes kwijtgeraakt en het schijnt dat je door zo'n gebeurtenis een eigen wereld kunt creëren, om je als het ware aan het verdriet te kunnen onttrekken.'

'Maar wat heeft Viola's fantasiewereld met jou te maken?'

Ik haal diep adem. 'Ze denkt dat ik erbij betrokken ben. Ik bedoel bij Jurres dood. Is ze vreemd of is ze vreemd?'

'Ze denkt volgens mij ook dat ze verliefd is op mij,' zucht Amy.

Ik laat het aanrecht los. 'Dat zou zomaar kunnen kloppen,' zeg ik.

Amy's gezicht vertrekt. 'En dat is niet wederzijds. Mocht ze er ooit tegenover jou over beginnen, op welke manier dan ook, maak haar dan alsjeblieft duidelijk dat ik niet op vrouwen val.'

Opeens zie ik wat er met haar aan de hand is. 'Jij bent verliefd, hè? Nee, spreek me niet tegen, ik weet het zeker. Op wie? Vertel!'

'Is daar iemand?' hoor ik mijn moeder roepen. Ik ren terug naar de kamer. 'Ach, breng me toch alstublieft naar huis, mevrouw,' zegt ze.

Als ik terugloop naar het verzorgingshuis bedenk ik dat Amy helemaal niet leek te schrikken toen ik haar vertelde welk trauma Viola had meegemaakt. Het leek alsof ze dat verhaal al kende. Maar ze zal het zeker niet van Viola zelf hebben gehoord, die praat daar nooit over.

Zou Amy iets voor ons achterhouden?

72

Nadat ik mijn moeder heb teruggebracht, loop ik door het park naar de buurtsuper. Opeens komt uit de struiken een herdershond tevoorschijn. Hij rent naar me toe en schiet me hard blaffend voorbij. Ik blijf doodstil staan en kijk om me heen of ik ergens een baas of bazin zie verschijnen.

'Rustig, Quint,' hoor ik achter me. 'Doe normaal, zeg. Val die mevrouw niet lastig. Foei toch!'

Ik glimlach voorzichtig.

'Het is een praatjesmaker,' zegt de man. 'Hij vindt het prachtig als mensen bang zijn, dan zal hij zijn uiterste best doen om duidelijk te maken dat er een reden voor is.' Hij kijkt om zich heen. 'Hebt u ook een hond?'

'Nee. Ik ben een beetje bang voor grote honden.'

'Hij lijkt gevaarlijker dan hij is, negeer hem maar gewoon.'

De herder rent opeens de andere kant uit.

'Daar is zijn vriendin,' roept de man enthousiast. 'En met haar bazin. Dat vind ik ook gezellig.'

Ik zie Nika luid blaffend achter Quint aan rennen, zwaai naar Viola en draai me om. Net voordat ik het park verlaat, kijk ik even om. Viola praat met de man. Ze staan ongeveer op de plek waar Jurre is neergeslagen. Ze moeten daar weg.

Ik loop snel door.

Mijn vader heeft gevraagd of ik vanavond bij hem kom eten. Er komt ook een oud-studiegenoot van hem aan wie hij me wil voorstellen. Hij zal toch geen koppelneigingen hebben? Dat is vergezocht, hou ik mezelf voor. Een studiegenoot van mijn vader is niet de meest geschikte leeftijdscategorie voor mij. Toch vraag ik me af waarom ik zo nodig aan die man moet worden voorgesteld.

Als ik bijna bij mijn huis ben, zie ik de moeder van Anneloes aankomen. Uiteraard heeft ze dat kind weer bij zich. Ik ga sneller lopen en het lukt me haar niet tegen te komen. Ik wil dat mens zo weinig mogelijk zien, waarom neemt ze die jongen niet gewoon mee naar haar eigen huis? Ze heeft in dit dorp niets te zoeken.

Rustig, Cathelijne, maak jezelf niet gek. Kalmte kan je redden. Als ik me morgen opnieuw zo onrustig voel, ga ik gewoon weer met mijn moeder wandelen.

Ik heb al een week niets van William gehoord en check direct als ik binnen ben mijn mail. Nieuw bericht. *Ha, die mamsemams.* Mamsemams? *Ik sta op het punt te vertrekken, eerlijk gezegd heb ik het nu wel gezien op de camping. Iedereen is in rep en roer nu ik heb besloten weg te gaan, de campingbeheerder had natuurlijk langer op me gerekend. Maar ik moet echt weg, ik begin het gevoel te krijgen dat ik stik. Er wordt hier ontzettend veel geblowd en daar wil ik fris van blijven.* Geblowd? Nee toch? Zo begon het toen ook, hij was met geen tien paarden van de wiet af te houden. Geen enkele raad sloeg aan, geen enkel verbod hielp. Toen Jurre zijn zakgeld introk, leende hij overal geld om toch aan het spul te komen. Ik weet nog dat ik woedend tegen hem schreeuwde dat hij pas dertien was en ons diende te gehoorzamen. Hij noemde ons smalend boerenkinkels die niet verder konden kijken dan hun dorpse neuzen lang waren. Toen trapte Jurre hem naar zijn kamer.

Hij schrijft dat hij er fris van wil blijven, dus geen paniek. Mijn zoon is volwassen geworden, ofschoon hij zich een jaar later nog aan heroïne vergreep. Dat hoofdstuk heeft hij afgesloten en dat moet ik ook doen. Ik hoef nu dus niet te gaan huilen, het is nergens voor nodig dat ik een beklemd gevoel op mijn borst krijg, ik moet mezelf niet gek maken. Waar was ik gebleven? *Ik reis niet alleen, Alicia gaat met me mee. Ze is een prachtige Spaanse rechtenstudente, 21 jaar oud en net zo verliefd op mij als ik op haar. Ga maar vast Spaans leren!*

Dat kan er ook nog wel bij.

73

'Rudy is ook eerst huisarts geweest en daarna psychiater geworden,' legt mijn vader uit.

De man die tegenover me aan tafel zit heeft spierwit haar. Toen Arend stierf, had mijn moeder een paar grijze haren en drie weken daarna was ze wit. Zou deze man ook een kind hebben verloren?

Ik moet niet naar hem gaan zitten staren.

Mijn vader heeft een rollade gebraden en zoals gewoonlijk is het weer een heerlijk stuk mals vlees. Hij neemt glimlachend onze complimenten in ontvangst en zegt dat we wel wat minder mogen overdrijven. De rode wijn die hij schenkt is ook erg lekker. Ik merk dat de spanning waar ik al een paar dagen last van heb van me af glijdt en protesteer niet als mijn vader voor de derde keer mijn glas volschenkt.

Rudy vertelt over de reizen die hij heeft gemaakt sinds hij met pensioen is. Hij blijkt altijd alleen te reizen en ik ontdek dat hij drie keer getrouwd is geweest en daar in totaal zeven kinderen aan heeft overgehouden. Het zijn allemaal dochters, met zes van hen heeft hij regelmatig en goed contact. Ik durf niet te vragen hoe het zit met de zevende.

Als mijn vader in de keuken bezig is met het dessert, nadat hij ons heeft verboden ons daarmee te bemoeien, kijkt Rudy me opeens ernstig aan. 'Mijn zevende dochter is uit ons aller beeld verdwenen. De reden: drugs. Niemand weet of ze nog leeft.'

Waarom zegt hij dit tegen mij?

'Ik hoorde van je vader dat je zoon ook drugs heeft gebruikt. Maar ik kan me voorstellen dat je het daar liever niet over wilt hebben.'

Ik neem nog een slok wijn. 'Eerlijk gezegd praat ik daar zelden meer over. Toevallig was ik er vandaag even mee bezig.'

'Hoe kwam dat zo?'

'Mijn zoon zit momenteel in Catalonië, hij wilde een rondreis maken door Europa en kwam daar al snel op een camping terecht. Het was de bedoeling om een paar maanden geld te verdienen, zodat hij verder kon reizen. Maar nu mailde hij dat hij eerder vertrok omdat hij het gevoel had dat hij daar stikte. Er werd op die camping blijkbaar erg geblowd en daar moet hij niets meer van hebben. Het begon destijds met blowen, weet je. Hij kon al heel snel niet meer van de wiet afblijven en na een jaar begon hij te experimenteren met harddrugs. Mijn man en ik werden gek van angst.'

'Ik weet wat je bedoelt. Je kunt je als ouder volslagen machteloos voelen als je kind met die troep aan de gang gaat. Jouw zoon was ook nog minderjarig. Hebben jullie overwogen om hulp in te schakelen?'

'Ik heb het er uitgebreid met mijn vader over gehad, maar toen die me een paar adressen gaf waar we konden gaan praten, was William al gestopt.'

'Participeerde je man niet in die gesprekken?'

Ik draai mijn handen om het wijnglas. Nu wil ik erover ophouden, maar hoe maak ik dat aan Rudy duidelijk?

'Wil je er liever over ophouden?'

Ik lach. 'Kun jij gedachten lezen? Ik sprak liever zonder mijn man met mijn vader. Die twee… Nou ja, ze dachten gewoon heel verschillend over hoe je kinderen moet opvoeden. En ook over hoe ze met mij wilden omgaan.'

'Mag ik je nog één vraag stellen? Hoe denk je nu over je zoon? Is er nog sprake van boosheid? Of heb je het verleden afgesloten?'

Ik heb opeens het gevoel dat dit gesprek de verkeerde kant op gaat. 'Even kijken of mijn vader toch niet een beetje hulp nodig heeft,' zeg ik.

Rudy vertrekt tegen halftwaalf, ik loop samen met mijn vader mee naar zijn auto. Hij kust me gedag en zegt dat hij me graag nog eens wil ontmoeten.

'Waarom zou hij me nog eens willen ontmoeten?' vraag ik aan mijn vader, als we weer binnen zijn.

'Omdat hij je aardig vindt, waarom anders?'

'Zeg eens eerlijk, papa, wat was nu precies de bedoeling van deze avond? Wilde je soms dat een dokter die verstand heeft van psychische problemen mij eens bekeek?'

'Je hebt te veel gedronken, Cathelijne, daar word je altijd een beetje narrig van. Ga lekker naar huis en slaap eens goed.'

'Ik heb liever dat je gewoon tegen me zegt wat je denkt of waar je aan twijfelt. Wees eerlijk tegen me.'

'Dat zal ik doen, maar dan moeten we allebei eerst weer nuchter zijn. Ik wil morgenmiddag naar je moeder, ga je dan mee? Misschien kunnen we daarna samen praten.'

'Wat wist Rudy precies over William?'

'Alles.'

Ik loop zonder te groeten naar buiten.

Als ik het huis van Amy passeer, zie ik dat er nog licht brandt.

Zal ik...? Gebruik je verstand, Cathelijne, het is bijna middernacht. Laat die vrouw met rust, ze heeft genoeg aan haar hoofd. Waarschijnlijk heeft ze bezoek. Bezoek? Van wie? Toch een man? Of is Viola bij haar? Hebben ze het over mij?

Ik moet ervoor zorgen dat ik me weer rustiger ga voelen. Misschien is het een goed idee om voorlopig iedere dag weer een tablet Lorazepam te slikken. Ik heb nog genoeg pillen in huis.

Het is opeens donker in Amy's woonkamer. Ik loop door, maar kijk toch een paar keer achterom. Het lijkt er verdomd veel op dat iemand me staat na te kijken.

Viola

74

Dit is weer eens zo'n nacht dat ik badend in het zweet wakker word en afkoeling zoek in de tuin. De droge hitte van overdag is getransformeerd tot een koel-vochtige atmosfeer en de frisse lucht voelt heerlijk aan. Nika heeft toen ik naar beneden kwam even haar kop opgeheven, maar ze vond het niet nodig me te volgen. De stilte om me heen houdt de rest van de wereld op afstand. Ik adem de ruimte om me heen heel diep in.

Het is goed dat ik hier in de koele tuin weer tot mezelf kan komen. Beter dan morgenochtend wakker worden met het gevoel dat ik de afgelopen nacht ergens ben geweest, maar niet meer weet waar precies. Het is vrijwel zeker dat ik een paar nachten geleden op stap ben gegaan. Branca Jaarsma vertelde dat een beetje besmuikt lachend aan me toen ik 's morgens verse broodjes kwam kopen. Ik was die nacht in het park gesignaleerd. Ze vroeg of ik nog steeds last had van slaapwandelen en of ik me niet ongerust maakte over mijn uitstapjes. Ik zou toch gemakkelijk in de vijver terecht kunnen komen? 'Of word jij wél vanzelf wakker als je te water raakt?' vroeg ze. Waarschijnlijk moest ik denken dat ze me bespotte, maar er zat een agressieve ondertoon in haar stem. Spot in combinatie met agressie haalt nog altijd iets in me naar boven wat me aan Nicolaas Strijbos doet denken en dat is net degene aan wie ik nooit meer herinnerd zou willen worden.

Dokter Wolf heeft me eens aangeraden om een alarm op mijn voordeur te laten installeren, dat afgaat als ik hem open en me dus wakker maakt. Ik zou ook een nieuwe man kunnen zoeken, die het in de gaten zou hebben als ik het bed verlaat. Of een vrouw. Zou Amy wakker worden als ik op pad ging? Laat ik aan iets anders denken.

Ik had nu in Center Parcs kunnen zitten. Ik begrijp nog steeds niet dat Harm Jan me uitnodigde, hoe hij zo bot kon zijn. De gedachte die plotseling in me opkomt, laat me schrikken. Zou hij de relatie met die Hendrika beëindigd hebben? Twee maanden geleden had de kans dat hij weer vrij was me nog een gevoel van hoop opgeleverd. Ik heb me sinds hij met die vrouw ging samenwonen iedere maand opnieuw ingesteld op een bericht over zijn aanstaand vaderschap. De zeldzame keren dat ik hem sprak zette ik me schrap voor een mededeling in die richting, maar er gebeurde niets. Wat heb ik gehoopt dat die kip tien keer onvruchtbaarder zou zijn dan ik. Aan wie zou ik kunnen vragen of Harm Jan nog met haar samen is? Ik denk dat Branca Jaarsma het meest in aanmerking komt. Als die het zelf niet weet, verzint ze wel een manier om erachter te komen. Ik kan het ook gewoon aan Harm Jan vragen.

Ik kruip weer in bed en weet zeker dat ik de rest van de nacht rustig zal slapen.

Ramona Keller loopt het laatste stukje naar de buurtsuper met me mee. 'Het wordt vandaag weer een prachtige dag,' kakelt ze. 'Mei begon koud, maar herstelde zich. En met juni gaat het ook helemaal goed komen.'

Waarom schreeuwt dat mens toch zo? Zou ze doof zijn?

'Ik heb de vrouw uit dat huis naast de kerk al minstens een week niet gezien. Haar auto staat ook niet op de oprit. Zou ze weer verhuisd zijn?'

'Wat gaat ons dat aan?' bijt ik haar toe.

'Nou, je hoeft niet zo kwaad te doen, ik zeg toch niets verkeerd? Het is zeker niets geworden tussen jou en die man met de herder?'

Ik sta perplex. Nu tot tien tellen en nergens op ingaan. Het is

Ramona Keller die dit uitkraamt, de dombo van het dorp. Dat weet ik toch?

Branca staat grinnikend achter de kassa. 'Dat komt ervan als je in het park uitgebreid gaat staan praten met Gijs Donner,' zegt ze.

Terwijl ik me nog sta af te vragen of ik hierop moet reageren, zie ik Cathelijne bij het broodvak staan.

Ze praat zacht, ik kan haar nauwelijks verstaan. Ze kijkt steeds om zich heen en houdt vooral goed in de gaten waar Ramona Keller loopt.

Ze is boos op haar vader, omdat die een of andere bevriende psychiater op haar heeft afgestuurd, die haar uitgebreid heeft zitten uithoren over haar leven. Dat pikt ze niet, ze laat zich niet behandelen als een doorgedraaide muts, want zo voelt ze zich. Ze wil dat haar vader eindelijk eens ophoudt haar als een patiënt te zien. Vanmiddag gaat ze daar met hem over praten, nadat ze samen naar haar moeder zijn geweest. Ze wil weten of ik plannen heb om vandaag weg te gaan. Volgens haar is Amy weer terug en misschien kunnen we elkaar vanavond treffen.

Ik merk dat mijn ademhaling anders wordt als Cathelijne vertelt dat Amy terug is. Ik ben de afgelopen weken vrijwel iedere keer als ik met Nika de grote route liep langs haar huis gekomen, maar de oprit was en bleef leeg. Heeft ze al ontdekt dat er iemand binnen is geweest? Als ze er iets over zegt, zal ik er niet op ingaan. Het geheim van de inhoud van de brief is bij mij veiliger dan waar het maar zou kunnen zijn. Net zoals wat ik weet over de dood van haar zus.

'Luister je wel?' vraagt Cathelijne.

'Ik heb je gehoord en ik heb geen plannen om vandaag weg te gaan. Zullen we om een uur of acht vanavond afspreken bij Amy? Loop jij dan als je naar huis gaat even langs haar en vraag of ze het leuk vindt als we komen. Zo niet, bel me dan.'

'Wat vind je ervan dat mijn vader die psychiater op me heeft afgestuurd?'

'Hij is bezorgd, Cat, en jij weet zelf heel goed waarom.'

'Hij moet me met rust laten.'

'Misschien heb je gelijk, maar hij is je vader en vaders bekommeren zich nu eenmaal om hun kinderen.' Moet je mij horen.

'Dat had je beter tegen Jurre kunnen zeggen.'

'Jurre maakte zich ook heel erg bezorgd, en dat weet jij net zo goed als ik.'

'Nou, tot vanavond,' kapt ze het gesprek af. 'Kunnen we wel afspreken dat je dan niet meer van die idiote beschuldigingen over me uitstort? Je weet wat ik bedoel.'

'Ik weet wat je bedoelt.' Het lijkt opeens of alle kracht uit mijn benen wordt weggezogen.

75

Het besluit komt spontaan in me op als ik met Nika terugloop naar huis. Ik ga Harm Jan bellen om hem te feliciteren met de zeventigste verjaardag van zijn vader en ik stel daarna direct de vraag die maar blijft rondspoken in mijn hoofd en waar ik vanaf wil. Voor mijn part vertelt hij dan dat zijn vriendin op het punt staat te bevallen of kom ik erachter dat hij inmiddels met haar is getrouwd. Ik moet het weten, ik wil het weten. Als Harm Jan definitief kiest voor een ander, kan ik mijn gevoel voor Amy de ruimte geven. Ik had het even geparkeerd, maar ik wil het terug. Ik heb behoefte aan verliefd zijn, zelfs als het een vrouw betreft. Hoe zou het voelen om met haar te vrijen? Ik merk dat die vraag me opwindt.

Er zwemmen weer kinderen op de plek waar de auto het kanaal in reed. Het water spettert om ze heen, ze lachen en schreeuwen. De een na de ander neemt een duik en komt proestend weer boven. Het is heet, maar ik ril. Ik sta doodstil midden op de weg, Nika gaat zitten. Het beeld van de kinderen die in het kanaal spartelen wordt verdreven door iets waar ik niet naar wil kijken. Ik sluit mijn ogen.

Het helpt niet.

Ik heb me vaak afgevraagd of ik het toch aan de vader van Cathelijne had moeten vertellen. De twijfel werd regelmatig afgelost door spijt, maar ook door woede. Ze had het niet mogen doen en ik had het niet moeten zien. Maar ik had vooral mijn mond moeten opendoen toen ik nog kon voorkomen dat een vader van vier kinderen onschuldig jarenlang in de gevangenis terechtkwam.

Hoe kom ik los van de herinnering aan die mistige nacht? Waarom lukt het nog steeds niet het beeld waarvan ik blijf rillen kwijt te raken? Waarom heb ik toen niet ingegrepen? Ze deed het voor mij. Ik had haar nooit moeten vertellen wat Nicolaas Strijbos tegen me gezegd had, ik had nooit zo emotioneel mogen reageren. En ik had mezelf moeten dwingen om de herinnering niet op het cruciale moment naar boven te laten komen, ik had niet mogen terugkeren in de kast en de angst voor het fatale schot niet mogen toelaten. Dan had ik niet volkomen verlamd staan toekijken hoe Cathelijne achter Nicolaas aan sloop.

De dood van mijn familieleden wilde ik met niemand bespreken, behalve met dokter Wolf. Ik wist dat alles wat ik tegen hem zei tussen ons bleef, maar vooral dat hij me op geen enkele manier zou pushen. Ik zocht hem altijd zelf op, als ik even wilde praten.

Ik heb hem pas verteld wat Nicolaas Strijbos tegen me zei toen die al drie jaar dood was. In het dorp was het eindelijk rustig geworden. De dader was gepakt en veroordeeld, het gezin van de man was verhuisd. Volgens mijn pleegmoeder was dat een verstandig besluit, omdat ze altijd door iedereen zouden worden nagewezen. Dat geloofde ik niet, omdat ik bij de buurtsuper wel eens flarden van gesprekken opving waaruit bleek dat niet iedereen ervan overtuigd was dat men de echte dader te pakken had gekregen.

Ik dwaalde in die tijd de ene na de andere nacht door het huis en werd soms door mijn pleegmoeder wakker gemaakt terwijl ik in de schuur aan het rommelen was. Ik kwam toen nog niet verder dan het huis waar ik woonde, maar later begon ik mijn nachtelijke expedities uit te breiden tot het dorp en dus ook tot het park. Ik werd teruggebracht door mensen die heel vroeg in de ochtend hun hond uitlieten en door stelletjes die in het park hadden gevreeën. Ik betrapte zelfs een keer een paartje en pas weken later herinnerde ik me in een flits hun gezichten.

Mijn pleegmoeder nam me mee naar het spreekuur van dokter Wolf en vroeg hem mij lichte slaapmiddelen voor te schrijven. Dokter Wolf vond me te jong om daar al mee te beginnen. Hij stuurde mijn pleegmoeder weg en vroeg me of ik hem wilde vertellen waar mijn onrust vandaan kwam. Toen zei ik plotseling dat alles met Nicolaas Strijbos te maken had.

Cathelijne wilde weten waarom ik zo vaak met haar vader sprak en wat ik allemaal aan hem vertelde. Ik heb toen gezworen dat ik nooit zou verraden wat ze had gedaan en ik heb woord gehouden. De fatale mistige nacht in het park heb ik ergens diep in mijn herinnering weggestopt en het is me jarenlang gelukt hem terug te duwen op zijn plaats als hij te veel naar boven kwam. Maar sinds de dag dat Jurre Klaver in de vijver dreef, jagen de spoken in mijn hoofd me 's nachts mijn bed uit en ben ik weer aan het dwalen geslagen. Zijn vrouw heeft toegegeven dat ze hem neersloeg, maar ontkent dat ze hem naar de vijver heeft gesleept. Ik heb mezelf in het openbaar de status van Cathelijnes alibi verschaft, terwijl ik heel goed weet dat ik ver voordat Jurre in de vijver terechtkwam al naar huis was gegaan. Maar meer weet ik niet. Ik kan niet bewijzen dat mijn vriendin iets te maken heeft met de dood van haar ex. Ik kan het alleen vermoeden en dat heb ik kortgeleden uitgesproken. Haar vader schrok zich toen een ongeluk. Moet ik hem uitleggen waarom ik dat zei? Ik ben nooit verder gekomen dan aan hem te vertellen op welke manier Nicolaas Strijbos me zo gruwelijk kwetste. En ik heb geaccepteerd dat dokter Wolf waarschijnlijk al jaren denkt dat ik iets met die moord te maken heb gehad. In zekere zin heeft hij gelijk.

Nika trekt aan de riem. 'Rustig maar,' zeg ik tegen haar, 'ja, we gaan naar huis. Misschien is het een idee om te verhuizen naar een plek waar we dat kanaal niet steeds hoeven te zien.'

76

Ik denk dat de familie Wisse vanavond het feestelijke verjaardagsdiner heeft, dus ik kan het beste in de middag bellen. Ik zeg gewoon tegen Harm Jan dat ik het mobiele nummer van zijn vader nergens kan vinden en daarom hém maar even bel. Dat moet losjes gebracht worden, bedaard, vooral zonder stotteren of slikken. Op die manier kan mijn stem luchtig klinken als ik vraag hoe het met hem en zijn partner is.

Moet je dat echt weten, Viola?

Ja, dat moet ik weten.

Hij is duidelijk verrast als hij mijn stem hoort en herhaalt mijn naam een paar keer. 'Wie ik ook had verwacht, jou zeker niet. Hoe gaat het met je?'

Ik heb geen zin om mededelingen te doen die over mij gaan, dus die vraag beantwoord ik niet. 'Ik neem aan dat je begrijpt waarom ik niet mee ben gegaan, maar ik zou toch je vader graag even willen feliciteren. Ik kan zijn mobiele nummer nergens meer vinden, daarom bel ik jou.'

'Je wilt mijn vader spreken? Die zit momenteel met zijn kleinkinderen in het subtropisch zwemparadijs, daar zijn ze bijna niet uit te slaan. Maar ik kan je natuurlijk zijn nieuwe nummer geven, je zou niets aan het oude hebben gehad.'

'Goed.' Stilte. 'Ik heb nog steeds geen geboortekaartje gekregen, zelfs geen trouwkaart. Of ben ik overgeslagen?' Nu trilt mijn stem tóch.

Weer een stilte.

'Je bedoelt van mij?'

‘Van jou en… Hendrika. Zo heet je vriendin toch?’

‘Ik ben niet meer samen met Hendrika.’

‘Echt niet? Je gaat me toch niet vertellen dat zij ook vervroegd in de overgang is?’

Hij gaat niet in op mijn sneer. ‘Ik ben erachter gekomen dat ik met Hendrika, hoe zal ik het zeggen, nou ja, gewoon… ze was niet de juiste keuze, Viola. Ze claimde me te veel, ik kreeg geen lucht bij haar. Ik heb de relatie een paar maanden geleden beëindigd. Daarom vond ik dat ik jou ook wel mee kon vragen naar Center Parcs. Ik weet zeker dat mijn vader het geweldig gevonden zou hebben jou hier te zien.’

‘Ik zou de uitnodiging toch hebben geweigerd. Heb je het nummer bij de hand?’

Hij geeft me het nummer. ‘Ik hoop dat het goed met je gaat, Viola.’

‘Met mij gaat het prima, ik ben verliefd en dat voelt heerlijk.’ Hou je kop, Viola, je zou niets over jezelf vertellen. Toch moest dit even.

‘Echt waar? Wat leuk! Ik ook, ik heb een week of vijf geleden de liefde van mijn leven ontmoet. Met haar ga ik oud worden.’

‘Geen kinderen krijgen?’ Dat moet er dus ook even uit.

‘Het zit er niet in, maar daar gaat het me niet om. Zij is genoeg.’

‘Dag Harm Jan.’ Ik verbreek snel de verbinding.

Ik was niet genoeg.

Het is te warm om te rennen en toch vlieg ik langs het kanaal. Ik voel het zweet op mijn rug, maai de druppels van mijn gezicht en snuif de lucht die onder mijn oksels vandaan komt op door mijn neusgaten. Ik transpireer vooral woede. ‘Zij is genoeg, zij is genoeg,’ hijg ik.

Wie is die vrouw?

Ik nader de eerste brug en besluit terug te keren. Nu even wat langzamer gaan lopen, ik raak buiten adem en krijg krampen in mijn kuiten. De warmte slaat me bijna tegen de grond.

Ik laat me in het gras zakken en adem diep in en uit. En ik vraag me af hoe het mogelijk is dat wat Harm Jan net tegen me zei zo hard kon binnenkomen.

De lauwwarme douche maakt me weer rustig. Ik schrob mijn lijf en masseer de shampoo door mijn haren. Ik heb zin om me in de tuin te laten opdrogen en waarom zou ik dat ook niet doen? Nika ligt in de schaduw van drie grote struiken en tilt alleen een ooglid op als ik verschijn.

'Zij is genoeg.'

Ik word blijkbaar consequent overgeslagen als het geluk wordt uitgedeeld. Zelfs als het noodlot wordt uitgedeeld. Wat moet er gebeuren om mij te laten meetellen?

Ik hoor mijn mobiel overgaan en ren naar binnen. Het is Cathelijne. 'We zijn welkom bij Amy, hoewel ik even moest aandringen. Een uur of acht. Ik neem wel wijn mee.'

'Ben je al bij je moeder geweest?' wil ik weten.

'Ja. En ik ben ook al weggelopen bij mijn vader. Weer eens een keer, kan ik beter zeggen. Ik heb het voorlopig helemaal gehad met zijn gezeur. Nou, tot straks.'

Direct nadat we het gesprek hebben beëindigd, gaat opnieuw mijn mobiel af. Dit nummer komt me niet direct bekend voor. Ik meld me.

'Dag Viola, met dokter Wolf. Zou ik even bij je kunnen langskomen?'

Ik zoek iets om me aan vast te grijpen.

'Hallo, Viola, ben je er nog?'

'Ja, dokter Wolf. Het is goed, komt u maar.'

Ik denk dat ik hem iets moet gaan vertellen.

77

Hij wil zijn fiets graag achter het huis zetten. 'Het is beter dat Cathelijne niet kan zien dat ik hier ben,' legt hij uit.

Ik heb het gevoel dat er drie kronkels in mijn luchtpijp zitten.

'Je haalt slecht adem,' constateert dokter Wolf. 'Komt het door mij?'

Zo ken ik hem. Rechtstreekse vragen, snelle conclusies. 'Ik voel me inderdaad niet erg op mijn gemak,' geef ik toe. 'Wilt u iets drinken? We kunnen achter in de tuin gaan zitten, daar is het koel.'

'Ik was met Cathelijne bij haar moeder,' begint hij, zodra hij zit. 'Mijn vrouw had een goede dag, ze leek iets in ons te herkennen en liet merken dat ze dat fijn vond.'

'Dat lijkt me ook fijn voor u.'

'Klopt. Ik weet dat ik geen schoonheidsprijs verdien voor de manier waarop ik met mijn vrouw omga sinds ze is opgenomen. Nee, probeer me maar niet te verdedigen, ze heeft een andere houding van mij verdiend. Ze was mijn maatje, mijn absolute sparringpartner. Ik heb altijd zielsveel van mijn kinderen gehouden, maar zij was en bleef de belangrijkste persoon in mijn leven. Als iemand ooit tegen me gezegd had dat ik haar in de steek zou laten als ze cognitieve gebreken ging vertonen, zou ik in staat geweest zijn gewelddadig te worden. Maar dat is wel gebeurd, Viola. Drie jaar geleden hadden we nog een goede relatie en opeens begon alles wat er was te verdwijnen. Dat proces ging zó snel, het kwam zó onverwacht dat ik er niet in kon meegroeien. Mijn liefde heeft haar dementie niet overleefd.'

Ik weet niet wat ik moet zeggen. Hij wil niet dat ik iets ter verdediging aanvoer, maar wat wil hij dan? Veroordeling? Instemming? Troost?

Ik heb medelijden met hem. 'Het spijt me voor u,' zeg ik.

'Meen je dat? Niet voor haar?'

'Uw vrouw beseft niet wat er gebeurt. Ze wordt goed verzorgd, ze leeft zonder verleden en eigenlijk ook zonder toekomst. Ze kan u niet missen, maar u haar wel. Dat lijkt me verschrikkelijk.'

'Ik heb een kant van mezelf leren kennen die ik niet voor mogelijk had gehouden,' peinst dokter Wolf hardop.

Ik zet een glas frisdrank voor hem neer. 'Volgens mij kan dat ieder mens overkomen.'

We drinken.

'Wat bedoel je daar precies mee?' wil hij weten.

Ik kan niet goed uit mijn woorden komen en raak geïrriteerd door de halve zinnen die ik produceer en mijn stotterende antwoorden. Dokter Wolf lijkt heel rustig, maar ik hou er rekening mee dat dit slechts een pose is. Iets in zijn ogen verraadt wel degelijk een zekere onrust. Zijn vragen gaan over het verlies van mijn familie, maar ik vermoed dat dit alleen maar een inleiding is. We hebben al jaren over dat trauma gepraat, hij kent alle woorden die ik daarover heb uitgesproken waarschijnlijk uit zijn hoofd. 'Volgens mij wilt u het niet echt over mijn trauma hebben,' zeg ik.

'Ik wil inderdaad over een ander trauma praten,' geeft hij toe.

'Wat wilt u weten?'

'Ik wil graag weten wat er precies met Nicolaas Strijbos is gebeurd.'

Ik ben nooit van plan geweest het aan iemand te vertellen en zeker niet aan dokter Wolf. Wat zou het hebben uitgemaakt als hij het eerder had geweten? Niets, denk ik. Hij had onder ogen moeten zien dat zijn eigen kind een ander kind vermoord had en als dat aan het licht was gekomen, had hij zijn praktijk kunnen sluiten. Niemand zou een huisarts gewild hebben die de vader was van een moordenaar, niemand zou zo'n man nog hebben vertrouwd. Iedereen zou hem hebben verweten dat hij het niet had kunnen voorkomen. Dat is een ontzettend beperkte conclusie, maar ik ken de mensen die in dit dorp wonen. Vooral de oudere generatie denkt al haar hele leven binnen vastgestelde patronen. Alleen hun lijven groeiden in de breedte, niet hun denkvermogen.

'U kunt het echt beter niet weten, en wat maakt het nog uit? Het is al zo lang geleden gebeurd, weinig mensen zullen er nog aan denken.'

'Dat ben ik niet met je eens, Viola. De ouders van Nicolaas leven nog, zij zijn er nooit overheen gekomen. En wat denk je van de zogenaamde dader en zijn familie?'

'Zogenaamde dader? Wat bedoelt u daarmee?'

'Ik weet vrijwel zeker dat Nicolaas niet door zijn buurman is vermoord. Die man lag niet goed in het dorp, had losse handjes, was verbaal vaak heel erg dreigend en ook nog een bekende van de politie. Hij had alle schijn tegen en de pech dat er in zijn omgeving een paar lieden woonden die maar al te graag belastende verklaringen tegen hem aflegden. Tijdens dat proces werd het een en ander uitgevochten dat met de werkelijke zaak niet veel te maken had. Ik heb het laten gebeuren. Het hele dorp heeft het laten gebeuren en een deel van de bewoners zal het misschien achter zich hebben gelaten, maar dat geldt niet voor iedereen. Niet voor mij.'

'Hoe komt dat, dokter Wolf?'

Hij kijkt me recht aan. 'Dat komt door wat jij tegen Cathelijne zei over je angst dat zij iets met de dood van Jurre te maken heeft.'

Ik kijk weg.

'Waarom zei je dat, Viola?'

Amy

78

Wat is er toch met me aan de hand, waarom ben ik zo moe? Ik heb elke ochtend als ik opsta het gevoel dat ik urenlang zware arbeid heb verricht en ik begin pas op te knappen na een paar koppen thee en een cracker met smeerkaas. Ik was serieus van plan het huis eens goed te poetsen, maar tot nu toe is het alleen gelukt de benedenverdieping te stofzuigen en te dweilen en het toilet schoon te maken. Ook in mijn armen zit lood.

Ik kan het idee dat er iemand in huis is geweest toen ik bij Harm Jan was maar niet van me af zetten. Ook al mis ik niets, die half openstaande middelste la van de sidetable blijft me bezighouden. Heeft iemand de brief gelezen die Claudia me stuurde? Maar al zou dat het geval zijn, wie zal iets van de inhoud begrijpen? Niemand kent me hier.

Dat klopt niet. Er wonen in dit dorp twee vrouwen die wel degelijk het een en ander van mij weten.

Belachelijke gedachte, ik moet mezelf wat meer met rust laten. Er is echt niets gestolen en misschien vergis ik me toch en heb ik die la gewoon niet goed dichtgedaan. Hoe kon ik zo suf zijn om die achterdeur niet af te sluiten?

Het lukt niet mezelf gerust te stellen. Het idee blijft zich aan me opdringen en grijpt me voortdurend bij de keel. Zou het mogelijk zijn? Heeft Hein me niet alleen misleid met het tijdstip van Claudia's uitvaart om te voorkomen dat ik erbij zou zijn, maar ook om zeker te weten dat de kust tussen drie en vier uur die middag vrij was? Hij heeft duidelijk aangegeven dat hij vermoedt dat ik iets met het ongeluk te maken heb gehad en hij zal geen gelegenheid onbenut laten dat te bewijzen. De mogelijkheid dat hij nu weet wat zij mij in de schoenen probeerde te schuiven, benauwt me. Misschien ben ik daar zo lam door en kom ik tot niets.

Het voelt niet goed dat die man hier misschien binnen is geweest. Het huis voelt er besmeurd door aan. Ik weet niet of ik hier nog lang wil blijven. Maar eigenlijk vraag ik me dat steeds minder af. Ik ben de afgelopen weken hoofdzakelijk in Wognum geweest en ik zit nu alleen in Molenveld omdat Harm Jan dit weekend met zijn hele familie naar Center Parcs is, om de zeventigste verjaardag van zijn vader te vieren. Als ik zin had, mocht ik mee, maar ik heb bedankt.

Hij heeft al twee keer gebeld en ik had beide keren de neiging tegen hem te zeggen dat ik toch wel naar hem toe wilde komen. Maar het idee dat ik dan zijn hele familie moet leren kennen en er van me verwacht zal worden dat ik ga deelnemen aan de feestelijke activiteiten, heeft me ervan weerhouden. Ik trek dat momenteel fysiek gewoon niet. Zou ik met een of ander virus besmet zijn geraakt?

Ik controleer weer een keer of ik voicemailberichten heb en of er soms een sms'je is binnengekomen. En iedere keer zet ik me schrap tegen de aanval die ik van Hein verwacht. Of van Koos. Ze zullen ongetwijfeld zeer eensgezind zijn in de manier waarop ze mij de verantwoordelijkheid voor Claudia's dood in de schoenen willen schuiven, zeker omdat ze haar brief absoluut als een bewijs voor mijn schuld aan de dood van mijn broertje zullen zien. Ik kan me de afkeer voorstellen die op hun gezichten zal verschijnen als ik daartegen inbreng dat de brief moet worden opgevat als een bekentenis. Laat ze bellen, laat ze desnoods hiernaartoe komen. Alles is beter dan deze tergende onzekerheid.

Ik moet naar de buurtsuper, want de koelkast is bijna leeg en het brood dat er nog ligt is beschimmeld. Misschien is het verstandig om perssinaasappelen te kopen en mezelf vol te gieten met liters vitamines. Ik heb ook niets in huis om Cathelijne en Viola aan te bieden. Had ik het tamelijk dwingende telefoontje van Cathelijne niet snel kunnen afhandelen in plaats van haar de kans te geven me een avondje met haar en Viola op te dringen? Waarom is me dit nu weer overkomen? Ik was toch het assertieve pad ingeslagen?

Misschien voel ik me beter als ik een half uurtje geslapen heb.

Met een schok schiet ik overeind en ik herken niet direct de ruimte waar ik me bevind. Het gaat beter als ik een paar keer geconcentreerd adem heb gehaald en het zweet van mijn voorhoofd heb geveegd.

Ik droomde zomaar midden op de dag, maar ik kan me niet herinneren waar de droom over ging.

Ik wil het me ook niet herinneren.

79

‘Goed zo, je bent op de fiets,’ hoor ik Cathelijne buiten roepen. Ze roffelt op de voordeur. Ik sleep mijn benen door de gang.

‘Wat zie jij eruit, zeg,’ is de begroeting die volgt. ‘Alsof je minstens vier dagen hebt doorgehaald. Het is toch niet waar, hè? Je gaat ons toch niet vertellen dat je uitbundig de beest hebt uitgehangen?’

Cathelijne is druk en een tikkeltje wild. Haar ogen zijn onrustig. ‘Ik ben nogal opgefokt,’ legt ze uit. ‘Maar ik zal me proberen te beheersen.’

‘Daar kijken we naar uit,’ reageert Viola. Ze omhelst me. ‘Je bent weer terug. Hoe gaat het met je?’ Ze sluit de deur. ‘We maken het niet laat,’ roept ze in de richting van de kamer, waar Cathelijne al in is verdwenen, ‘Amy kan volgens mij wel wat extra slaap gebruiken. Hoe was de begrafenis? Of ben je daar niet naartoe geweest?’

‘Jawel. Maar dat is alweer een paar weken geleden.’

‘Als je het er liever niet over wilt hebben, ook goed.’

‘Later misschien,’ zeg ik.

Ik heb nagedacht over wat ik wel en niet zou gaan vertellen. Voorlopig zeg ik in ieder geval niets over Harm Jan, dat lijkt me wel zo rustig. Ik vind eigenlijk dat hij zelf tegen Viola moet zeggen dat hij iets met mij heeft, dan kan ik het er daarna met haar over hebben. Als dat tenminste nodig is, want als ik vaker bij hem ben dan in Molenveld, bloedt mijn omgang met deze twee vrouwen vanzelf dood.

Cathelijne heeft wijn meegebracht en vraagt waar de glazen

staan. Ik zoek een kurkentrekker op en hoor Viola tegen Cathelijne zeggen dat ze het rustig aan moet doen met drinken. Ik kan het brommende antwoord dat ze krijgt niet verstaan.

Er zit iets in de lucht wat het midden houdt tussen spanning en angst. De spanning is toe te schrijven aan Cathelijne, maar waar de angst vandaan komt is me niet goed duidelijk. Misschien hebben we er alle drie last van.

Cathelijne zet een fles op tafel en laat me het etiket zien. 'Kijk! Ik heb een Cerejeiras Regional Rosé 2011 meegebracht en ik kan je verzekeren dat het een frisse en fruitige wijn is. Een paar weken geleden heb ik op internet een wijnhandelaar gevonden die kwaliteitswijnen uit Portugal levert. Heb je iets bij de hand om te noteren? Apreciar Wijnen, schrijf het even op. Ze zijn snel met bezorgen en rekenen geen bezorgkosten. Ik moet echt uitkijken dat ik niet aan de drank raak, vooral van de rosé kan ik maar moeilijk afblijven.'

We heffen onze glazen.

'Op onze vriendschap,' zegt Viola.

'En op geluk voor ons allemaal,' voegt Cathelijne eraan toe.

Ze kijken me aan.

Ik twijfel een paar seconden. 'Op de liefde.'

'Als ik het niet dacht,' roept Cathelijne.

Ik laat me niet verleiden tot welke mededeling dan ook en accepteer dankbaar de interventie die Viola pleegt om aan de vragen en suggesties van Cathelijne een einde te maken.

'Jullie hebben van mij nog een mop te goed,' zegt ze.

'Het is toch geen eerste vrijdag van de maand?' mokt Cathelijne. Ik zie een harde trek om haar mond. 'Ik heb helemaal geen zin in moppen.'

'Waar heb je dan wel zin in?' vraag ik.

'Ze heeft zin in ruzie,' antwoordt Viola.

Ik wil dat de sfeer die mijn huis is binnengedrongen verandert. De spanning tussen Viola en Cathelijne is bijna tastbaar, ik krijg er krampen van in mijn maag. De wijn smaakt me niet, na de eerste slok heb ik mijn glas op tafel gezet en ik zie Cathelijne ernaar kijken. 'Wat is er mis met die wijn?'

'Niets, Cathelijne, maar hij valt momenteel niet goed. Ik denk dat ik een virus heb opgelopen, want ik voel me al een paar dagen niet lekker. Het ligt echt niet aan de wijn.'

Cathelijne bekijkt me met half dichtgeknepen ogen. 'Volgens mij ben jij zwanger,' zegt ze.

Viola stoot haar aan. 'Nu ophouden, je wordt echt vervelend.'

80

Ergens in de kamer hoor ik Viola en Cathelijne praten over de roddelcampagne die de moeder van Anneloes blijkbaar nog aan het voeren is. Als ik het goed begrijp functioneert de buurtsuper als een gelegenheid voor samenscholingen. Ik probeer het gesprek te volgen, terwijl ik in mijn geheugen graaf naar de laatste keer dat ik ongesteld ben geweest. Dat was in de week dat ik wegging bij Koos. Klopt dat wel?

Het klopt, dus ik kan niet zwanger zijn van hém. Maar wel van iemand anders.

Hoe komt het dat ik er niet eerder aan heb gedacht? Ook al ben ik geen toonbeeld van een strakke cyclus waar je de klok op gelijk kunt zetten, ik had toch echt al veel eerder moeten beseffen dat er iets niet klopte. Maar klopt er werkelijk iets niet? Ik durf niet verder te denken.

'Wat vind jij daar nu van?' vraagt Cathelijne.

Ik vraag me af waar ik iets van moet vinden.

'Luister je wel? Ik zeg net tegen Viola dat ik overweeg om aangifte te gaan doen van laster. Moet ik alles maar pikken wat die roddelmeiden allemaal uitkramen? Viola beweert dat je zulk gedrag onmogelijk kunt uitroeien, zeker in dit dorp, waar de meeste mensen vastgeklonken zitten aan hun stupide vooroordelen. Denk jij ook dat het vanzelf overgaat en het alleen maar wachten is op de volgende gebeurtenis waar ze hun tanden in kunnen zetten?'

Ik haal mijn schouders op. 'Ik ken de mensen die hier wonen niet of nauwelijks en ik weet echt niet hoe het werkt in zo'n dorp. Maar ik zou me, als ik jou was, minder druk maken over dat geroddel. Waarschijnlijk heeft Viola gelijk en waait het vanzelf over.'

'Ik denk eerder dat Viola bang is dat zij ook over de tong gaat.'

'Wat bedoel je daar nou weer mee?' Ik hoor de irritatie in Viola's stem.

Ik kijk op mijn horloge. Ze zitten hier pas een half uur.

'Moet je ergens heen?' wil Cathelijne weten. Ze wacht mijn antwoord niet af en richt zich weer tot Viola. 'Daar bedoel ik mee dat ik denk dat jij bang bent dat ze jou meesleuren in die rare praatjes, omdat je al jaren met mij bevriend bent. En laten we eerlijk zijn, veel mensen in dit dorp vinden jou een beetje vreemd.'

'Wat is er vreemd aan Viola?' Terwijl ik de vraag stel, bedenk ik dat het antwoord me niet interesseert. Het enige wat me momenteel interesseert is wanneer ik een test kan doen en hoe Harm Jan zal reageren.

'Viola doet al jaren of het heel gewoon is dat haar hele familie is vermoord en zij mocht blijven leven.'

Er valt een ijzige stilte na deze woorden.

'Dat neem je terug,' zegt Viola.

Cathelijne gooit haar hoofd achterover. 'Waarom zou ik?'

Ik sta op. 'Willen jullie dit in je eigen huis gaan uitvechten?'

'Ik peins er niet over!' gilt Viola. Ze vliegt overeind en trapt de stoel waar ze op zat naar achteren. 'Ik peins er niet over!' herhaalt ze en ze werpt zich op Cathelijne. 'Denk jij dat je alles maar ongestraft kunt zeggen en doen? Denk je soms dat ik jou altijd maar blijf dekken? Je moet acuut worden opgesloten, hoor je me? Opsluiten en de sleutel weggooien, dat zouden ze met jou moeten doen.'

Cathelijne maait haar van zich af. Ze trekt haar shirt recht en ik zie dat ze haar handen tot vuisten heeft gebald.

Viola kan zich amper staande houden. Ze gaat weer zitten en wrijft met haar handen langs haar ogen. 'Jij bent een gevaarlijke gek, Cathelijne, en je loopt nog steeds vrij rond omdat je vader je op alle mogelijke manieren dekt.'

'O ja? En leg mij dan eens uit wat er gedekt moet worden?'

'Nou, bijvoorbeeld dat idiote toneelstuk dat je al vijf jaar opvoert over je zoon. Je permanente ontkenning van zijn dood, om maar eens ergens mee te beginnen.'

Cathelijne grijpt zich vast aan de stoel waar ze achter staat.

'Haar zoon zit toch in Catalonië? Heb je dan twee zonen?' vraag ik aan Cathelijne.

'Ze heeft maar één zoon en die zit niet in Catalonië, die ligt hier op het kerkhof,' zegt Viola.

Cathelijne

81

Mijn vader zei iets van soortgelijke strekking tegen me, toen ik hem voor het laatst sprak. Hij was onverwacht straight en liet de gebruikelijke voorzichtigheid die hij altijd toepast als hij met mij praat, zomaar varen. De toon waarop hij me meende te moeten toespreken was hard en hij griefde me ermee. Ik sloeg dicht en maakte dat ik wegkwam.

Mensen denken vaak dat de waarheid altijd gezegd mag worden. Dat klopt niet. Soms is de waarheid een niet te nemen vesting die je beter van je af kunt houden of waar je met alle kracht die je in je hebt overheen moet razen als ze te dicht in de buurt komt. Toch dringt dat tot weinig mensen door, zeker niet tot mijn vader. Dat was al duidelijk toen we Arend verloren. Ik zal nooit vergeten hoe papa eruitzag toen hij terugkwam uit het ziekenhuis, nadat hij zijn zoon had geïdentificeerd. Hij veranderde van de ene op de andere dag van een man die in balans was in een onherkenbaar wrak. Het verlies had hem aangetast en hij stond dat toe. Hij liet het verdriet over zich heen komen, kon maandenlang niet werken, toonde geen verzet, knokte niet. Mijn moeder riep nog jaren na het fatale bericht dat het niet waar kon zijn en ze elk moment van de dag verwachtte haar zoon weer te zien binnenkomen. En nu ze dement is, leeft hij gewoon weer voor haar.

Ik heb niet dement hoeven worden om dat stadium te bereiken. Ik heb vanaf het moment dat ik William vond besloten de waarheid geen kans van slagen te geven. Daar moest ik een hoge prijs voor betalen, maar alles is beter dan toegeven dat hij dood is. William leeft. Hij is altijd dichtbij, zelfs nu hij een tijdje in Catalonië zit, of waar hij intussen ook terecht mag zijn gekomen en met wie. Hij leeft in mij en wordt daardoor vanzelf de man die hij moet worden, de zoon die het leven door zal geven, het kind op wie ik altijd eindeloos trots ben geweest.

De dag dat ik hem vond veranderde daardoor steeds meer in een gewone dag, in een dag waarop iets verschrikkelijks had kunnen gebeuren, maar die toch een dag als andere dagen werd.

Ik heb besloten dat het een nare droom was en niet meer dan dat.

Welke moeder zal niet minstens één keer in haar leven dromen dat ze haar kind verliest? Elke moeder op de wereld kent vanaf het moment dat ze haar jong voor de eerste keer ziet de angst voor het meest verschrikkelijke wat ooit zou kunnen gebeuren. De pijn die haar urenlang beheerste, tot wanhoop dreef en nooit leek op te houden verdwijnt op slag als ze de kreet hoort die ze onmiddellijk herkent.

Ik heb geprobeerd het aan Jurre en mijn vader uit te leggen, maar ze wilden niet naar me luisteren. Mijn moeder deed dat wel en ik voelde me daardoor vooral veilig bij háár. Ze hield me vast, wiegde me in haar armen en vertelde zonder woorden dat ze me begreep. Ze liep urenlang met me mee, we passeerden talloze huizen, sloten en dorpen en ze maande me nooit tot stilte als ik de naam van mijn zoon uitschreeuwde over de weilanden. Zelfs de grazende koeien, paarden en schapen die we tegenkwamen, reageerden niet. Ze hieven hooguit hun kop even op en gingen daarna gewoon door met waar ze mee bezig waren.

Ik kan de waarheid niet accepteren. Ik wil het niet. En ik duld van niemand tegenspraak.

Er wordt de laatste tijd veel aandacht besteed aan softdrugsgebruik bij jonge mensen. Er wordt gewaarschuwd voor de nadelige gevolgen van dit gebruik voor een onvolgroeid brein en overal lees je dat ouders hun kinderen beter in de gaten moeten houden. Zelfs ministers sporen aan om strenger op te voeden.

Ik vond Jurre veel te streng voor onze zoon en ik heb hem dat vanaf Williams geboorte duidelijk moeten maken. Hij probeerde me te dwingen het kind te laten huilen als ik zeker wist dat hij geen honger kon hebben en niet verschoond hoefde te worden. Hij noemde zijn zoon een kleine tiran.

Een kind huilt nooit zomaar, daar was en ben ik van overtuigd. Daarom heb ik me nooit laten tegenhouden en hem altijd opgepakt, gesust en geknuffeld tot hij rustig was. Ik heb de veel te korte nachten voor lief genomen, heb geen enkele keer mijn geduld verloren en wist dat ik het goed deed. De ruzies die tussen Jurre en mij ontstonden heb ik zo veel mogelijk buiten Williams waarneming gehouden. Dat lukte minder goed toen hij ouder werd en in de gaten kreeg dat hij de inzet en oorzaak was van de onenigheid tussen zijn ouders. Jurre werd woest als de jongen bij mij wegkroop en verweet me dat ik niet wilde inzien dat het kind ons splitste.

Hoe leg je aan een man uit dat het belang van je kind vóór alles gaat, zelfs voor de kwaliteit van je huwelijk? Hoe maak je hem duidelijk dat de geboorte van dat kind je definitief heeft veranderd?

Toen we erachter kwamen dat William softdrugs gebruikte, ging Jurre door het lint en sloeg hem het hele huis door. Ik vroeg mijn vader of hij met mijn zoon wilde praten en het leek erop dat dit hielp. Achteraf gezien stelde het blowen weinig voor en was de razernij die ontstond buiten proportie. Ik verweet Jurre gebrek aan vertrouwen in zijn kind en hij verweet mij te veel vertrouwen. Zo kwamen we terecht in een patstelling die niet te doorbreken leek.

Ik had niets in de gaten, zag het niet aankomen, het kwam niet in me op dat het aangepaste gedrag van William een façade was. Later hoorde ik dat verschillende klasgenoten van hem ook wilden experimenteren met harddrugs en dat een van hen, een knul die al twee keer een klas had moeten overdoen, door een koeriersbaantje aan heroïne was gekomen. William wilde als eerste van de groep proberen hoe dat werkte.

Ik zag de jongens binnenkomen en had niet in de gaten dat ze zich anders dan anders gedroegen. Ze gingen snel met William naar zijn kamer en ik hoorde hun opgewonden stemmen toen ik in de gang mijn jas aantrok om boodschappen te gaan doen. Ik weet nog dat ik geamuseerd glimlachte. Toen ik terugkwam, viel de stilte in huis me direct op. Ik dacht dat ze allemaal waren weggegaan.

82

Amy heeft mijn arm vastgegrepen en me gedwongen te gaan zitten. Ze houdt me nog steeds vast en wrijft met haar handen over mijn vingers. 'Ik wist het niet,' zegt ze. 'Ik had het niet in de gaten.'

'Hoe kon je dat in de gaten hebben?' onderbreekt Viola haar. 'We spelen dat walgelijke spel al vijf jaar mee. Ze duldt nou eenmaal niet dat je haar tegenspreekt en wat heb je aan voortdurend ruzie? Het is voor haar blijkbaar de manier om ermee om te gaan.'

Ze praat alsof ik er niet bij ben.

Amy's gezicht is nu dicht bij dat van mij. 'Kun je me vertellen wat er is gebeurd?'

'Er is niets gebeurd,' antwoord ik. Ik wil dat ze van me afblijft.

'Dat bedoel ik dus,' zegt Viola.

Ik zit als een standbeeld op mijn stoel en luister naar de toespraak van mijn beste vriendin. Wij zijn al vanaf ons vierde levensjaar samen, weten alles van elkaar, delen onze geheimen en hebben jaren geleden al plechtig gezworen dat we altijd loyaal zouden zijn en de ander nooit in de steek zouden laten.

Zie nu wat ervan komt.

Dit gaat niet over mij, dit gaat over de vrouw met wie Viola bevriend denkt te zijn en die ze al is kwijtgeraakt op de dag dat Nicolaas Strijbos in de vijver verdronk. Dat deed ik voor haar, nota bene. Ik rekende af met dat gluiperige joch, het loensende onderkruipsel dat dacht dat hij overal mee kon wegkomen. Ik deed het ook om te voorkomen dat die ploert gelijk zou krijgen, want ik zag regelmatig de woede in Viola's ogen en was bang dat ze in een vlaag van die woede fataal zou uithalen.

Viola heeft iets van haar vader en iedereen in het dorp weet dat. Je kunt haar het beste te vriend houden.

Zie haar nu zitten en hoor hoe ze oreert. Zou ze er werkelijk van overtuigd zijn dat ze mij al die jaren heeft behoed voor groter kwaad dan iedereen kon bedenken? Je zou bijna medelijden met haar krijgen als je gelooft dat mijn onberekenbare stemmingen haar uitputten en mijn onvoorspelbaarheid haar constant dwingt alert te zijn. Ze schildert me af als een monster zonder gevoel. Ze heeft zélf geen gevoel. Nu praat ze zachter, minder heftig. Als ik niet beter wist, zou ik denken dat ik medelijden in haar stem hoor. Zou ze echt menen dat ze mijn verdriet om Williams dood nauwelijks kon aanzien? Hoor ik haar nu zeggen dat ze alles wat ze bezit zou willen inleveren als ze mij had kunnen besparen dat ik hem moest vinden?

Jurre belde om te vertellen dat hij langer zou werken en we niet op hem moesten wachten met eten. Ik beloofde dat ik opnieuw voor hem zou koken als hij thuiskwam. Direct na dat gesprek rinkelde de telefoon opnieuw. Het was de moeder van een van Williams klasgenoten die ik die middag met hem naar boven had zien gaan. Ze vroeg of alles wel goed was met William. Ik begreep die vraag niet. Toen zei ze dat haar zoon onrustbarende uitspraken had gedaan.

Ik rende naar boven.

Later bleek dat de zoon een van de twee jongens was die het experiment niet hadden afgewacht en al snel vertrokken waren. Ze hadden de anderen nog gewaarschuwd en geadviseerd er niet mee door te gaan, maar die lachten hen uit en noemden de twee broekpoepende losers. De anderen bleven en keken toe toen William de instructies van de oudste opvolgde. Ze verklaarden later dat hij grijnsde toen hij 'het spul' langzaam in zijn ader spoot en dat zijn gezicht vervolgens totaal verstrakte. Ze schrokken zich lam en renden weg. Ik wilde dat ze berecht zouden worden voor medeplichtigheid, maar dat gebeurde niet. William was door niemand gedwongen en verrichtte zijn noodlottige daad zelf.

Vanaf het moment dat ik de eerste verdieping van ons huis bereikte, lukte het me niet meer om te rennen. Ik kon nauwelijks overeind blijven en zocht met mijn hand steun bij de muur. De stilte om me heen probeerde me terug te duwen en ik heb een paar seconden overwogen weer naar beneden te gaan. Toch liep ik verder en opende de deur van Williams kamer.

Hij hing schuin in zijn bureaustoel, zijn bovenlichaam zat vast tussen de rugleuning en de armleuning. Zijn mond hing open, zijn ogen staarden naar niets. Ik wilde schreeuwen, maar er kwam geen geluid uit mijn keel. Toch wist ik dat ik iets moest doen, alarm moest slaan, snel hulp moest regelen.

Toen zag ik de naald in zijn arm.

Mijn vader rangschikte alle kaarten die we kregen toegestuurd en plakte ze in een groot album. Hij las de teksten aan me voor en moest voortdurend zijn neus snuiten. Ik luisterde naar zinnen als: *We delen jullie verdriet*, *We weten wat jullie doormaken*, *We zullen er altijd voor jullie zijn* en nog talloze andere volkomen misplaatste steunbetuigingen. Niemand deelde mijn verdriet, niemand wist wat ik doormaakte, niemand kon er altijd voor mij zijn, want ik heb nooit willen delen en nooit willen openstaan voor steun. Ik wilde alleen dat het drama niet had plaatsgevonden en die wens heb ik op mijn eigen manier vervuld.

Mijn besluit om over William te blijven praten alsof hij nog leefde was een geheim waar alleen mijn ouders, Jurre en Viola van op de hoogte waren. We hadden een stilzwijgende afspraak gemaakt dat ze me niet zouden aanspreken op dit gedrag. Dat lukte Jurre niet en zijn pogingen om mij de realiteit op te dringen eindigden in onze scheiding. De anderen lieten me daarna met rust. Nu heeft eerst mijn vader de belofte verbroken en volgt degene van wie ik dat nooit had verwacht.

Ik haat haar.

83

‘Ik heb met je vader gesproken,’ zegt Viola. We zitten tegenover elkaar aan de eettafel en Amy heeft aan het hoofd van de tafel plaatsgenomen. Ze kijkt vertwijfeld van Viola naar mij en wrijft voortdurend haar handen over elkaar. Wat is er toch met die vrouw? Heb ik het goed gezien, is ze zwanger en heeft ze dus tóch een nieuwe vriend? Misschien is ze gewoon het contact met haar man aan het herstellen en zoek ik het weer veel te ver. Maar het is veel leuker om te fantaseren over nieuwe avonturen en vlammende ontmoetingen dan te bedenken dat een oude koek kan worden opgebakken. Ik ben zelf zo’n bakker geweest en heb er niets dan een dode ex aan overgehouden. Opeens voel ik tranen in mijn ogen. Amy raakt voorzichtig mijn hand aan. ‘Ik vind het verschrikkelijk dat Jurre dood is,’ zeg ik.

‘We hebben het nu niet over Jurre,’ wijst Viola me terecht.

‘Jij misschien niet, maar wat kan mij dat schelen? En wat maakt het uit over welke dode we praten? Keuze genoeg. We hebben ook mijn broer Arend op voorraad en daarna kunnen we nog aan jouw familie beginnen. En laten we de dode zus van Amy niet vergeten. O ja, die heeft ook nog een dood broertje. Wij leveren zowaar een vol kerkhof af.’

‘Wat heb je met Cathelijnes vader besproken?’ vraagt Amy aan Viola.

Viola kijkt me nu strak aan. ‘We hebben het over Nicolaas Strijbos gehad.’

Ik sla mijn ogen niet neer. ‘Voor mijn part neem je alle moorden die er in de geschiedenis al zijn gepleegd met mijn vader door, val mij daar alsjeblieft niet mee lastig.’

‘Ik heb hem verteld wat er met Nicolaas is gebeurd.’

‘Dat weet het hele dorp, Viola.’

‘Ik heb hem verteld wie hem heeft vermoord.’

‘Dat weet ook het hele dorp, Viola.’ Ik zorg ervoor dat ik mijn stem in bedwang hou en blijf haar recht aankijken.

‘Het dorp vergist zich.’

Ik zie dat Amy schrikt. ‘Waar gaat dit over?’

Ik strek mijn rug. ‘Dit gaat over wie zesentwintig jaar geleden Nicolaas Strijbos heeft vermoord, Amy. Het gaat ook over de medeplichtigheid van Viola.’

Amy staat op. ‘Ik wil dat jullie weggaan. Praat alsjeblieft ergens samen verder waar je iemand anders niet kunt belasten met zaken waar ze niets mee te maken heeft.’

‘Ze heeft gelijk,’ zeg ik tegen Viola. ‘Kom mee, we gaan naar mijn huis.’ Ik geef Amy een kus. ‘Ik reken erop dat alles wat je te weten bent gekomen tussen ons blijft.’

‘Dat is goed.’ Ze duwt me zachtjes van zich af.

‘Maar zeg nu eens eerlijk, Amy, heb ik het goed gezien? Ben je soms zwanger?’

Ze haalt haar schouders op. ‘Ik weet het nog niet, maar ik ga snel een test doen.’

‘Mogen we weten wie de eventuele aanstaande vader is?’

‘Niet zolang die eventuele aanstaande vader zelf nog van niets weet.’

‘Is het je man?’

‘Mijn mán? Hemeltje, nee.’

‘Dus je hebt wel degelijk iemand anders?’

‘Dat is nu toch wel duidelijk?’ snauwt Viola.

Ik doe of ik haar niet hoor. ‘Kennen wij hem?’

‘Natuurlijk niet.’ Nu verheft Viola echt haar stem.

‘Ja,’ zegt Amy.

Viola

84

Ik had beter moeten nadenken en naar het voorgevoel moeten luisteren dat zich aan me opdrong vanaf het moment dat Cathelijne aankondigde dat ze met mij naar Amy wilde. Dokter Wolf raadde me ook dringend af aan deze wens van zijn dochter gehoor te geven. 'Ze is echt de controle over haar leven aan het verliezen,' zei hij tegen me, vlak voordat hij weer op zijn fiets stapte. 'Laat mij alsjeblieft het probleem oplossen,' zei hij ook nog.

Wat kan hij daarvoor bedacht hebben of van plan zijn? Gaat hij haar aangeven? Ik kan het me niet voorstellen. De zaak-Nicolaas Strijbos is volgens mij al verjaard en de zaak-Jurre Klaver is nog lang niet afgesloten, zeker niet zolang de moeder van Anneloes blijft volhouden dat haar dochter onschuldig is. Ik ben ervan overtuigd dat die vrouw niet ophoudt met proberen die onschuld te bewijzen en je kunt erop wachten dat de politie toch eens begint met Cathelijne scherpe vragen te stellen. Eigenlijk is het verbazingwekkend dat ze dat nog niet hebben gedaan. Of zou dat bij hun strategie horen? Willen ze eerst zeker weten dat Cathelijne zich veilig waant en komen ze dan opeens tevoorschijn? En hoe zal haar vader in dat geval reageren?

Als je zo vaak met iemand hebt gepraat, denk je dat je hem toch een beetje kent. Op die manier dacht ik tot vandaag over dokter Wolf. Na ons gesprek heb ik het gevoel dat ik niets van hem wist, behalve zijn naam. En als ik heel goed nadenk, kom ik tot de conclusie dat het ook een belachelijk idee was te veronderstellen dat er meer was. Wij hebben heel veel samen gepraat, maar onze gesprekken gingen altijd over mij. Ik was degene die sprak en hij luisterde, stelde vragen, gaf adviezen. Hoe had ik kunnen weten dat hij Cathelijne vanaf de dag dat Nicolaas Strijbos werd vermoord van die daad heeft verdacht? Mijn hart slaat opnieuw een slag over als ik aan het moment terugdenk waarop dat duidelijk werd.

'Ik weet dat u al die jaren hebt gedacht dat ik degene was die Nicolaas in de vijver gooide,' zei ik.

'Dat is geen seconde in me opgekomen,' was zijn antwoord. 'Ik ben er vanaf het moment dat hij vermist werd van overtuigd geweest dat Cathelijne er iets mee te maken had.'

Ik hield mijn adem in. 'Waarom dacht u dat?'

'Cathelijne kon als klein kind al heel onbeheerst reageren en mijn vrouw en ik maakten ons zorgen over haar ontwikkeling. We probeerden haar liefdevol en tegelijk stevig te corrigeren, maar we kregen geen vat op haar gedrag. Soms zeiden we tegen elkaar dat het wel leek of we twee dochters hadden. Daarom waren we zo blij met jullie vriendschap, omdat we zagen dat jij een goede invloed op haar had. Je ving haar nukken geduldig op en als jij in de buurt was, werd ze rustig. Ze was de dagen voor de moord heel geladen. Mijn vrouw en ik konden er niet achter komen waarover ze zich zo opwond, maar ik ontdekte dat Arend iets wist. Hij wilde niets vertellen, omdat hij haar had moeten beloven te zwijgen, en hij werd angstig toen ik hem probeerde te dwingen om te praten. Dat lukte pas nadat hij 's nachts gillend wakker was geworden. De deur van zijn slaapkamer moest dicht en mijn vrouw bleef als bewaker op de overloop staan.'

'Wat heeft hij u toen verteld?'

Dokter Wolf boog zijn hoofd. 'Ze had hem een stuk hout laten zien dat ze bij de buren van Nicolaas uit de tuin had gehaald en ze had tegen hem gezegd dat Nicolaas iets verschrikkelijks tegen jou had gezegd en ze hem eens een lesje ging leren, maar dat hij hier met niemand over mocht praten omdat jongens die niet konden zwijgen...'

‘Hoe is het mogelijk dat Arend nooit iets heeft losgelaten?’

‘Arend was acht jaar oud en heel ontvankelijk voor de waarschuwingen en vermaningen van zijn ouders. We hebben hem ervan weten te overtuigen dat Cathelijne alleen maar een grote mond had en wij zeker wisten dat ze Nicolaas nooit iets zou aandoen. Hij was nog te jong om aan de mening van zijn ouders te twijfelen.’

‘Maar hebt u dan toen het gebeurd was geen vragen gesteld aan Cathelijne?’

‘Geen vragen gesteld? Ik heb haar dagenlang doorgezaagd, uitgedaagd, strikvragen bedacht, echt alles uit de kast gehaald om haar iets te laten zeggen wat de verdachte die was opgepakt kon vrijpleiten. Ze gaf geen krimp.’

‘En uw vrouw, wat vond die ervan?’

‘Mijn vrouw wilde rust in ons gezin en ze was moeder, Viola. Welke moeder verraadt haar eigen jong? Misschien bestaan ze, maar ik ben ze nog nooit tegengekomen.’

‘Maar dat betekent dat u hebt toegestaan dat een onschuldige man in de gevangenis is beland,’ sputterde ik tegen.

Hij leek even na te denken. ‘Dat klopt en dat vreet nog steeds aan me. Ik zag alleen geen andere oplossing. We hebben stilzwijgend de afspraak gemaakt het er samen niet meer over te hebben, maar soms maakte mijn vrouw een opmerking waaruit ik kon opmaken dat ze zich niet senang voelde bij de veroordeling van de buurman van Nicolaas. En toen Arend verongelukte, heb ik haar zelfs horen zeggen dat dit onze straf was.’

‘Dat is verschrikkelijk,’ zei ik.

‘Ze had gelijk,’ meende hij.

Cathelijne loopt een halve meter voor me, ik kan haar niet bijhouden. Het is maar een korte afstand die we moeten afleggen en ik herinner me talloze andere keren dat zij rende en ik probeerde naast haar te blijven lopen. Er verschijnen boze gezichten voor mijn ogen, die vergezeld gaan van stemverheffingen en woeste gebaren.

Mijn gedachten gaan verder terug in de tijd. Ze was snel boos en achteraf kreeg ik de schuld van haar woede. Ik had het altijd gedaan, ik had haar ertoe aangezet. En later, als de herrie die ze maakte was weggeëbd, zei ik sorry en nam de verantwoordelijkheid voor de reden van haar boosheid op me. Ik sloofde me uit om het gezellig te maken, bedacht allerlei activiteiten om samen te ondernemen en kwam op het idee om elke eerste vrijdagavond van de maand samen door te brengen, inclusief wijn, hapjes en een goede mop. Zelfs in de jaren dat ik met Harm Jan getrouwd was kon ik het idee dat ik haar zou kunnen kwijtraken niet verdragen, omdat ik dan ook het gezin waar ik me altijd zo had thuis gevoeld zou verliezen. Haar warme moeder, haar veilige vader.

Ik sta opeens stil. Mijn adem stokt, mijn hart klopt wild, ik ben duizelig. Kijk mij hier nu staan, hijgend, met opengesperde ogen, terwijl mijn handen het stuur van mijn fiets omklemmen. Hoe is het mogelijk dat het nooit eerder tot me is doorgedrongen? Had ik werkelijk niet veel eerder kunnen beseffen waarom ik de manier waarop Cathelijne Wolf met mij omging accepteerde?

Ik kijk naar de figuur die voor me loopt, naar haar onverzettelijke houding, haar krachtige manier van lopen, en begrijp opeens welk gevoel me al jaren beheerst. Ik voel me schuldig omdat ik mijn moeder en zusjes in de steek heb gelaten.

85

Mijn vader zong altijd hetzelfde liedje voor ons, als hij mijn zusjes en mij naar bed bracht.

Hanse Panse Kevertje
klom eens op een hek.
Neer viel de regen,
spoelde Hansje weg.
Op kwam de zon en
die maakte Hansje droog.
Hanse Panse Kevertje
klom toen weer omhoog.

Terwijl hij zong dansten zijn vingers over onze handen en armen.

Ik herinner me dat zijn stem en zijn gebaren blijdschap uitdrukten en genegenheid.

Hoe kon hij mijn zusjes hun jeugd afnemen, hun leven? Hoe was het mogelijk dat hij zo doorsloeg en alles vernielde wat hij liefhad?

Ik weet zeker dat hij van mijn moeder en mijn zusjes hield, ook al liet hij zijn voorkeur voor mij te duidelijk blijken. Hij was een man die alles zei wat in hem opkwam, laag opgeleid, een harde werker. Een ruwe bolster met een blanke pit die op een dag veranderde in een moordzuchtig monster.

Soms zong mijn oudste zusje samen met hem het Hanse Panse Kevertjeslied. Ze had een mooie stem en mijn moeder was ervan overtuigd dat ze wel operazangeres kon worden.

Mijn jongste zusje kon goed pianospelen. In haar school volgens mijn moeder een concertpianiste.

Ik kon een beetje zingen en een beetje pianospelen. Was dat misschien de reden dat mijn vader zoveel van me hield? Bestond onze verwantschap uit een soort underdogpositie?

Ik zou nu met mijn zusjes samen willen zijn, in plaats van met de twee vrouwen tot wie ik me in zekere zin veroordeeld voel. Ik zou weer door mijn vader naar bed gebracht willen worden.

'Zeg, loop eens door!' roept Cathelijne. 'Wat ben je toch een treuzelkont.'

86

Ze staat al in de deuropening en wenkt me. 'Je moet eens iets aan je conditie gaan doen,' adviseert ze. 'Alleen met je hond wandelen is blijkbaar toch niet genoeg.'

Ik geef geen antwoord en zet mijn fiets op slot. Het liefst zou ik rechtsomkeert maken.

'Niet weggaan,' zegt Cathelijne. Er zit iets smekends in haar stem.

Ik kijk naar haar, als ze met een verbeten trek om haar mond de fles wijn ontkurkt. Haar gezicht is me vertrouwd, welke uitdrukking er ook op te zien is. Alles wat ze zegt is bekend, waar het ook over gaat. Ik voel me stokoud.

'Mijn vader en jij zijn tegen me aan het samenspannen,' begint ze. 'En dat moet afgelopen zijn.' Ik wil iets zeggen, maar ze heft haar hand op. 'Stil! Ik ben nu aan het woord. Straks ben jij aan de beurt.'

Het glas wijn dat ze voor me heeft ingeschonken staat onaangeroerd voor me. Ik heb duidelijk gezegd dat ik geen wijn meer wilde, maar dat had ik net zo goed aan de tafelpoot kunnen vertellen.

Ze is op dreef en ik ken haar goed genoeg om te weten dat ik haar nu beter niet in de rede kan vallen.

Het gaat vooral over haar gevoel verraden te zijn en over de schuld die haar vader en ik hiervoor dragen. Ik luister naar een aaneenschakeling van verwijten en teleurstelling. Wij willen haar kapotmaken, wij weigeren haar te respecteren, wij houden ons alleen nog maar bezig met het verzamelen van bewijzen voor haar schuld aan Jurres dood. Wij willen van haar af. Als het aan ons ligt, wordt ze zo snel mogelijk aan de schandpaal genageld. Wij zijn verraders.

Haar ogen vernauwen zich tot spleetjes als ze herhaalt wat haar vader tegen haar heeft gezegd. Ze struikelt een paar keer over haar woorden als ze vertelt dat hij het lef heeft gehad haar te bevelen op te houden met de indruk wekken dat William nog leeft. Ze kijkt me nu weer aan.

'Hij zei tegen me dat ik dat Gmail-account van William nu maar eens van mijn computer moest verwijderen. Hij vond het onverdraaglijk dat ik hem lastigviel met berichten die ik volgens hem zelf schreef.' Ze neemt een grote slok wijn. 'Toen ik daar niet op wilde ingaan begon hij over wat jij tegen me had gezegd. Je had je kop moeten houden.'

Ze zwijgt.

'Je bedoelt dat ik me afvroeg wat jij met Jurres dood te maken zou kunnen hebben?'

Ze buigt zich voorover, onze neuzen raken elkaar bijna. 'Ik heb Jurre niet vermoord. Hoor je me? Ook al vinden jullie me allebei gestoord en kunnen jullie de manier waarop ik het verlies van mijn kind probeer te verwerken niet waarderen, ik heb niets met die moord te maken. Niets! En ik laat het me ook door niemand in de schoenen schuiven. Door niemand! Begrijp je wel? Waar was jij zelf eigenlijk, die nacht?'

Ik deins van haar terug. 'Ik was thuis, Cathelijne.'

'Nou, ik ook.'

'Is Jurre echt nog bij je langs geweest?'

Haar blik dwaalt van me weg. 'Dat weet ik niet meer. Ik denk van niet, het zal wel een van mijn wensgedachten zijn geweest. Ik hield van die man, weet je. Ik wilde hem terug, ook al konden we niet over William praten.'

'Hij wilde iets anders, Cat. Hij had een andere vrouw gevonden en ging met haar verder, dat vertelde hij je toch? Wat jij je ook in je hoofd haalde, je had geen toekomst met Jurre en toen hij dat aan jou duidelijk maakte, werd je heel erg kwaad.'

'En jij bood aan hem te vermoorden.' Ze grijnst.

'Dat was een behoorlijk misplaatste grap, maar wel een grap en dat weet jij net zo goed als ik.'

'Zo, denk je dat?'

'Je bent al een tijd behoorlijk gestrest en dat heeft volgens mij ook veel te maken met het feit dat de sterfdag van William weer naderbij komt.'

'Hij is niet dood!' schreeuwt ze. 'Hij reist rond met een Spaanse vrouw, misschien komt hij wel nooit meer terug naar Nederland. Wil je soms het bericht zien dat hij me stuurde?'

Ik schiet opeens vol.

87

Ik vraag me af wat ze van me wil, waarom we hier zitten en wat het uithaalt als ik haar tegenspreek. Of haar gelijk geef. Niets, waarschijnlijk. Haar vader zag het goed, ze is de controle aan het kwijtraken.

Moet ik hem bellen?

Ze heeft het nu over de ruzies met Jurre. Hoe vaak heb ik dit al niet gehoord? Ze wilde dat ik haar steunde in de strijd en tegen haar zei dat ze William beslist niet te veel verwende. Als ik haar tegensprak werd ze woedend en verweet ze me gebrek aan loyaliteit. Soms zei ze dat ik nooit in staat zou zijn te begrijpen wat moederliefde was zolang ik zelf geen kind op de wereld had gezet. Soms zei ze ook dat mijn incompetente baarmoeder het grootste beletsel voor een echte vriendschap was.

Ik kijk naar haar gezicht en zie de meest uiteenlopende emoties elkaar afwisselen, waarbij het verdriet de boventoon voert. Ik heb met haar te doen.

Ze trekt me mee in de richting van haar computer en eist dat ik haar niet tegenspreek. 'Lezen!' gebiedt ze. Ik lees een bericht dat William volgens haar heeft gestuurd. Het gaat over een vrouw met wie hij nu door Spanje reist.

William was een paar maanden dood toen Jurre het me vertelde. 'Ze heeft op haar computer een nieuw Gmail-adres aangemaakt, ik heb het gisteren ontdekt. Williamklaver@gmail.com. Ze stuurt vanaf haar eigen mailadres berichten naar hem en geeft dan zelf antwoord. Ze is gek geworden, Viola.'

Ik adviseerde hem niet in te grijpen en haar haar gang te laten gaan. Ik zei dat dit een manier zou kunnen zijn om het te verwerken en de tijd haar vanzelf zou laten inzien dat dit nergens toe leidde. Hij antwoordde dat haar vader hetzelfde tegen hem had gezegd. Dat gebeurde nu bijna vijf jaar geleden en ze is nog steeds niet opgehouden met William berichten te sturen en antwoorden te maken.

Wat moet ik doen?

'Ik wil met hem praten,' zegt ze. 'Is dat zo gek? Doe ik er iemand kwaad mee? Jurre had het moeten begrijpen en me nooit mogen verlaten. En mijn vader en jij kunnen het niet maken me erop aan te spreken. Jij zeker niet.'

'Waarom ik zeker niet?'

Ze rukt een van de laden van haar bureau open, grist er twee brieven uit en legt ze voor me neer.

De letters dansen voor mijn ogen. Waar gaat dit over?

Ik probeer me te concentreren op de eerste brief, die wel aan haar gericht is maar niet vermeldt wie hem geschreven heeft. Iemand probeert haar duidelijk te maken dat ze zichzelf moet aangeven en dreigt het anders zelf te doen. Mijn ogen zoeken de twee laatste zinnen op.

> Ik zal je nooit laten vallen, ik blijf altijd je vriendin, maar dit moet stoppen. Twee slachtoffers is genoeg. Of ben je Nicolaas Strijbos soms vergeten?
> Ik blijf altijd je vriendin. Geen afzender. Moet ik iets begrijpen? Ik lees de brief nog een keer.

Cathelijne schuift de tweede brief onder mijn neus. Die heeft meer tekst en is dwingender van toon. Dreigend, zelfs. Weer geen afzender. Ik schuif de brieven van me af. Zou ze echt denken dat ik...?

'Dit heb ik niet geschreven, Cat.'

'O nee? Dat is toch jouw handschrift?'

'Ik schrijf in rechte blokletters, weet je nog? Ik schrijf de letters niet aan elkaar.'

'Nog even en je gaat beweren dat ik ook brieven aan mezelf stuur.'

'Ik beweer niets, maar na de dood van Nicolaas Strijbos zei je ook dat ik jou een brief had gestuurd waarin ik je beschuldigde. Die wilde je toen niet laten zien en veel later heb je toegegeven dat je hem zelf geschreven had. Ik weet niet waarom je zulke dingen doet, Cat. Het is een kant van jou die ik niet begrijp en waar ik geen vat op krijg. Het is me wel al jaren duidelijk dat je geneigd bent een eigen draai te geven aan gebeurtenissen die je te sterk raken. Jij loopt weg voor de waarheid, je creëert een werkelijkheid die voor jou blijkbaar overzichtelijk is.'

'Dat klinkt alsof je een gevaarlijke gek voor je hebt.'

'Jij zegt het, Cathelijne.'

Haar vuist treft me recht op mijn neus, ik proef bijna op hetzelfde moment bloed. De volgende klap komt vlak onder mijn oog terecht.

Ik probeer te gaan staan, maar verlies mijn evenwicht. Opeens lig ik op de grond. Ik heb het gevoel dat ik moet overgeven.

Ze grijpt me bij mijn schouders en sleurt me naar de gang. 'Eruit!' schreeuwt ze. Het volgende moment zie ik het grindpad op me afkomen en wordt er iets naar me toe gegooid. 'Vergeet je fietssleutel niet,' gilt ze, en ze smijt de voordeur dicht.

Ik braak iets uit wat smerig ruikt.

Mensen die me nu zien fietsen zullen denken dat ik dronken ben.

Achter me hoor ik een auto naderen. Ik klem mijn handen om het stuur en probeer recht te rijden. De auto passeert me en stopt. Het portier wordt geopend en er komt iemand op me af. Het is Harm Jan.

'Wat is er met jou gebeurd?'

Ik maak een afwerend gebaar. 'Kom niet dichterbij, alsjeblieft, want ik stink.'

Hij moet me ruiken, maar geeft geen krimp. 'Heb je gevochten? Ben je door iemand aangevallen? Moet ik de politie bellen?'

Ik wil dat hij weer in zijn auto stapt en verder rijdt. Hij moet me met rust laten. Wat heeft hij hier eigenlijk te zoeken? Hij zat dit weekend toch in De Eemhof? 'Geen politie bellen,' probeer ik te zeggen, maar dat lukt niet.

88

Zijn hand ligt op mijn schouder, maar verder houdt hij gelukkig voldoende afstand. Hij tovert wel ergens papieren zakdoekjes vandaan, ik veeg de tranenvloed driftig van mijn gezicht en probeer te stoppen met huilen. Zodra ik mijn mond open om iets te zeggen beginnen de tranen weer te stromen. 'Word eerst maar even wat rustiger,' stelt hij voor.

Wat een vertoning is dit, midden op straat, nota bene voor de deur van Amy. Ik probeer te ontdekken of ze toevallig voor het raam staat, maar zie haar niet. Die ligt misschien al op bed te mijmeren over het kind dat mogelijk in haar buik zit. Deze gedachte maakt me pas echt goed aan het janken.

Het kan niet, het mag niet, het moet voorkomen worden. Ik voel voor het eerst sinds tijden oprecht iets voor een ander en het maakt niet uit dat het nu om een vrouw gaat. Ze raakt me op een bijzondere manier, ik wil dat mijn gevoel de kans krijgt zich te ontwikkelen. Het is een onbekend avontuur, maar ik durf het aan. Dat moet ze begrijpen.

Niets moet, Viola. Als gevoelens niet wederzijds zijn, hebben ze geen kans van slagen. Als iemand dat hoort te weten, ben jij het.

Misschien moet ik haar op een andere manier benaderen dan ik tot nu toe heb gedaan. Ik denk dat ik toch te nadrukkelijk heb laten merken dat ze meer voor me betekent dan een gewone vriendin. Maar dat was geen opzet, ze is me overkomen. Deze gevoelens zijn nieuw voor me, onbekend, zelfs een beetje beangstigend. Ik ben er nog niet volledig van overtuigd dat ik ze wil hebben. Als ze echt een kind krijgt, zouden we er samen voor kunnen zorgen. Tegenwoordig is het toch heel gewoon dat twee vrouwen een kind opvoeden?

Ze zei iets over een man. Wat was dat ook alweer? Klopt het dat ik haar hoorde zeggen dat Cathelijne en ik die man kennen?

Wie het ook is, hij zal uit haar leven moeten verdwijnen.

Ik kan beter aan iets denken wat betrekking heeft op de realiteit. Fantaseren is iets voor als ik weer veilig thuis ben en onder de douche ben geweest.

'Het gaat nu geloof ik weer wat beter, hè?' Harm Jan laat me los. 'Maar wat is er gebeurd, Viola?'

'Wat doe jij op dit uur in het dorp?' wil ik weten. 'Jij zat toch met je familie in Center Parcs aan het verjaardagsdiner van je vader?'

Hij glimlacht. 'We hebben het uitgesteld tot morgenavond, omdat mijn moeder zich vandaag niet lekker voelde. Toen bedacht ik dat ik vanavond dan naar mijn vriendin kon gaan, daarom ben ik naar haar toe gereden.'

Ik probeer te ontdekken wie er in de auto zit.

'Ik heb haar niet bij me, hoor. Ik ga haar juist verrassen.' Hij heft zijn hand op en zwaait naar iemand. Ik draai me om. 'Daar staat ze,' zegt hij.

Ik kijk naar Amy. Haar stralende lach veroorzaakt een stekende pijn in mijn maag. Nu niet opnieuw gaan overgeven, denk ik nog. Maar het is al te laat.

Ik heb geprotesteerd, maar Harm Jan sleurde me bijna het huis binnen. Hij heeft een natte handdoek gehaald en Amy wrijft nu mijn shirt schoon. Ze zegt niets en vermijdt mijn ogen. Ze reikt me de handdoek aan en ik veeg mijn mond af. Harm Jan geeft me een glas water. 'Moet ik je even naar huis brengen?' vraagt hij.

Ik drink en verslik me. Misschien stik ik nu gewoon en ben ik overal vanaf. Het hoesten wordt minder. 'Ik kan zelf wel thuiskomen,' probeer ik te zeggen, maar er komt nauwelijks geluid uit mijn keel.

'Drink nog een beetje,' dringt Amy aan. 'Is het misgegaan tussen Cathelijne en jou?' vraagt ze.

'Heeft Cathelijne je zo toegetakeld? Waarom in vredesnaam?' Harm Jan raakt mijn schouder aan. Ik schud hem van me af.

Ze staan naast elkaar, alsof het nooit anders geweest is. De vanzelfsprekendheid maakt me woedend. Dit moet stoppen.

Ik sta op.

'Ik loop even mee naar je fiets,' zegt Amy. Gaat ze zich soms verontschuldigen?

'Tot gauw,' roept Harm Jan me na. 'Blijf maar een tijdje bij Cathelijne uit de buurt.'

'Je zult wel geschrokken zijn,' begint Amy als we bij mijn fiets staan. 'Ik vond dat Harm Jan het je zelf moest vertellen.'

'Dat is gelukt. Maar jij moet ook iets weten.'

Ze kijkt me niet aan terwijl ik praat, maar ik zie de schrik in haar houding.

De woorden stromen over mijn lippen, ze zijn onstuitbaar. Het is een vreemde ervaring, ik ben spreker en tegelijk luisteraar. Ik vertel een gruwelijk verhaal waar ik zelf enigszins voor terugdeins. Toch laat ik me nergens door weerhouden, toch ga ik door tot alles is gezegd. Nu ik aan mezelf moet toegeven dat mijn fantasieën over deze vrouw nooit ergens toe zullen leiden, zit er niets anders op dan een draai te maken van honderdtachtig graden. Bij mij is het altijd alles of niets. *The story of my life.*

Amy's gezicht is lijkwit geworden. 'Waarom vertel je dit, wat wil je van me?' stamelt ze.

Ik haal diep adem. 'Ik eis dat je stopt met Harm Jan en ervoor zorgt dat er geen baby komt. Ik wil niet dat jij het kind krijgt dat ik had moeten krijgen, dat gun ik hem niet. Jou ook niet, overigens. Je bent volgens mij nog ruim op tijd voor een abortus.'

'En als ik dat weiger?'

'Dat weiger jij niet, Amy.'

Ik stap op mijn fiets en heb zin om haar recht in haar verblufte gezicht uit te lachen, maar kom niet verder dan een verkrampte grimas.

89

Ik fiets zo hard ik kan, maar de plek onder mijn oog begint meer pijn te doen en ik heb het gevoel dat er een enorme bult ontstaat. Voorzichtig tast ik het pijnlijke stuk met een vingertop af. Het klopt. Ik zal er de komende dagen niet uitzien.

Er zwaait iemand naar me als ik de ingang van het park passeer. Ik hef mijn hand op en zie in een flits een Duitse herder hollen. Snel doorfietsen. Achter me roept iemand mijn naam. Het is een vrouwenstem, maar ik kan niet goed horen wie het is. Maakt niet uit, Viola, doorrijden. Laat alles achter je en ga naar huis. Daar wacht de enige vriend die je hebt, die je onvoorwaardelijk trouw is, die altijd blij is als ze je ziet. Ik probeer sneller te fietsen, maar ik ben zo moe. Mijn gezicht doet pijn, ik walg van de geur die ik verspreid. Mijn kleren plakken aan mijn lijf.

'Ik vond dat Harm Jan het je zelf moest vertellen.'

Dit verraad is veel erger dan het molest waarop Cathelijne me heeft getrakteerd. Ik haat verraders.

Nika bespringt me enthousiast en deelt lange likken uit. Ik grijp haar vast en druk haar tegen me aan. 'Jij bent het liefste hondenmeisje van het hele dorp. Wat zeg ik? Van de hele wereld. Geloof me maar, ik kan het weten.' Ze zwiept met haar staart en maakt opgewonden geluiden. 'Je moet even wachten, want ik ga me eerst wassen en schone kleren aantrekken. Daarna lopen we een eind langs het kanaal, dan komen we waarschijnlijk geen mensen tegen. De vrouw ziet er even niet uit, meid. Ze is tegen haar doorgedraaide vriendin op gelopen.'

Straks bel ik dokter Wolf. Hij moet weten wat er is gebeurd en ik wil dat hij Cathelijne in de gaten houdt. Volgens mij is het nodig dat er voorlopig iemand op haar let.

We naderen de plek waar de auto van Amy's zus in het water terechtkwam. Ik sluit mijn ogen en probeer beelden te bedenken waar ik niet akelig van word. Ergens achter me is geluid. Nika heft haar kop op en begint weer met haar staart te zwaaien. Er komt iemand aangefietst. Wat nu weer? Laat me toch allemaal eens een keer met rust.

Het is Branca Jaarsma. Ze springt op de grond en haar mond valt open als ze mijn gezicht ziet. 'Wat is er met jóú gebeurd? Heb je gevochten?'

'Een uit de hand gelopen meningsverschil,' mompel ik. 'Ga het alsjeblieft niet aan iedereen vertellen.'

'Natuurlijk niet, wat denk je wel?'

Ik zou nu kunnen zeggen dat ik haar met afstand de grootste kletskous vind die ooit in dit dorp heeft rondgelopen, maar ik kan beter geen onnozele discussie uitlokken. 'Wat kom je doen?'

'Ik kom je iets vertellen wat je moet weten.'

Ik zou wel even ergens willen gaan zitten.

Branca schraapt haar keel. 'Het gaat over... Mijn moeder zegt steeds...'

Ik kijk haar strak aan. Ze trekt haar schouders naar beneden. 'Mijn moeder slaapt al maanden erg slecht en ze zit soms halve nachten in de kamer. Ze beweert de laatste tijd steeds dat ze jou het park uit heeft zien komen in de nacht dat Jurre Klaver werd vermoord. Ik vond dus dat je dit moest weten en ik zal ervoor zorgen dat mijn moeder het niet aan anderen vertelt. Het moet eens afgelopen zijn met dat gedoe over die moord. Dat wordt echt wel opgelost, ze zijn toch niet gek bij de politie?'

Ik probeer een zinnig antwoord te bedenken.

'Ben je geen vrijwilliger meer in het bejaardenhuis? Mensen

hebben het erover in de winkel. Ze verzinnen de gekste redenen waarom je gestopt kan zijn.'

'Ik heb een paar weken rust genomen. Het werd me allemaal een beetje te veel. Binnenkort begin ik weer en dan maak ik wel weer een tochtje met je moeder. Dan zal ik haar uitleggen dat ik soms 's nachts buiten ronddwaal en daar later niets meer van afweet.'

'Ik zou dat niet tegen mijn moeder zeggen, als ik jou was,' antwoordt Branca.

'Waarom niet?'

Ze stapt weer op haar fiets. 'Kun je geen alarm op je voordeur maken, zodat je wakker wordt als je naar buiten dreigt te gaan?'

'Waarom niet?' herhaal ik.

'Je kunt beter zeggen dat ze zich heeft vergist,' roept ze terwijl ze wegfietst.

Nika scharrelt rond in de buurt van het water, ze eet gras en begint daarna te braken. Ik zie het en herinner me dat ze dat ook deed toen ik haar in de nacht van de moord op Jurre Klaver uitliet. Ik wilde naar buiten, lucht happen, de herinneringen aan mijn vermoorde familie van me afschudden om daarna te kunnen slapen zonder verstrikt te raken in gruwelijke dromen. En toen ik de volgende ochtend ontdekte dat mijn schoenen niet in de gang stonden maar voor de deur van mijn slaapkamer, heb ik me daarover alleen verbaasd. Ik heb geweigerd na te denken, terug te denken, me op welke manier dan ook iets van de nacht die net voorbij was te herinneren. Maar nu denk ik wél.

Het beeld dat langs mijn ogen flitst duurt nauwelijks een seconde. Ik druk mijn handen stevig tegen mijn mond.

O nee, o God in de hemel, nee, nee, nee.

Ik moet me vergissen.

Nika snuffelt aan de zak van mijn broek, ik realiseer me dat daar een geluid uit komt. Wie belt me?

Cathelijne.

Wat ga ik horen? Waarschijnlijk dronken gelal dat ze spijt heeft over haar uitval, en vervolgens gaat ze opnieuw in de aanval. Ik meld me.

'Wij moeten praten,' zegt ze. Er zit geen drank in haar stem, wel een eindeloze kilte.

Amy

90

Ik kan niet aan Harm Jan vertellen wat Viola tegen me zei, ook al dringt hij daar nog zo op aan.

'Ik ken haar,' blijft hij herhalen. 'Ze kan soms onverwacht uit de hoek komen... Moet ik haar bellen? Het zal natuurlijk een schok voor haar zijn geweest ons opeens samen te zien, dat had ik haar beter op een andere manier duidelijk kunnen maken.'

'Dit was niemands bedoeling, Harm Jan, het liep nu eenmaal zo, beetje pech voor iedereen. Ze was boos, laten we het daarop houden. Maar ze went er wel aan.'

'Ze zal wel moeten.' Hij trekt me naar zich toe. 'Ik moest gewoon bij je zijn, wat was ik blij dat mijn moeder voorstelde het diner een dag uit te stellen.'

Ik kruip weg in zijn armen. 'Ik ben over tijd,' zeg ik.

Zijn gezicht vertoont allerlei emoties. Verbazing, verbijstering, ongeloof, schrik. Ergens om me heen dwaalt een woord rond.

Abortus.

Ze zei het echt, ze eiste het van me. Ze gunt ons geen kind en ze denkt dat ze een mogelijkheid heeft gevonden om mij te chanteren.

Ze vergist zich.

Maar klopt dat wel? Vergist zij zich of ben ik juist degene die de zaken niet meer helder op een rijtje heeft?

Harm Jan smoort me bijna in de volgende omhelzing. 'Ik durf het nauwelijks te geloven, weet je het zeker? Hier had ik nooit op gerekend.' Hij legt zijn handen om mijn gezicht. 'Wil je het? Durf je dit met mij aan?'

‘Het kan alleen van jou zijn,’ zeg ik.

‘Daar twijfel ik niet aan, liefste lief. Kunnen we een test doen? Ik wil het zeker weten, jij toch ook?’

Ik lach. ‘Het is zaterdagavond, de drogist is gesloten. Maandagmiddag om een uur of één kunnen we zo’n test kopen. Ik stel voor dat we dat ergens doen waar ze ons niet kennen.’

‘Ik wil met je vrijen.’ Zijn stem is schor. Zijn vingertoppen beroeren mijn mond. ‘Ik barst bijna uit elkaar van geluk,’ fluistert hij.

Harm Jan slaapt. Hij ligt op zijn rug en zijn hele lijf is ontspannen. Ik druk heel voorzichtig een kus op zijn voorhoofd en sluip daarna de slaapkamer uit.

De lamp van de lantaarnpaal die recht voor mijn huis staat is kapot. Nu en dan floept het licht een paar seconden aan, aarzelend, alsof het niet kan besluiten wat het moet doen. Daarna volgt weer duisternis.

Zou het de bedoeling zijn dat ik maandag de gemeente bel om dit te melden? Hoe werkt zoiets? Ik heb me daar toen ik nog op de Stoombootweg in Amsterdam-Noord woonde nooit druk over gemaakt. Zulke dingen regelde Koos of Hein. Of Claudia.

Claudia.

Het zou me niet verbazen als ze nu opeens voor de deur stond om me weer lastig te vallen. Ik kan de klank van haar stem bijna horen, zie de gebaren die ze zal maken, voel haar ogen op me gericht.

Is ze wel dood?

De wetenschap dat ze nooit meer terugkomt, dat haar leven definitief voorbij is, geen deel meer uitmaakt van heden of toekomst, zou me toch tenminste enigszins moeten raken. We zijn ontstaan uit hetzelfde ei, we leken ontzettend veel op elkaar. Gruwelijk veel. Soms zag ik een foto van een van ons tweeën en moest ik goed kijken of zij het was of ik. De gelijkenis had een vertrouwd gevoel kunnen geven, maar veroorzaakte bij mij juist het tegenovergestelde. Ik wilde zo lang ik me kan herinneren van haar af, maar zij heeft haar hele leven moeite gedaan om in mij op te gaan, met mij te versmelten. En ik heb nooit begrepen waarom. Was dat angst? Eenzaamheid? Onzekerheid? Was het onnozelheid?

Ze is er echt niet meer, ze kan me nergens meer mee lastigvallen. Ze kan ook niemand meer uit de weg ruimen door wie ze zich gedwarsboomd voelt. Die gedachte vervult me met afkeer en verdriet en veroorzaakt een leeg gevoel.

Ik ga op de bank liggen en druk mijn handen tegen mijn buik. 'Is daar soms iemand?' fluister ik.

Een strelende hand op mijn voorhoofd, zachte lippen op mijn mond, armen die me optillen. Dit is een fijne droom, heel anders dan die rottige nachtmerrie die me jarenlang lastigviel.

Het is geen droom, het zijn de armen van Harm Jan en hij draagt me naar boven.

'Ik denk dat een test overbodig is,' zeg ik.

91

De gedachte is er op het moment dat ik wakker word. Ik zie de middelste la van de sidetable voor me die half openstaat. Tegelijk zie ik de achterdeur die niet is afgesloten. Ik sper mijn ogen open.

Ik hield serieus rekening met de mogelijkheid dat Hein in mijn huis was geweest, zelfs dat Koos erbij was. Ik probeerde te bedenken wat ze met de informatie die Claudia's brief had verschaft zouden willen doen. Toch heb ik me er niet echt druk om gemaakt.

Waarom niet? Vond ik het diep in mijn hart toch een te irreele gedachte?

Wat ik nu denk slaat nergens op. Waar komt dit nu weer vandaan? Ik heb geen enkele reden om te denken dat Viola hier binnen is geweest. Toch denk ik het.

Ik zit op de rand van het bed en probeer de misselijkheid met diep ademen in bedwang te krijgen. De oprispingen hebben niets met een eventuele zwangerschap te maken, daar ben ik van overtuigd. Ze worden veroorzaakt doordat ik aan Viola denk. Het lijkt of ze me weer aanraakt op de zogenaamd vriendschappelijke manier die me vanaf het begin tegenstond. Ik wil niet dat ze me betast, zelfs al is ze helemaal niet in deze kamer. Wie is Viola? Ik zou dat aan Harm Jan kunnen vragen, maar dan wil hij weten waarom ik opeens in haar ben geïnteresseerd. Ik kan hem niet vertellen wat ze tegen me zei en waarom de herinnering aan dat gesprek me zo bang maakt.

Mijn vader leerde ons dat we als we vragen hadden over het gedrag van iemand anders, moesten proberen ons in die andere persoon te verplaatsen. Als ik me verplaats in Viola zie ik een vrouw die de indruk maakt dat weinig dingen haar kunnen raken. Ze is stoer, zelfstandig, en ze bedient zich graag van lichtelijk zwartgallige humor.

Ze krijgt mensen gemakkelijk aan het praten.

Maar wie is Viola?

Abortus.

Weg met dat woord.

Het is heel goed mogelijk dat zij de brief heeft gelezen en conclusies heeft getrokken. Als ik me in haar verplaats, ontdek ik dat Claudia's relaas een vingerwijzing is naar mijn schuld voor de dood van mijn broertje en het mij niet uitkwam dat Claudia dit wist. Dat ze te veel wist en uit de weg geruimd moest worden. Ze meende elk woord dat ze tegen me zei en ze denkt dat ze mij kan chanteren met wat ze weet. Ze kan naar de politie gaan en bekennen wat ze zelf heeft gedaan. Ze zal niet aarzelen mij erbij te betrekken en in elk geval verdacht te maken. Ik moet haar tegenhouden.

Abortus. Zal ze echt zwijgen als ik gehoorzaam? Ik ben nog niet eens officieel zwanger en toch heb ik al besloten dat ik me mijn kind door niemand zal laten afnemen. Al gelooft de hele wereld wat Viola beweert, ik onderga geen abortus. En ik geef ook mijn relatie met Harm Jan niet op. Niemand, absoluut niemand, krijgt nog ooit de gelegenheid mijn leven negatief te beïnvloeden.

Ik wrijf over mijn ogen. Niet aan Viola denken, niet aan het kanaal denken, nooit meer aan de middag denken dat Claudia verongelukte.

Claudia is weg, dood en begraven. Ik heb haar graf gezien. Ik ben van haar verlost.

Het zal voor Viola een hard gelag zijn dat ik zonder problemen zwanger ben geworden van de man met wie zij kinderen had willen krijgen. Dat begrijp en respecteer ik. Maar ze blijft van mijn leven af. Ik sta niet toe dat de geschiedenis zich herhaalt en ik opnieuw geconfronteerd word met een Claudia. De tijd dat ik me liet manipuleren, dirigeren en leegzuigen ligt achter me en ik zal er alles aan doen om te voorkomen dat ik terugval in mijn oude gedrag. Alles?

Alles.

92

Harm Jan leest de brief aandachtig. Ik bestudeer zijn gezicht en probeer te ontdekken wat de woorden met hem doen. Hij bijt op zijn nagels.

'Nagelbijters, mensentreiters,' zei Claudia altijd als ze me betrapte. Ze sloeg me vaak hard op mijn vingers en soms sloeg ik terug. We waren een jaar of acht toen een dergelijke actie/reactie uitliep op twee heftig vechtende meisjes die elkaar gillend en trappend de haren uit het hoofd trokken. Mijn vader moest ons uit elkaar halen.

'Zij begon,' krijste Claudia.

'Jullie krijgen allebei straf,' besloot mijn vader.

We zaten op ballet en we mochten twee weken niet naar les. Voor mij was dat een grote straf. Volgens de juf die ons lesgaf kon ik beter worden als ik thuis meer oefende. Ze zei dat ik op een natuurlijke manier bewoog. Claudia kreeg nooit zulke complimenten. Mijn moeder vroeg of ze niet liever op hockey ging. Zolang ik op ballet zat, bleef Claudia ook op les. Als ik thuis oefende liep ik altijd het risico dat ze een activiteit bedacht waar ze mijn hulp bij nodig had.

Twee weken niet naar ballet was voor Claudia, met haar houterige benen en altijd maar in de weg zittende armen, een beloning.

Ik was er beroerd van.

Koos zei in het begin van onze relatie vaak tegen me dat ik me zo mooi bewoog. Hij hield van de manier waarop ik liep en de soepelheid van mijn lijf. Ik probeerde hem zover te krijgen de complimenten achterwege te laten als Claudia in de buurt was.

Ik zou weer balletles willen nemen.

'Waar zit je met je gedachten?' vraagt Harm Jan.

'Ik dacht aan vroeger, toen ik op ballet zat. Lijkt me heerlijk om dat weer te gaan doen.'

'Dan doe je dat toch gewoon?'

Ik raak mijn buik aan. 'Misschien later.'

'Ik vind dit een erg vreemde brief,' zegt Harm Jan.

Hij luistert aandachtig als ik probeer uit te leggen wat Claudia me volgens mij met dit verhaal wilde vertellen. Terwijl ik praat, bekruipt me plotseling een gevoel dat het midden houdt tussen ongeloof en twijfel. Dat begrijp ik niet, omdat ik er tot nu toe van overtuigd was dat het hier om een schuldbekentenis gaat. 'Ik heb het opeens niet meer vast,' beken ik.

'Wat niet?'

'Wat dit betekent, wat ze me wilde vertellen. Ik voel me niet aangesproken, ik weet dat waarvan ik in deze brief beschuldigd word niet klopt, maar ik weet ook niet meer wat ik ervan moet denken.'

Harm Jan grijpt mijn hand. 'Zie ik het goed, ben je bang? Waarvoor?'

'Soms denk ik dat ze weer ergens opduikt.'

'Dat gaat over, Amy. Het is een onderdeel van je rouw.'

'Welke rouw?'

'Geloof me maar, ook al betekent de dood van je zus voor jou een verlossing, je rouwt. Al was het maar om wat je had willen hebben met haar en nooit kreeg.'

'Dat lijkt me vergezocht.'

'Laten we er niet te diep op ingaan. Ik wil je niets opdringen, ik zeg alleen wat ik denk. Ze duikt echt nergens meer op, zet dat idee van je af. Wat wil je verder met deze brief doen?'

'Ik wilde dat jij wist wat erin stond en hem daarna vernietigen.'

Hij leest de brief opnieuw.

Ik zie dat hij iets wil zeggen, maar aarzelt. 'Zeg het maar, heb je iets ontdekt wat ik over het hoofd heb gezien?'

'Ik bedenk opeens... Volgens jou is het een manier om te bekennen wat ze heeft gedaan. Dan heeft ze het geheim niet langer voor zichzelf willen houden en besloten jou deelgenoot te maken. Maar ik vraag me af waarom ze dat gedaan heeft. Kon ze het niet uitstaan dat niemand het wist en zocht ze publiek? Of...?'

'Of wat?' Ik grijp de brief. 'Staat er nog iets wat ik niet zie?'

'Is het mogelijk dat ze gekweld werd door de herinneringen? Kan haar geweten haar in de weg gezeten hebben en wilde ze van jou vergiffenis krijgen?'

Mijn mond valt open. 'Vergiffenis?' Ik zie haar voor me staan en krijg het benauwd van haar massieve aanwezigheid. 'Claudia wist niet wat dat woord betekende.'

Hij staat op en trekt mij ook overeind. 'Laten we erover ophouden en de brief vernietigen, zoals je voorstelde. Dat doen we samen, ergens achter in de tuin. De hens erin en het afsluiten.' Hij bekijkt de brief nog een keer. 'Eigenlijk is het een verschrikkelijk verhaal en zou ze ervoor gestraft moeten worden.'

'Ze is gestraft,' zeg ik. Door Viola Bouvrie, denk ik erachteraan. En door mij.

93

Ik heb besloten niet met Harm Jan mee te gaan naar het familiediner. Ik ben te moe, te lamlendig en ook te onevenwichtig. Claudia blijft rondspoken in mijn hoofd en tot mijn eigen verbazing maakt ze me nu niet boos. Ik wil dat liever wel zijn, ik wil me realiseren wat ze heeft gedaan en wat ze daarmee haar familie heeft aangedaan. Ze verdient mijn eeuwige afkeuring. Hoe is het dan mogelijk dat alles wat ik voel dicht in de buurt komt van medelijden? Zou dat een hormonale kwestie zijn?

Ik zie haar voor me. Ze is stralend gelukkig en blijft me vastgrijpen. Ze is een totaal andere Claudia dan die ik ken. 'Dat komt door de hormonen,' legt ze uit.

Ze had een perfecte zwangerschap en iedereen geloofde in een goede afloop. Ik verleidde Koos meer dan ooit en pas maanden nadat Claudia's kind dood was geboren heb ik beseft dat ik mezelf toestemming had gegeven om ook zwanger te worden. Maar ik ben nooit een dag over tijd geweest.

Mijn handen liggen voortdurend op mijn buik. Ik zoek op internet naar informatie over wat je allemaal nodig hebt als je een kind krijgt. Als het een meisje wordt, wil Harm Jan zijn oma vernoemen en als het een jongetje is moet Jimmy van mij een plek krijgen.

Het zal toch geen tweeling zijn?

Wat ik ook ga baren, de naam van mijn zus krijgt nergens een rol. Harm Jan zei het goed, ze duikt nergens meer op. Ze is weg, ik heb haar graf gezien. Ik moet ophouden medelijden te hebben met de manier waarop ze aan haar einde kwam. Ik kan me beter niet afvragen of ze geprobeerd heeft uit die auto te komen, of ze in doodsnood is geweest, of ze heeft geweten dat niemand haar kwam redden.

Al zou het kloppen dat ze spijt had en mijn vergiffenis vroeg, ze heeft dit verdiend. En vergiffenis heb ik niet in de aanbieding.

De zonsondergang is prachtig, ik zie de rode bal langzaam in de aarde verdwijnen. Er zijn meer mensen op het idee gekomen nog even te gaan fietsen, ik word een paar keer hartelijk begroet. De moeheid is minder, de koele avondlucht geeft energie. Het mooie weer blijft aanhouden, er wordt een erg warme julimaand voorspeld.

Ik geniet van het vrije gevoel, de uitgestrektheid van het landschap om me heen, het besef dat ik mijn liefde voor het leven heb gevonden. Morgen bel ik een advocaat om de scheiding van Koos in gang te zetten. Ik ga aandringen op een snelle procedure, dat moet mogelijk zijn als ik geen enkele eis aan hem stel. Morgen doen we ook een test, daar heeft Harm Jan erg op aangedrongen.

Ik maak vaart en haal mijn voeten van de pedalen af. Dit vond Jimmy altijd zo leuk, hij wilde bij mij achter op de fiets en vroeg dan of we konden sjezen.

Loop ik meer risico dan andere vrouwen om een kind met down te krijgen? Moet ik me laten testen? Mijn voeten staan weer op de pedalen.

Ik krijg geen kind met down, dat weet ik zeker. Ik krijg ook geen tweeling. Omdat ik het niet wil.

Er loopt net iemand het erf van mijn huis af als ik kom aanfietsen. Ze heeft me gezien. 'Ik wil graag even met je praten,' zegt Viola.

Cathelijne

94

'Ik ben momenteel net zo alleen op de wereld als jij,' zeg ik tegen mijn moeder. 'Sorry dat ik je twee weken in de steek heb gelaten, ik was nogal van slag door die gesprekken met rechercheurs. Ze hebben alles uit de kast gehaald om mij erin te luizen, maar dat is mooi niet gelukt. Weet je wat ze zeiden na het laatste gesprek? Je raadt het nooit. Ze zijn nog niet met me uitgepraat. Nou, ik dus wel met hén. Volgens mij kun je tegenwoordig al bij de politie werken als je een IQ van honderd hebt. Ik wilde vroeger rechten gaan studeren, weet je dat nog? Misschien ga ik dat nu doen, de rechtsstaat kan best een goede advocaat gebruiken. Jurre adviseerde me ook om te gaan studeren. Weet je nog wie Jurre is?' Ik slik een paar keer. 'Wie hij was? Hé, word eens wakker.'

Mijn vader blijft beweren dat ik in de war ben en hulp moet zoeken. Hij zou dat beter zelf eens kunnen doen, want hij ziet er niet uit. Hij lijkt opeens tien jaar ouder geworden. Komt dat allemaal door zijn zorgen om mij? Ik heb hem geadviseerd eens ernstig met zijn vriend Rudy te praten. Altijd gemakkelijk, een vriend die psychiater is. Of zou Rudy de opdracht hebben gekregen zich alleen op de gestoorde dochter te richten?

Ik voel me niet goed en wat dat betreft heeft mijn vader gelijk. Verder slaat zijn mening nergens op. Je eenzaam en in de steek gelaten voelen overkomt hele volksstammen en geloof maar niet dat een of andere peut daar iets aan kan doen. Je zult je ellende altijd zelf moeten opknappen en aangezien we in een vrij land leven, kan niemand mij tegenhouden als ik dat doe op mijn eigen manier.

Ik denk dat die lui van de politie niet kunnen bewijzen dat Anneloes het molenpaard Jurre in de vijver heeft gedropt. Maar ze kunnen ook niet hard maken dat ik dat heb gedaan. Blijft de vraag wie het dan wél was.

Ik heb wel een idee, maar niemand gelooft me.

'Je vader komt de laatste tijd vaker,' meldt de verzorgster, als ze de deur voor me openmaakt. 'Eergisteren leek het erop dat je moeder begreep wie hij was.'

Ik loop haar zwijgend voorbij en duw de rolstoel in de richting van het park. Het is vandaag weer behoorlijk warm en je kunt precies zien wie zijn grasveld wel en niet besproeit. Mijn moeder zit te neuriën. Ik kijk naar haar achterhoofd. Ze is pas naar de kapper geweest en heeft weer mooie krullen. Ik wil later ook zulk spierwit haar krijgen. Ik wil ook weer een man. Is dat gek? Denk ik vreemde dingen? Echt niet. Het is heel normaal dat een vrouw van mijn leeftijd naar de liefde verlangt, ook al is haar man net overleden. Ik ben zelfs niet te oud om nog een kind te krijgen.

Ik parkeer de rolstoel naast de bank onder een grote boom, zodat mijn moeder in de schaduw zit. 'We kijken gewoon naar de vijver,' zeg ik tegen haar.

Ze zuigt aan het rietje dat in het flesje frisdrank zit en laat daarna een vette boer. 'Die is eruit,' meldt ze. We lachen.

'Wat denk je, zou het vreemd zijn als ik nog een kind kreeg?' vraag ik aan haar.

Ze bekijkt me van top tot teen.

'Weet je nog dat ik geen tweede kind durfde krijgen? Ik was zielsgelukkig toen die tweede zwangerschap uitdraaide op een miskraam, omdat ik dacht dat de geschiedenis zich zou herhalen als ik net als jij vijf jaar na de eerste zou bevallen van de tweede. Jurre vond dat een belachelijke manier van magisch denken en papa keek me aan alsof hij zich niet herinnerde waar hij me van kende. Weet je dat nog?'

'Ja,' zegt mijn moeder.
Ik veer overeind. 'Echt waar? Wat weet je dan?'
'Het was een jongen en hij heette Arend.'
Ik slik een paar keer. 'Klopt, mama.'

Ze is in slaap gevallen, haar kin hangt op haar borst. Ze snurkt.

Het maakt niet uit, ik praat gewoon tegen haar. Ze is mijn moeder en ze heeft me altijd begrepen. Nu ook, al kan ze me dat niet meer duidelijk maken.

Mijn vader heeft gelijk, het gaat niet goed met me. Ik heb het gevoel dat er op me wordt geloerd en iemand me ergens probeert in te luizen. Dat zou iedereen kunnen zijn die ik ken, maar net zo goed een wildvreemde. Het leven zit vol onaangename verrassingen en dit is er één van. Zelfs nu ik hier samen met mijn moeder in het park naar de wereld om me heen kijk, hou ik rekening met ogen die op me gericht kunnen zijn zonder dat ik ze zie. Bekijk me maar, neem vooral alles goed in je op en bedenk wat mij betreft een slimme actie. Maar reken erop dat ik terug zal slaan. Het leven flikt mij geen kunstjes meer, begrepen?

'Wat zegt u?' vraagt mijn moeder.

'Niets, mam. Zullen we teruggaan? Het wordt me hier wat te warm. Weet je dat er misschien een hittegolf komt? Je moet goed drinken, zul je daaraan denken?'

'Je vader komt de laatste tijd vaker.'

Waarom komt mijn vader opeens vaker op bezoek?

Ik schrik van een hijgend geluid achter me en draai me snel om. Het is Nika, ze springt tegen me op.

'Veel haast heb je niet met dat praten,' zegt Viola.

Ze loopt met me mee naar het verzorgingshuis. We hebben elkaar nadat ik haar ben aangevallen alleen kort telefonisch gesproken en toen heb ik gezegd dat we moesten praten. Tot nu toe is het er niet van gekomen, omdat die rechercheurs opeens zoveel behoefte hadden aan gesprekken met mij.

'Ik hoorde dat je steeds op het politiebureau zit,' zegt Viola.

'Klopt. Ze zoeken nog naar de dader van de moord op mijn man en ze schijnen ervan overtuigd te zijn dat zijn tweede vrouw daar niets mee te maken heeft. Die big loopt inmiddels weer vrij rond, wist je dat al?'

'Ik denk dat Amy inderdaad zwanger is.'

Ik sta stil. 'Echt waar? En weet je ook van wie?'

'Van Harm Jan.'

Ik zie de pijn in haar ogen. 'Dat kunnen wij niet toestaan,' zeg ik.

95

Alle ramen en deuren van mijn huis staan wijd open en omdat Jurre een paar maanden voordat hij vertrok overal horren heeft geplaatst, hoef ik niet bang te zijn voor een invasie van muggen. Toch heb ik de grote ventilator op de hoogste stand staan en laat ik de koele windvlagen lekker langs mijn bijna blote bovenlijf waaien. Ik moet even tegen iemand praten, maar dan wel tegen een persoon die me niet in de rede valt en ook niet direct antwoord geeft. Dat kan maar op één manier.

Lieve William,

Er gebeurt de laatste tijd van alles en ik raak ervan in de war. Misschien krijg ik mijn gedachten weer op een rij als ik aan jou vertel wat er gaande is.

Ik geloof dat ik een verdachte ben geworden in het onderzoek naar de moord op je vader. Tot nu toe is dat niet officieel bevestigd, maar de politie heeft wel erg veel zin om met mij te praten en dat doen ze volgens mij niet omdat ik zulke mooie blauwe ogen heb. Er wordt in het dorp duidelijk stevig over me geluld, dat merkte ik aan de vragen die me werden gesteld. Een ontzettend smoezelig mannetje heeft me urenlang doorgezaagd over de ontmoetingen van je vader en mij in een motel. Volgens mij werd hij er helemaal geil van. Sorry voor deze ontboezeming, daar wil jij als zoon van je ouders natuurlijk niets over te weten komen. Ik zal er dus over ophouden, en dat heb ik ook aan dat vieze mannetje van de politie geadviseerd.

Je vaders dood roept nog steeds verschillende reacties bij me op. Ik ben geschokt, verrast, soms ook verbijsterd. En heel af en toe opgelucht. Die andere vrouw, volgens hem de liefde van zijn leven, heeft het nakijken en dat gun ik haar. Maar de manier waarop hij aan zijn einde is gekomen keur ik af. Het getuigt van geen enkel respect, het was een laffe daad en de dader verdient zelf de doodstraf. Dat gaat niet lukken in dit land, hier kom je vrijwel overal mee weg. Het zal een jaar of tien gevangenisstraf worden en de dader gaat zich natuurlijk voorbeeldig gedragen en komt vervroegd vrij. Dan sta ik te wachten, reken daar maar op.

In het dorp gonst het van de geruchten en in de buurtsuper passeren dagelijks de meest bizarre theorieën over wat er precies met je vader is gebeurd. Ik heb me daar afzijdig van gehouden, ik kreeg er moordneigingen van. Er is hier al genoeg gemoord, vind je niet?

Ik zou je zo graag even bij me hebben, al was het maar voor een paar uur. Je aanraken, je naar me toe trekken, je vertellen hoeveel ik van je hou en horen dat je ook dol bent op mij. Ik zou me zo graag weer moeder willen voelen.

Ik ben alleen, de enige persoon bij wie ik nog thuiskom is je oma. Zelfs al weet ze negen van de tien keer dat ik haar bezoek niet wie ik ben en blijft ze maar doormekkeren over Arend, ik vind het nog altijd heerlijk om bij haar te zijn en met haar te knuffelen. Daarvoor kon ik ook altijd terecht bij mijn vader, maar hij laat het nu afweten. Je opa beschouwt mij als een doorgedraaide mafkees en probeert me zover te krijgen dat ik psychische begeleiding accepteer. Het zou me niet verbazen als hij achter mijn rug probeert me in een of ander gekkenhuis te laten opnemen. Ik ken hem niet meer, ik ben hem ergens onderweg kwijtgeraakt en weet niet waar. Of waardoor.

Je zult je afvragen hoe het dan zit met Viola, omdat zij al jaren mijn beste vriendin is. Dat vertel ik je later nog wel eens, het is een te gecompliceerd verhaal voor de mail.

Heb ik je al eens iets verteld over Amy? Die woont tijdelijk in het huis naast de kerk en we zijn erachter gekomen dat ze zwanger is van Harm Jan, de ex van Viola. Is dat heftig of niet? Viola is er stuk van. Ik ook. Ik heb aangeboden om rigoureus met haar af te rekenen.

Niet schrikken, schat, jij hoeft er niets van te zien en ik zal geen details verstrekken. Maar je weet dat Viola altijd mijn beste vriendin is geweest, ook al botsen we soms behoorlijk. Ik wil niet dat iemand mijn beste vriendin belaagt, ik heb al eerder met zo'n gnoom afgerekend.

Hier laat ik het bij voor vandaag. Ik hou je zeker op de hoogte. Pas goed op jezelf. Kus, mama.

Ik druk op Verzenden.

'Je moeder slaapt al,' zegt de verzorgster. 'Ze gaat altijd om halfnegen naar bed. We proberen haar echt langer bij de groep te laten zijn, maar dan zit ze in de huiskamer te snurken.'

Er hangen twee dames voor de televisie en volgens mij slapen ze allebei.

De verzorgster volgt mijn blik. 'Die dames breng ik ook snel naar bed. Het is al kwart over negen, er komt nooit bezoek op deze tijd.'

Hoor ik nu een verwijt?

'Is het soms verboden om 's avonds te komen?' Ik zie dat het schaap terugdeinst van mijn harde stem. Een van de oude dames schiet overeind en roept: 'Henkie!'

'Dat is haar kat,' legt de verzorgster uit. 'Die is al bijna een jaar dood, maar ze vergeet het steeds.'

Ik draai me om en loop naar de deur. Laat ik maken dat ik hier wegkom, voordat ik dat domme wicht grijp. Zij kan er niets aan doen dat ik bijna geen lucht krijg van woede.

Lieve William,

Daar ben ik weer. Je opa denkt dat ik iets te maken heb met de dood van je vader. Ik heb heel diep nagedacht en herinnerde me dat hij me zesentwintig jaar geleden, toen Nicolaas Strijbos in de vijver werd gevonden, wekenlang lastigviel met vragen die soms verrekte dicht in de buurt kwamen van conclusies. Ik was een jong meisje, maar beslist niet gek. Ik had hem dóór. Toen de buurman van Nicolaas eenmaal was veroordeeld hebben we het nooit meer over die moord gehad. Tot nu. Ik ben net thuis, nadat ik eerst langs mijn moeder ben geweest maar door de verzorgster die dienst had bijna werd weggekeken. Ik ga nooit 's avonds naar haar toe, maar ik wilde haar opeens even zien en vasthouden. Het was een opwelling die ik niet kon beheersen. Daarna ben ik langs opa gegaan, die eerst tot in detail wilde weten wat ik allemaal tegen de politie had gezegd en vervolgens zonder enige aanleiding over Nicolaas Strijbos begon. Weet je wat hij tegen me zei? Dat hij begreep wat ik toen heb gedaan en het me niet kwalijk nam. En dat hij me wilde behoeden voor meer van dat soort acties.

Ik denk dat hij met Viola heeft gepraat, het kan bijna niet anders. Mijn loslippige vriendin heeft hem natuurlijk verteld dat zij me ook verdenkt en dat ik van plan ben het verraad van Amy Patijn te wreken. Ik kan dus met niemand meer open kaart spelen, behalve met jou. Lieverd, als ik ergens voor behoed had moeten worden was het voor de stilte in jouw kamer die me aanvloog toen ik binnenkwam en die elke mogelijkheid om me ooit nog goed te voelen vermorzelde. Nu je vader dood is bestaat ons gezin helemaal niet meer. Iemand heeft ook hem van me afgepakt en ik zal niet rusten voordat ik die daad heb gewroken. Begrijp je dat?

Het is al middernacht geweest, misschien slaap je nu, misschien vrij je met je Spaanse vriendin, misschien droom je over jullie toekomst. Heb fijne dromen, lief kind van me. Dan heb ik ze ook.

Honderdduizend kussen, mama

Dit bericht sla ik op in Concepten. Later verstuur ik het wel, als alles voorbij is.

Viola

96

Ze ontloopt me en neemt haar mobieltje niet op. Ze zal met me praten, al moet ik ervoor naar Wognum rijden.

Haar auto staat weer niet op het erf, maar toch bel ik aan. Er komt niemand tevoorschijn. Ik wil haar waarschuwen voor eventuele acties van Cathelijne. Ik wil niet twee dode vrouwen op mijn geweten hebben.

Zie me hier nu zitten, in de tuin van iemand die ik een paar maanden geleden nog niet kende en die mijn gevoel totaal ondersteboven heeft gegooid. Er is me met haar iets overkomen wat ik nooit voor mogelijk had gehouden. 'Zeg nooit nooit' was een regelmatig terugkerende opmerking van mijn moeder.

Mijn moeder.

Ik leun achterover in de tuinstoel en sluit mijn ogen. Dat doe ik meestal als ik aan haar denk, want op die manier kan ik haar beter zien. Vandaag zit ze weer driftig op haar typemachine te tikken, de ene sigaret na de andere rokend. Soms doet haar missen fysiek pijn, dat gebeurt nu. De kramp in mijn borstkas veroorzaakt tranen in mijn ogen.

Amy lijkt op mijn moeder. De conclusie verrast me, ik heb dit nog niet eerder gedacht. Is die gelijkenis de reden van de aantrekkingskracht die ze op me heeft?

Het wordt nooit iets tussen Amy en mij, ook al zou ik aan niemand kunnen vertellen wat het precies tussen ons had moeten worden. Ik heb geen seksuele fantasieën over vrouwen, net zomin als ik die nog over mannen heb. Niet alleen mijn eierstokken zijn blijkbaar opgedroogd. Het is een bijzondere gedachte dat ik iets mis wat er nooit is geweest. Dat gevoel heb ik sinds ik ontdekte dat Amy de nieuwe partner is van Harm Jan. Wat misschien had kunnen groeien is daardoor een ongrijpbaar geheel geworden, een zinsbegoocheling, een misvatting.

Een emotioneel misverstand.

Ik moet haar en Harm Jan loslaten en tegen haar zeggen dat ze mijn uitval beter kan vergeten. Ik was geschrokken en boos, het leek of de hele wereld zich tegen me had gekeerd. Ik wil mijn leven niet laten beheersen door haatgevoel en heb de behoefte dat aan haar duidelijk te maken. Maar ze is weggegaan en heeft een veilige plek opgezocht. Een veilige vent. Ik weet hoe het is om bij Harm Jan weg te kruipen.

Het was de onveiligheid, de toestand van me volslagen in de steek gelaten voelen, de verstikkende eenzaamheid die me opnieuw verlamde. De eerste keer dat ik in een dergelijke situatie terechtkwam was zesentwintig jaar geleden in het mistige park, de tweede keer gebeurde het op klaarlichte dag. Het beeld van mijn typende moeder heeft plaatsgemaakt voor een stilleven. Het kanaal, de scherpe bocht naar links in de weg en opeens de eerste auto.

Ik had de tennisbal van Nika te ver weggegooid, waardoor hij over het hek was gevlogen en ergens op straat terecht was gekomen. Toen ik twee stappen van dat hek verwijderd was, kwam de auto voorbij en zag ik Amy achter het stuur zitten. Ze reed te hard, maar remde op tijd af voor de bocht. Ik keek haar na en zag toen aan de andere kant van de weg de groene auto naderen. Het geluid van een claxon zorgde ervoor dat Nika hard begon te blaffen. Ik herkende de groene Peugeot van Amy's zus en liep snel naar de straat.

Het tafereel verlamde me en ik besefte dat ik moest proberen in beweging te komen. Ik kan me niet herinneren dat ik iets heb gedacht, ergens over heb geredeneerd, me wat heb afgevraagd.

Ik stond daar, hoorde eerst het nijdige getoeter dat uit de Peugeot kwam en verstijfde nog meer door het geluid van gierende remmen. Ik richtte mijn ogen op de auto van Amy en probeerde haar met mijn blik tot stoppen te dwingen. Het volgende moment hoorde ik de klap die klonk als een knal en zag de groene Peugeot in het kanaal verdwijnen.

Het geluid dreunde na in mijn oren. Achter me hoorde ik Nika piepende geluiden maken.

Ik wilde de beelden niet zien, maar ze drongen zich toch aan me op en vermengden zich met stemmen. Eerst kwam de smeekbede van mijn moeder voorbij, direct gevolgd door de woedende uitbarsting van mijn vader. De stemmen vervaagden en werden vervangen door nieuwe knallen. Boven mijn hoofd was ergens een sleutelgat. Mijn blaas was opeens overvol.

Ik dwong mezelf naar het water te kijken en me af te sluiten voor de angst die me onderuit ging halen. Het water zag er donker uit, koel en grimmig. Er landde een reiger op het gras van de schuine helling.

Het kanaal staarde me aan.

We hebben niets gedaan om Claudia te redden. Daardoor werden we *sisters in crime.*

Wat moeten we met die wetenschap?

Amy is verlost van een krankzinnig secreet en kan verder met haar leven. Ze krijgt een kind en heeft een man. Ik blijf alleen met mijn schuldgevoel en met vragen die ik nooit kan stellen. Ik las een brief die niet voor mijn ogen bestemd was, een brief waar ik niets van begrijp. Maar wat valt er te begrijpen? Het zijn mijn zaken niet. Ik heb al genoeg om over na te denken, het kost me al genoeg energie om mijn geweten in bedwang te houden.

Ik zei tegen mezelf dat het niet gebeurd was, dat ik geen groene auto had zien naderen, ik geen claxon had gehoord, er geen gierende remmen het stille landschap hadden verscheurd. Ik richtte mijn blik op de plek waar de auto van Amy die van haar zus was gepasseerd en tuurde nog verder. Toen zag ik haar staan.

Bewegingloos.

Ze leek een standbeeld.

Ik draaide me om en zei tegen Nika dat ze moest volgen.

Amy is niet voor mij, ik moet me beperken tot de vriendschap met Cathelijne. En ik moet haar vader redden.

97

Ik denk dat dokter Wolf in de tuin zit, dus ik loop meteen achterom. De poort is gesloten, als ik aan de klink rammel hoor ik hem vragen wie er is. Hij laat me direct in de tuin en het eerste wat ik zie is zijn vrouw, die in haar rolstoel zit. Ze slaapt.

'Ik haal haar sinds kort weer op,' zegt dokter Wolf.

'Dat doet u goed. Herkent ze haar huis?'

'Daar merk ik niets van, maar ze zit hier wel heel rustig en valt steeds vrijwel direct in slaap.' Hij loopt voor me uit naar de keuken. 'Jij wil vast wel iets drinken. Een biertje? Frisdrank? Thee?'

'Thee graag. Hoe gaat het met u?'

Hij vult de waterkoker, steekt de stekker in het stopcontact en draait zich om. 'Wat wil je me vertellen, Viola?'

'Ik ben erachter gekomen dat ik in de nacht dat Jurre Klaver werd vermoord in het park ben geweest en ik denk dat ik toen iets heb gezien.' Het is eruit. Ik heb het gezegd, maar twijfel direct of ik dat wel had moeten doen.

Mevrouw Wolf is wakker geworden en klaagt over de hitte. Ik duw haar rolstoel naar de grote boom die midden in de tuin staat en die veel schaduw geeft. Ik zie aan haar ogen dat ze herkenning zoekt.

'Ik ben Viola,' leg ik uit. 'U weet toch wel wie dat is?'

Ze glimlacht en kijkt naar haar man en dan weer naar mij. Ze zal toch niet denken dat wij... 'Viola, de vriendin van Cathelijne. Ik kom al jaren bij u, voor mij bent u altijd een soort tweede moeder geweest.'

Weer die glimlach.
Zou het erg zijn om dement te worden?

Ik kijk toe als dokter Wolf een gevulde koek in stukjes snijdt en het ene na het andere partje in de mond van zijn vrouw stopt. Haar lippen zijn gretig. 'Je lust er wel tien, is het niet?' zegt hij.

Ik ken hem niet, ook al heb ik al jaren een goed contact met hem. Hij kent mij en dat is waar het hem altijd om ging. Hij heeft zich beschikbaar gesteld als vertrouwenspersoon, naar me geluisterd, de juiste vragen gesteld en de best mogelijke antwoorden gegeven. Hij is de enige persoon die weet hoe ik geworsteld heb met wat ik in mijn eigen beleving niet meer voor mijn vader mocht voelen. Hij heeft me gerustgesteld en me ervan overtuigd dat ik hem wel mocht veroordelen om wat hij aanrichtte, maar hem niet hoefde te haten omdat hij duidelijk veel van mij hield, zoveel dat hij mijn leven spaarde.

De vraag die in mij opkomt is al gesteld voordat ik er goed over heb nagedacht. 'Weet u waar het graf van mijn vader is?'

Zijn hand blijft ergens in de lucht hangen. 'Als je het kerkhof op komt, is het helemaal links in het midden. Er ligt een steen aan het voeteneind, met een nummer erop. Zesendertig.'

'U hebt nog niet gereageerd op wat ik zei over die nacht in het park.'

Hij gaat weer door met stukjes koek in de mond van zijn vrouw stoppen. 'Wat ben je ongeduldig. Cathelijne was veel te veel met Jurre en Anneloes bezig en ze kwam die nacht naar me toe omdat ze had gezien dat Jurre door zijn vrouw was neergeslagen. Ze had weer eens staan gluren bij hun huis en was het ruziënde stel gevolgd. Na de klap wist ze niet wat ze moest doen en rende naar mij. Ik verbood haar terug te gaan naar het park en ze liet zich naar huis sturen. Toen ben ik zelf gaan kijken of ik iets voor Jurre kon doen, maar hij was er niet meer.'

'Vindt u het erg dat hij is vermoord?'

Hij kijkt me aan. 'Erg? Die vent verdiende niet beter. Hij heeft mijn dochter in de steek gelaten in de periode dat ze hem het hardst nodig had. Eerlijk gezegd heb ik nooit begrepen wat ze in hem zag. Ik denk dat ze niet naar mij geluisterd heeft en toch is teruggegaan naar het park. Ze heeft nooit tegen haar verlies gekund en ze was als kind al een ongeleid projectiel. We weten allebei dat ze al eerder met iemand afrekende. Dit moet nu wel de laatste keer geweest zijn.'

Ik wil aan hem vertellen wat ik die nacht meen te hebben gezien, maar ik krijg de woorden niet over mijn lippen.

Hij veegt de mond van zijn vrouw af en ik schiet vol van de eindeloze eenzaamheid in dit gebaar. Wat is hij opeens oud en breekbaar.

Kwetsbaar.

Is hij een moordenaar? Dat kan ik niet geloven. Gaat hij Cathelijne laten opdraaien voor iets waar ze niet verantwoordelijk voor is? Dat kan niet waar zijn. Er was niemand in het park, die nacht, er zijn geen getuigen gevonden. Er valt dus niets te bewijzen. Dat weet hij en daar vertrouwt hij op.

Maar ik was er toch? En ik ben gesignaleerd door mevrouw Jaarsma, die daar tot nu toe alleen iets tegen haar dochter over heeft losgelaten.

Tot nu toe.

Ik kan het ontkennen, er is nergens bewijs voor. En niemand wordt er beter van als de waarheid aan het licht komt. Anneloes is op vrije voeten gesteld en zal wegens gebrek aan bewijs worden vrijgesproken. Als ik de praatjes die rondgaan mag geloven, is Jurre Klaver door verdrinking om het leven gekomen, niet door de klap op zijn achterhoofd. Iedereen uit het dorp kan hem in de vijver hebben gegooid. Van heel veel mensen zijn sporen te vinden in de buurt van de plekken waar Jurre heeft gelegen, want ongeveer driekwart van alle gezinnen heeft een hond. Daarom zal het waarschijnlijk zo moeilijk zijn om een dader aan te wijzen.

Ik kijk weer naar dokter Wolf. Hij is een oude, vermoeide man die zijn hele leven heeft klaargestaan voor anderen. Hij is ook een zorgzaam mens, iemand die weinig voor zichzelf vraagt. Wat ik me herinner van de fatale nacht, kan niet kloppen.

Hij is niet zomaar een man, was altijd meer dan een huisarts. Ik wil wat ik voor hem voel op geen enkele manier geweld aan doen. Daarom moet ik mijn gezonde verstand gebruiken en in feitelijkheden denken. Hij is een van de mensen met wie ik me verbonden voel. Het zijn er niet veel, maar ze zijn er. Ze betekenen iets voor me en ik geef om ze.

Dokter Wolf legt zijn hand op mijn arm en wrijft even met zijn vingers over mijn pols. 'Gaat het wel goed met je, Viola?'

Ik kijk naar het gebaar dat hij maakt. 'Kent u het gevoel dat alles wat je denkt en waarop je vertrouwt in puin ligt? Dat heb ik nu. Er is iets kostbaars vernield.'

Hij trekt zijn hand terug.

Ik zou tegen iemand aan willen kruipen. Wat moet ik verder nog zeggen?

'Ik ken het gevoel,' zegt dokter Wolf. 'Het is me vaker overkomen dan me lief is. Ik was een driftig en impulsief kind en ik heb heel wat schade veroorzaakt.' Hij wrijft met zijn hand langs zijn kin. 'Cathelijne heeft haar drift niet van een vreemde.'

Ik voel paniek in me opkomen. Waarom zegt hij dit? Wat verwacht hij nu van mij?

'Waar denk je aan?' wil hij weten.

'Ik denk aan die drift van Cathelijne. En aan mijn eigen drift.' Ik aarzel. 'En aan de drift van Amy.'

'Van Amy? Hoe kom je daar zo opeens op?'

'Omdat we alle drie op elkaar lijken.'

'Volgens mij denk je nu te somber. Ik ken Amy niet persoonlijk, maar uit wat ik over haar heb gehoord lijkt ze me een aardige vrouw. Jullie zijn drie aardige vrouwen.'

'Aardige vrouwen,' herhaal ik, 'met een schild om ons heen.'

'Wat voor schild?'

'Een schild van prikkeldraad.'

Het is even stil. Ik zie tranen in zijn ogen.

We omhelzen elkaar.

98

Er is niemand in het park, maar toch loop ik zo snel mogelijk door naar het kerkhof. Daarna ga ik terug naar huis, want Nika moet worden uitgelaten. Ze zal wel willen zwemmen in het kanaal.

Het kerkhof ligt er net zo verlaten bij als het park. De warmte veroorzaakt benauwdheid. Ik heb dorst en sta onvast op mijn benen.

Nummer zesendertig.

Het is een kaal graf, dat daardoor opvalt tussen de andere goed verzorgde graven, die allemaal voorzien zijn van een marmeren plaat of steen. En van bloemen en planten. Het graf van mijn vader wijkt af, maar het ziet er niet verwilderd uit. De aarde is netjes aangeharkt en de steen aan het voeteneind wordt blijkbaar schoongehouden. Ik weet dat er een vrijwilligersgroep bestaat die graven onderhoudt waar geen familie voor is. Of waarvan de familie het laat afweten.

Ik ga op mijn hurken zitten en raak de steen aan. Niemand heeft ooit aan me gevraagd of ik wensen had ten opzichte van het graf van mijn vader. Niemand heeft me verteld waar hij lag en ik heb geen vragen gesteld.

Wat zou een kleine plaat kosten met daarop zijn naam, geboortedatum en sterfdatum gegraveerd? Dit is de tweede keer binnen een paar uur dat ik getroffen word door de eenzaamheid van een ander.

Er moet een steen komen. Het graf moet beplant worden. Hij zal voor iedereen altijd de moordenaar van zijn vrouw en twee dochters blijven, maar hij was mijn vader.

Ik ben te lang weggebleven.

Kramp in mijn kuiten, ik ga weer staan. 'Ik kom terug,' fluister ik tegen het graf.

Ik doe een rondje kerkhof en sta een paar minuten stil bij de plek waar mijn moeder en mijn zusjes liggen. Hier staat wel een mooie steen en de aarde is bezaaid met bloeiende planten.

Ik loop verder en zeg Arend Wolf gedag. Een stukje verderop ligt William. Dit is een duur graf, met een grote marmeren plaat en een marmeren steen. Geen bloemen, geen planten.

Als ik de toegangspoort van het kerkhof nader, hoor ik ergens rechts van me opeens een enorm gevloek. Ik ga op mijn tenen bij de heg staan om te kunnen zien wie daar zo tekeergaat.

Het is dokter Wolf. Hij schuurt de zool van zijn rechterschoen over het geasfalteerde pad, maakt daarna draaiende bewegingen in het gras en kijkt naar zijn schoenzool. Ik hoor hem roepen dat ze al die smerige rothonden die het park onderschijten een spuitje zouden moeten geven.

Ik deins terug voor zijn verhitte gezicht, de taal die hij uitslaat en de manier waarop hij zich beweegt. Ik zou momenteel liever niet dicht bij hem willen staan.

Zijn vrouw zit met haar rug naar hem toe in de rolstoel en lijkt niet te reageren. Herkent ze dit gedrag? Dat kan niet mogelijk zijn.

Hij duwt de rolstoel verder in de richting van het verzorgingshuis. Zijn hele houding verraadt drift en boosheid.

Ik heb krampen in mijn maag.

Zou het een idee zijn om te verhuizen? Mijn huis is Harm Jans eigendom, maar in het echtscheidingsconvenant is vastgelegd dat ik er mag blijven wonen zo lang ik wil. Ik betaal geen huur en krijg ook nog een riante alimentatie.

Hij kent iedereen en het zal hem gemakkelijk lukken ergens in de omgeving een huis voor me te huren. Dat hoeft geen vrijstaand pand te zijn, misschien is het zelfs beter als ik gewoon in een rijtjeshuis terechtkom en buren krijg. Als dat huis maar in een ander dorp staat, ergens waar mijn geschiedenis niet aan elke straatsteen kleeft.

Ik ga hem bellen en dan vraag ik meteen of ik Amy kan spreken. Ik wil tegen haar zeggen dat het me spijt wat ik tegen haar heb gezegd.

De stem is opeens achter me. 'Laat ik je schrikken? Sorry, dat was niet de bedoeling.' Het is Gijs Donner. Zijn hond komt huppelend op me af.

'Ja, ik schrok, maar het geeft niet.'

'Hoe gaat het met je? Nog verliefd?'

Verliefd? Ik herinner me net op tijd dat ik daarover iets heb losgelaten. 'Dat is voorbij. Maar ik heb het overleefd.'

'Dan kan ik je misschien toch verleiden om met me uit eten te gaan? Begin nou niet direct moeilijk te kijken, ik ga je echt niet meteen ten huwelijk vragen.' Hij lacht breed. Hij heeft een mooie lach.

'Goed,' zeg ik. Het is ook goed. Het is zelfs heel goed.

'Volgens mij hoor ik je mobiele telefoon overgaan.' Gijs wijst naar de zak van mijn rok.

Ik haal het ding tevoorschijn en zie dat ik gebeld word door Cathelijne. Die spreekt maar wat in.

Cathelijne

99

De fles is bijna leeg en op één glas na is alle rode wijn door Branca opgedronken. Er is vandaag tamelijk veel alcohol nodig om te horen te krijgen wat ze kwijt wil, maar ik heb geduld. Er komt een omslagpunt en ik geloof dat we daar nu dicht bij in de buurt zitten.

Ze heeft eerst de hele waslijst met klachten over haar moeder afgewerkt en is daarna overgegaan op het onuitstaanbare gedrag van een aantal klanten. Ik weet nu wie regelmatig op de pof kopen en hoe vaak ze moeten worden gemaand tot betalen. Ik weet ook wie alle etenswaren met een leesbril op haar neus controleert op de houdbaarheidsdata en zelfs wie geen dunne plastic blaadjes tussen de vleeswaren wil, omdat ze niet wil betalen voor plastic. Maar wat Branca nu werkelijk aan me kwijt wil, is nog niet op tafel gekomen.

Ik haal nog een fles wijn.

'Ik kan straks niet meer op de fiets.' Ze begint al een beetje te lallen.

'Je loopt gewoon, zo ver is het niet, en ik loop wel met je mee.'

'Waarom drink jij zo weinig?'

'Last van mijn maag, ik moet het even rustig aan doen.'

'Wat heb je aan je maag?'

Ik haal mijn schouders op. 'Zal wel stress zijn, er is nogal wat gebeurd, vind je ook niet?'

'Die Anneloes wordt volgens iedereen gewoon vrijgesproken van doodslag. Ik heb gehoord dat Jurre nooit overleden kan zijn door de klap die zij uitdeelde.' Branca wacht op mijn reactie, maar ik peins er niet over hierop in te gaan.

'Zeg, Cathelijne...'

Ik zet me schrap.

'Eerst nog een keer inschenken,' gebiedt ze.

Ik schenk haar glas goed vol.

'Ik heb er echt met niemand over gesproken, dat moet je geloven.' Nu fluistert ze.

'Waarover?' Laat ik ook maar fluisteren.

'Over dat mijn moeder Viola de nacht dat Jurre werd vermoord uit het park heeft zien komen.'

Ik heb acute maagpijn voorgewend om haar het huis uit te krijgen. Maar natuurlijk niet voordat ze me uitgebreid had uitgelegd wat haar moeder precies had gezien en op welk tijdstip.

Haar rechterarm hangt over mijn rechterschouder en ik sleep haar naar huis. Dat is een zwaardere klus dan ik had verwacht, halverwege de tocht begin ik het gevoel te krijgen dat ik door mijn knieën zak. 'Even uitrusten,' stel ik voor. 'Ik kan je bijna niet meer houden.'

Ze begint te lachen en krijgt de hik. Vervolgens spuugt ze op straat. Ze veegt de tranen van haar wangen, drukt haar vingertoppen tegen haar borstkas en probeert haar adem in te houden.

Ik kijk snel om me heen. Er brandt nergens meer licht.

'Verder maar.' Branca's arm klemt zich weer om mijn nek.

We zijn er gelukkig bijna. Voor de winkeldeur staan we stil. Ze laat me los en leunt tegen de etalageruit. 'Mijn fiets?' Ze kijkt met lodderige ogen om zich heen.

'Die breng ik morgenochtend wel even. Ga jij maar gauw naar binnen en naar bed.'

'Het blijft geheim, hè?' Ze doet een poging om haar hand naar me uit te steken, maar verliest haar evenwicht. Ik kan haar nog net opvangen.

'Ons grote geheim,' hoor ik haar zeggen, vlak voordat ze de deur achter zich dichttrekt.

'Reken maar,' antwoord ik.

100

Lieve William,

Ik moet je iets verschrikkelijks vertellen. Ook al hield ik hier al heel lang rekening mee, ik heb toch liever niet willen geloven dat mijn vermoeden klopte. Maar nu kan ik er niet meer omheen. Ik moet de waarheid onder ogen zien en ik wil wat ik ontdekt heb ergens kwijt. Aan wie kan ik dit beter vertellen dan aan jou?

Het was toch Viola. Zij is in de nacht dat je vader werd vermoord in het park geweest en ik denk dat mijn eigen vader weet dat zij degene was die Jurre in de vijver heeft gekiept en dat hij haar dekt.

Denk niet dat ik mijn gedachten niet meer op een rijtje heb, ik ben juist helder en weet heel goed wat ik beweer. Die twee hebben al weken onderonsjes en laten ook al weken merken dat ze mij niet vertrouwen. Ze kunnen het allebei niet uitstaan dat ik jou nog steeds berichten stuur en willen van mij verlost worden. Dat valt me het meest tegen van mijn vader, ik had nooit gedacht dat ik zijn support zou verliezen. Weet je dat hij de laatste tijd opeens veel vaker naar mijn moeder gaat? Hij neemt haar zelfs mee naar huis, soms urenlang. Dat ontdekte ik onlangs, toen ik bij oma op bezoek wilde gaan en de verzorgster die dienst had mij op blije toon meende te moeten vertellen dat dokter Wolf tegenwoordig zoveel aandacht aan zijn vrouw besteedde en hoe goed haar dat deed. Begrijp je wat dit betekent? Dat hij zich al aan het voorbereiden is op de tijd dat ze mij ergens hebben laten opsluiten. Hij is zich als het ware al aan het inwerken.

Ik ben blij dat jij dit niet van dichtbij hoeft mee te maken. Je kunt echt beter over de wereld zwerven, mooie vrouwen ontmoeten en zorgeloos zijn. Het idee om ook weg te gaan begint steeds vaker in me op te komen. Ik kan mijn huis verhuren en daarna vertrekken. Met mijn spaargeld kom ik een eind, ik kan tussendoor altijd ergens werken om de financiën aan te vullen en daarna verder reizen. Net als jij. Misschien komen we elkaar dan ergens zomaar tegen, dat lijkt me geweldig. Maar voordat het zover is ga ik iets ondernemen wat te maken heeft met gerechtigheid. Want wat er ook gebeurt, lieve zoon van me, hier komt Viola Bouvrie niet mee weg. Ik heb gezworen dat ik de dood van je vader zal wreken zodra ik weet wie daarvoor aansprakelijk is. Ze bood me aan hem te vermoorden en beweerde later dat het een grapje was. En ik trapte erin.

Alles klopt, William. Het tijdstip, de locatie, de aankondiging en de daad. Er is geen twijfel mogelijk en de enige die in aanmerking komt om af te rekenen ben ik. Dat ben ik aan je vader verplicht.

Ik laat niets aan het toeval over, ik neem maatregelen die niet kunnen mislukken. Over een paar dagen laat ik twee kleine jerrycans vullen met benzine. Die kan ik onopvallend meenemen in mijn fietstassen. In Viola's boekenkast staan twee zware koperen kandelaars. Dat zijn erfstukken uit het huis van haar ouders, ik heb ze al vaak op tafel gezet als we samen dineerden. Ik gebruik een kandelaar om haar bewusteloos te slaan. Daarna zal een brand snel gesticht zijn.

Ik weet alleen nog niet wat ik met haar hond zal doen.

Maak je niet bezorgd, lieve jongen. Alles komt goed.

Dikke kus, mama.

101

Als deze hoge temperatuur nog twee dagen blijft aanhouden, is er sprake van een hittegolf. De warmte houdt iedereen op zijn plaats, er is nauwelijks verkeer op de weg en je ziet niemand lopen. Dat komt goed uit, ik kan beter niet gesignaleerd worden.

Ik heb inmiddels besloten wat ik met Nika doe. Als ze al niet in de tuin ligt, laat ik haar naar buiten. Ze kan het weiland in rennen als ze het vuur ziet, dus er zal niets met haar gebeuren. Ik zal later misschien aanbieden haar in huis te nemen, maar dat kan pas na mijn wereldreis.

Mijn koffers zijn gepakt en ik heb de makelaar opdracht gegeven mijn huis voorlopig uit de verkoop te halen en in de verhuur te doen. Hij was verrast, maar zei dat hij waarschijnlijk al een huurder wist. Ik heb morgen een afspraak op zijn kantoor. Opeens loopt alles gesmeerd, ik heb het gevoel dat een kracht van buitenaf mijn leven bestuurt. Misschien is het Jurre wel. Hij is het eens met mijn plan en hij steunt me.

Ik voel me rustig, ook al ga ik iets verschrikkelijks doen. Want ook al heeft Viola dit verdiend, het is een verschrikkelijke daad. Het zou anders verlopen zijn als ze eerlijk tegen me was geweest. Natuurlijk zou ze dan mijn woede hebben opgewekt, maar een bekentenis had me op een andere manier doen reageren. Zeker als ik overtuigd had kunnen zijn van haar vriendschap en steun. Maar ze pleegde eerst heel sneaky de moord, begon daarna ontzettend sluw met haar offensief tegen mij en betrok mijn vader daarbij, ook al zal geen van die twee toegeven dat ze tegen me samenspanden. Ik ben niet gek, ik ben zelfs slim. Slimmer dan zij samen ooit kunnen zijn. Viola heeft onze vriendschap verraden en vermoord. Ze zal haar straf niet ontlopen.

Ik wist vanaf de dag dat Jurre werd gevonden dat Viola er iets mee te maken moest hebben gehad. Maar die gedachte maakte me zo overstuur dat ik ervoor vluchtte en terugviel in gedrag waar ik eerder al eens voor gekozen had.

Ik draaide de zaak om door mezelf twee brieven te sturen die door haar geschreven leken te zijn. Op die manier probeerde ik de schuld naar me toe te trekken, want alles was beter dan de enige persoon met wie ik me sterk verbonden voelde te verliezen. Ik was bevangen door onmacht.

En door woede.

Als ik in paniek raak, reageer ik gemakkelijk op deze manier. In dergelijke situaties wint mijn fantasie het van mijn verstand. En van mijn incasseringsvermogen.

Als alles achter de rug is, bel ik Branca en dan zeg ik tegen haar dat ze aan de politie moet vertellen wat haar moeder heeft gezien. Als duidelijk wordt dat Viola de moord heeft gepleegd, heeft die Anneloes ook rust. Niet dat het me iets uitmaakt, maar toch... Ze heeft een kind en dat kind moet in ieder geval een moeder hebben.

Toen ik opbelde, kon ik aan de stem van Viola horen dat ze op haar hoede was. Ik heb voorgesteld definitief vrede te sluiten met een goed glas wijn en daar niet lang meer mee te wachten. We hebben nu al twee eerste vrijdagen van de maand overgeslagen, dus we moeten nog wat inhalen. Voordat zij iets kon voorstellen heb ik aangekondigd dat ik vandaag naar haar toe zou komen. Met wijn. Zij zorgt voor lekkere hapjes.

Misschien wil ze in de tuin gaan zitten, maar ik heb al een aannemelijke reden bedacht voor mijn weigering. Ik kan niet tegen de droge hitte en heb last van hooikoorts. Buiten zitten is daarom voor mij geen optie. Als ik dat bijna terloops opmerk, zal ze geen argwaan krijgen.

Ik heb de jerrycans bedekt met een handdoek. In mijn handtas zit een doos met lange lucifers. Ik ben er klaar voor.

Ik zie haar al in de verte lopen, ze heeft Nika bij zich. Als ik dichterbij kom ontdek ik dat de hond kletsnat is.

'Ik heb haar laten zwemmen in het kanaal,' zegt Viola. 'Ze lag zo ontzettend te hijgen, nu is ze weer even opgefrist.'

'Waarom heb je zelf geen duik genomen?'

'Ik zwem niet meer in het kanaal.' Ze wijst naar mijn fiets. 'Ik word al moe als ik alleen aan fietsen dénk. Zullen we binnen gaan zitten? Ik heb de grote ventilator aangezet. Ik vind het in de tuin niet te harden van de hitte.' Ze loopt voor me uit en maant Nika om achter in de tuin te gaan liggen. Als de hond is neergestreken onder een boom, gaan we naar binnen.

102

Ik heb witte wijn meegebracht, die ik thuis eerst goed heb gekoeld. Viola meent dat we de fles beter nog even in de koelkast kunnen zetten, omdat hij door de fietstocht niet koud genoeg aanvoelt. Ze biedt me een koud bruin biertje aan.

We proosten. 'Op eeuwige vriendschap,' zegt zij. 'Op eeuwige trouw,' zeg ik.

Ik zie dat ze haar ogen heel even samenknijpt; ik doe of ik niets in de gaten heb. 'Nog iets van Amy gehoord?'

'Ik heb haar een paar dagen geleden gesproken, toen ik Harm Jan belde.'

'Toen je Harm Jan belde? Sinds wanneer heb je weer contact met hem?'

'Ik heb geen contact met hem, maar ik had gewoon een vraag en die heb ik gesteld.'

'Wat voor vraag?'

'Nou ja, zeg, moet je soms ook weten hoeveel geld ik op de bank heb staan? Ach, wat maakt het ook uit. Ik wilde weten of hij iets aan het testament had veranderd dat we ooit samen hebben opgesteld. Daarin stond namelijk dat hij mijn uitvaart en mijn nalatenschap zou regelen. Hij bleek niets veranderd te hebben.'

'Heb je plannen om dood te gaan?'

'Nee, Cat, natuurlijk niet. Maar ik heb geen familie en ik wil graag dat iemand mijn zaken regelt als er iets met mij mocht gebeuren.'

'Je hebt gelijk. Ik heb in dat geval mijn vader nog, maar als die er niet meer is moet ik ook iets gaan regelen.'

'Je vader is volgens mij nog lang niet van plan om dood te gaan.'

'Jij kunt het wel goed met mijn vader vinden, is het niet? Soms lijkt het wel of jij zijn dochter bent in plaats van ik.'

'Zeg, doe niet zo belachelijk. Je vader is heel erg dol op jou en jij komt voor hem absoluut op de eerste plaats.'

'Dat geloof ik niet, Viola. Een kind kan zien dat jullie heel close zijn en dat ik voor jullie niet meer ben dan een soort aanhangsel.'

'Wat is er toch met je aan de hand? Waarom word je steeds zo vijandig?'

'Nou, dat heeft te maken met wat ik heb ontdekt. Branca Jaarsma heeft me iets verteld.'

Viola's mondhoeken bewegen. 'Branca Jaarsma is een kletsmajoor die van alles wat ze in haar winkel hoort graag nieuwe verhalen breit en vervolgens niet begrijpt dat er onrust ontstaat. Kom op, Cat, je kent haar toch?'

'Jij was in het park, die nacht.'

'Haar moeder beweert dat ze me heeft gezien, maar ik weet zeker dat ze zich vergist.'

'En waarom zou ze zich vergissen?'

'Omdat ze net zo'n slang is als haar dochter. Ze is boos, omdat ik al een tijdje geen vrijwilligerswerk heb gedaan en zij er dus niet meer uit komt. Madame is beledigd, wil aandacht en verzint een verhaal om mij zwart te maken. Haar gedrag is zó doorzichtig, daar trap je toch niet in?'

Komt het door de toon die ze aanslaat? Ze praat alsof ze het tegen een kind heeft. Komt het door de manier waarop ze naar me kijkt? Het lijkt of ze denkt dat er een dom blondje voor haar zit. Of komt het alleen door haar weigering het toe te geven? Zou ik minder snel mijn kookpunt genaderd zijn als ze had laten merken dat haar leugens haar zelf ook niet lekker zaten?

Ze rende met me mee naar het park en adviseerde me op de bank te gaan zitten, omdat ik nauwelijks vooruitkwam door de steken in mijn zij. Ze was zorgzaam en attent. Een echte vriendin. Mijn beste maat.

Maar in werkelijkheid was ze een monster.

Ik zie William voor me en achter hem verschijnt Jurre. Ze kijken me aan.

Hun dood was zo nutteloos, zo smakeloos. Zo onverteerbaar.

Iemand in mijn buurt haalt zwaar hijgend adem. Ben ik dat?

Viola bestudeert haar vingertoppen. Ik kom razendsnel overeind, grijp een van de kandelaars en laat hem met een enorme klap op haar hoofd terechtkomen. Ze is zó verrast dat ze niet eens een geluid maakt.

Ze ligt op de grond, de plas bloed naast haar hoofd wordt snel groter. Ik zet de kandelaar op de tafel en loop naar buiten.

Zien jullie wat ik doe, William en Jurre? Blijf bij me in de buurt, ik voel dat jullie er zijn. Dat is ook nodig, wij horen bij elkaar. Wat er ook gebeurt, waar ik ook terechtkom, jullie zullen me nooit in de steek laten, dat weet ik zeker. Ik hou van jullie en neem me niet kwalijk dat ik dat misschien toch niet vaak genoeg heb gezegd. Hou ook van mij, blijf dicht bij me.

Ik open de eerste jerrycan en besprenkel Viola met het stinkende vocht. Beweegt ze nog? Nee. Ik loop door de kamer en zorg ervoor dat alles gelijkmatig wordt verdeeld. Nu de gang en de keuken. Met de tweede jerrycan doe ik de twee slaapkamers en de trap. Dan is hij leeg.

Waar zijn de lange lucifers?

Ik heb benzinespetters op mijn schoenen zitten en ook op mijn kleren. Dus voorzichtig zijn met vuur, Cathelijne.

Zien jullie hoe voorzichtig ik ben, William en Jurre? Er gebeurt niets, wees maar niet bang.

In de gang zag ik net een groot touw liggen met een bal eraan.

Dat touw kan ik brandend in een hoek van de kamer gooien, en dan snel weglopen.

Goed bedacht, Cathelijne.

William en Jurre zijn weg.

Het touw brandt. Ik werp het zo ver mogelijk van me af, het komt op de schommelstoel bij het raam terecht en veroorzaakt een steekvlam. De lange vitrage is opeens verdwenen, het vuur verspreidt zich razendsnel.

Nu moet ik echt maken dat ik wegkom. Ik tril over mijn hele lijf. Oppassen dat ik niet over Viola struikel als ik over haar heen stap.

Ik kan de gil die uit mijn keel komt niet tegenhouden als ik voel dat mijn voet opeens wordt vastgegrepen. Dit lijkt op een scène uit een horrorfilm, dit gebeurt niet, want de enige die mij kan tegenhouden is bewusteloos. Toch zitten er vingers om mijn enkel geklemd, ze lijken eraan vastgeschroefd. Ik kan niet wegkomen en achter me hoor ik het geluid van vuur. Veel vuur. Het haalt me in.

Ik probeer mijn voet los te krijgen, verlies mijn evenwicht, val voorover en zie de rand van het dressoir recht op me afkomen. Mijn hele leven flitst in nauwelijks twee seconden aan me voorbij. Daarna lijkt het of mijn voorhoofd in duizend stukken uit elkaar spat.

Zo'n pijn! Zo'n diepe duisternis! Williaaaamm! Juuuuuurreeeeeh!

Amy

103

Harm Jan is nog steeds aangeslagen, hij zegt regelmatig dat hij het niet kan bevatten.

Ik weet niet goed hoe ik me zelf voel. De situatie is te onwerkelijk en ook te bizar. Ik probeer tot me te laten doordringen wat er is gebeurd. Soms lukt het dat te begrijpen, maar er zijn ook momenten dat ik denk dat ik me vergis.

Toen de brandweer bij het huis van Viola arriveerde, konden ze weinig anders doen dan voorkomen dat het vuur oversloeg naar het erf van de buren. Pas later ontdekte iemand dat de hond over de sloot was gesprongen die aan de achtertuin grenst en luid blaffend in het open veld rondrende. Harm Jan stelde voor haar voorlopig bij ons in huis te nemen en we hebben haar dezelfde avond meegenomen. Ze herkende hem meteen en begroette hem enthousiast. Ze loopt hem nu overal achterna.

Het gonsde direct van de geruchten in het dorp. Nadat iemand had geroepen dat ze Cathelijne in de richting van Viola's huis had zien fietsen, wilde iedereen weten wie er met gillende sirenes door een ambulance was afgevoerd.

De vader van Cathelijne werd gealarmeerd, maar ook hij wist niet waar zijn dochter uithing. Het hele dorp begon naar Cathelijne te zoeken, men ontdekte dat haar auto in de garage stond en dat haar fiets inderdaad was verdwenen. De ongerustheid nam ieder uur grotere vormen aan.

Dokter Wolf ging Cathelijnes huis in en doorzocht met een van haar buren het pand. Ze was nergens.

Wij reden zo snel mogelijk naar Molenveld en ik wachtte in mijn huis op Harm Jan, die liever niet wilde dat ik meeging naar het afgebrande huis van Viola. Ik heb uren voor het raam gestaan, niet wetend wat te doen of wat te denken. Ik herhaalde in gedachten het laatste gesprek dat ik met Viola had gevoerd, analyseerde ieder woord, elke zin, en vroeg me af of ik iets had gemist.

Ze belde een paar dagen voor de fatale brand, 's avonds om negen uur. We hadden laat gegeten en zaten in de tuin te praten.

Ik hoorde aan de stem van Harm Jan dat hij verrast was en luisterde naar wat hij zei. Uit zijn vragen en antwoorden kon ik opmaken dat het over een testament ging dat zij samen hadden laten opmaken toen ze nog getrouwd waren. Ik begreep dat het testament nog bestond en ongewijzigd was. En dat Viola graag officieel vastgelegd wilde houden dat Harm Jan haar uitvaart en nalatenschap zou regelen als haar iets overkwam. Hij pakte een kladblok en begon van alles op te schrijven. Ik vroeg me af of hij haar wel goed had begrepen toen hij noteerde dat ze bij haar vader begraven wilde worden. Hij wist daar duidelijk ook geen raad mee en vroeg wel drie keer of ze dat werkelijk had gezegd. Terwijl hij dat noteerde, schudde hij met zijn hoofd en trok zijn wenkbrauwen op.

Nadat hij alles had opgeschreven, gaf hij de telefoon aan mij. 'Viola wil graag iets tegen je zeggen.'

Ik aarzelde.

'Praat maar even met haar,' fluisterde hij. 'Haar stem klinkt zo eenzaam.' Dat woord gaf de doorslag.

De laatste keer dat ik haar sprak, wilde ik het niet zien. Ze stond voor me en een deel van haar leek zich ergens op een andere planeet te bevinden. Haar ogen dwaalden steeds van me weg, haar stem haperde. Ik voelde weerstand en weigerde haar binnen te laten. Haar ogen drukten wanhoop uit en dat stond me tegen. Ze was eenzaam en ik wees haar af. Het minste wat ik kon doen was even met haar praten, besloot ik.

'Dank je dat je me niet weer weigert,' begon Viola. 'Ik wil mijn excuus aanbieden voor mijn onbeschofte gedrag. Het kwam door de schrik, ik had nooit verwacht dat Harm Jan en jij een stel zouden worden en het bericht van je mogelijke zwangerschap haalde een woede in me naar boven die ik beter geen ruimte had kunnen geven. Ik meende niet wat ik zei, zeker niet dat van die abortus. Misschien meende ik het op dat moment wel, maar nu niet meer. Ik hoop alleen dat je begrijpt dat ik het niet hoef te zien en er niet bij betrokken wil zijn.'

'En dat andere?' vroeg ik.

'Je bedoelt het ongeluk van Claudia? Ik draafde door, Amy.'

'Heb je het dan niet gezien?'

'Ik verzon het ter plekke. Dat kwam door mijn woede, door het gevoel dat ik door jou en Harm Jan verraden was. Vergeet alsjeblieft alles wat ik heb gezegd.'

Ik zei dat ik haar geloofde.

Na de brand besloot ik definitief in Wognum te blijven en ik haalde al mijn kleren op uit Molenveld. Dat betekende dat ik langs de plek moest rijden waar Viola had gewoond, en ik was niet voorbereid op de schok die de aanblik van de zwarte ruine teweegbracht. Op het moment dat ik die zag, werd het me pas duidelijk hoe vernietigend en agressief de daad was die daar werd gepleegd. Dezelfde avond werd Harm Jan gebeld door dokter Wolf, die hem vertelde wat hij ontdekt had op de computer van zijn dochter.

104

Iedere ochtend legt Harm Jan zijn hand op mijn buik. Ook al zeg ik nog zo vaak dat ik zelf nog niet eens iets wat op de aanwezigheid van leven lijkt kan ontdekken en het echt nog een hele tijd duurt voordat hem dat lukt, hij beweert dat hij de baby voelt. En hij wil trouwen.

Als Koos niet dwars gaat liggen kan de scheiding in een paar maanden geregeld zijn en tot nu toe lijkt het erop dat hij meewerkt. Mijn advocaat heeft contact met die van hem en alles verloopt vlot en probleemloos. Na de officiële ontbinding van ons huwelijk moet de scheiding worden ingeschreven in het echtscheidingsregister en dat gaat drie maanden duren. Tegen die tijd ben ik een maand of zeven zwanger.

Ik vind het geen aantrekkelijk idee om met een dikke buik voor de ambtenaar van de burgerlijke stand te verschijnen. Maar ik deel wel de mening van Harm Jan dat we ervoor moeten zorgen dat alles perfect voor ons kind wordt geregeld en daarvoor is het huwelijk toch echt de meest voor de hand liggende mogelijkheid. Harm Jan heeft voorgesteld om in december in stilte te trouwen en volgend jaar zomer een feest te geven waarbij we een toost op ons huwelijk combineren met een geboorteborrel.

De kranten hebben wekenlang vol gestaan van de gebeurtenissen in Molenveld. Het leek erop dat ze iedereen die er woont hebben geïnterviewd om duidelijk te krijgen wat er precies was gebeurd en hoe het zover had kunnen komen. De naam van Branca Jaarsma dook veelvuldig op. Van de kant van de politie kwamen summiere mededelingen, omdat het onderzoek nog steeds gaande was. Nergens is een bericht verschenen over wat men gevonden heeft op Cathelijnes computer. Maar dat was ook niet nodig, want de eigenaar van de pomp waar ze de twee jerrycans had laten vullen bleek een niet te stuiten behoefte te hebben dit aan de rest van de wereld bekend te maken.

Ik kan me nog steeds niet voorstellen dat ze werkelijk met twee jerrycans benzine naar Viola is gegaan en de boel toen in brand heeft gestoken. Hoe kon ze het doen zonder dat Viola iets in de gaten had? En hoe is het mogelijk dat ze zelf slachtoffer werd?

Tot nu toe zwijgt de politie over de ware toedracht. Harm Jan denkt dat de vader van Cathelijne niet wil dat hier iets over wordt bekendgemaakt en dat hij zich diep schaamt voor het gedrag van zijn dochter. Hij neemt Cathelijne ernstig kwalijk wat ze heeft gedaan. Harm Jan zegt dat dokter Wolf ervan overtuigd is dat Cathelijne handelde in een vlaag van verstandsverbijstering en dat hij zich schuldig voelt omdat hij die waanzin niet op tijd zag aankomen.

De resten van Cathelijne zijn begraven bij haar zoon. Die uitvaart was een complete happening. De kerk puilde uit van de mensen en iedereen ging mee naar het kerkhof. Harm Jan hoorde van mensen uit het dorp die hij kent en met wie hij nog wel eens mailt dat het volk Viola heeft aangewezen als dader van de moord op Jurre Klaver. De aanwijzingen in die richting kwamen van de dames Jaarsma. Cathelijne had in hun ogen het recht op vergelding. Op het kerkhof ving ik flarden op van gesprekken die betrekking hadden op de daad van Cathelijne en op het lot dat haar had getroffen. Ik sloot me ervoor af, maar kon toch niet voorkomen dat ik er braakneigingen van kreeg.

Harm Jan weigert te geloven dat Viola iets met de moord op Jurre Klaver te maken had. Hij vertelde me een paar dagen geleden dat dokter Wolf dit volledig met hem eens is.

De vader van Cathelijne is nu al vier keer bij ons geweest. Elke keer nodigde hij zichzelf uit en ik heb aan Harm Jan gevraagd hoe hij denkt over zijn behoefte aan contact met ons. Harm Jan antwoordde dat hij hem niet wilde weigeren. Dat vindt hij bot. Toch zei hij ook dat hij de bezoeken van dokter Wolf niet zal aanmoedigen. Toen ik vroeg waarom niet, antwoordde hij dat hij die man diep in zijn hart niet mag. Viola beschouwde hem altijd als een vriend, een surrogaatvader. Harm Jan heeft zich van hun vriendschap afzijdig gehouden, omdat hij wist dat Viola daar behoefte aan had en hij wat zij eraan ontleende niet wilde verstoren. Hij vertelde dat het misschien niet erg mannelijk was, maar dat hij er toch niet onderuit kwam dat hij al zo lang hij zich kan heugen een intuïtieve afkeer heeft van dokter Wolf. Ergens in zijn hoofd zit altijd een waarschuwend stemmetje als hij deze man ontmoet. Hij had hem ook niet als huisarts en dat nam Viola hem kwalijk. Een paar dagen geleden zei hij tegen me dat ik eens op Nika moet letten als dokter Wolf verschijnt. Het is hem opgevallen dat ze altijd enthousiast reageert op bezoek, maar direct in haar mand gaat liggen als hij binnenkomt.

Dokter Wolf praat alleen maar over Viola en Cathelijne. Over hun jeugd, hun vriendschap, hun wederzijdse support in goede en slechte tijden. Hij analyseert hun overeenkomsten en hun verschillen. Soms heb ik de indruk dat hij beide vrouwen niet kan loslaten.

September

Viola

105

Ik word nog bijna iedere nacht achternagezeten door vlammen en op het moment dat ze me grijpen vlieg ik overeind. Het kost me dan moeite de verschrikkelijke herinneringen van me af te schudden en te beseffen dat ik veilig ben.

Ik weet nog dat Cathelijne de kandelaar greep en ik besefte dat ik die moest zien te ontwijken. Daarna voelde ik de dreun op mijn hoofd en werd het zwart. Ik dacht dat het uren later was toen ik mijn ogen opende en het vreemde geluid achter me hoorde, maar ik wist wel meteen dat er sprake was van levensgevaar. Voor mij. Wat daarna gebeurde lijkt een film met iemand anders in de hoofdrol.

Ik moet haar enkel stevig hebben vastgegrepen, maar herinner me geen kracht, geen besluit, geen daad. Ik herinner me alleen de gil die ik hoorde, de klap die volgde en de benzinegeur die mijn neusgaten binnendrong. En de hitte, het knetterende geluid dat vlak achter me was, het vocht dat langs mijn wangen droop. Ik liet de enkel los en kroop naar de deur, die gelukkig openstond. In de gang probeerde ik op te staan, maar het lukte niet. Ik weet nog dat ik bedacht dat ik via de keuken buiten kon komen. Ergens in de verte stond Nika hard te blaffen. Ik zocht de plek waar ze was, wilde naar haar toe rennen, maar kon alleen kruipend de tuin bereiken. Toen werd het weer zwart om me heen.

Mijn hond heeft me het leven gered en ik kijk uit naar de dag dat ik weer voor haar kan zorgen. Als zij me niet naar de plek achter in de tuin had gesleept, was ik net als Cathelijne verbrand. En als zij niet door haar geblaf de aandacht op zich had gevestigd, was ik niet op tijd gevonden.

Toen ik wakker werd in het ziekenhuis, was het drie dagen later. Drie dagen zonder dat ik wist waar ik was, wie ik was en wat er met me was gebeurd. De wond op mijn hoofd bleek gehecht te zijn, ik had een halve kale schedel en een zware hersenschudding. De witte schimmen die steeds naast me opdoken zeiden allemaal dat ik moest slapen. Iemand vertelde dat Nika bij Harm Jan logeerde.

Ik schijn nadat ik wakker was geworden de eerste zeven nachten platgespoten te zijn, omdat ik het hele ziekenhuis bij elkaar schreeuwde, uit bed wilde klimmen en weg wilde rennen. Daarna was een slaappil genoeg om me rustig te houden.

Tien dagen na de brand verscheen er een rechercheur aan mijn bed die beleefd informeerde of ik in staat was een paar vragen te beantwoorden. Hij was aardig en had een mooie stem. Toen heb ik verteld dat Cathelijne mij beschuldigd had van de moord op haar ex, terwijl ze dat zelf had gedaan.

106

Ik woon in een gemeubileerd huis in Hoorn dat Harm Jan tijdelijk voor me gehuurd heeft, en krijg heel langzaam mijn krachten terug. Mijn hond logeert nog bij mijn ex en zijn nieuwe vriendin. Ze krijgen een kind. Soms is het leven meer dan macaber.

Toen ik een paar dagen in het ziekenhuis lag, werden er bloemen bezorgd van Gijs Donner. De dag erna kwam er een kaart en de volgende dag weer een. Een week later verscheen hij opeens naast mijn bed en het was vanzelfsprekend dat we elkaar omhelsden.

Ik weet niet of ik al klaar ben voor de liefde, maar ik moet bekennen dat zijn aandacht, zijn warme armen en zijn zorg me een goed gevoel geven. Gisteren zei hij tegen me dat hij tijd genoeg heeft om me te veroveren en niets zal overhaasten. Dat is veilig genoeg om hem toe te laten in mijn leven.

Harm Jan heeft zijn handen vol aan de afwikkeling van de brand, de verzekering schijnt nogal moeilijk te doen. Hij wil het huis laten herbouwen, maar niet meer met een rieten dak. Mij maakt het niet uit, want ik zal er nooit gaan wonen. Ik wil overal een huis hebben, behalve in Molenveld.

Ik heb dokter Wolf na de brand nog één keer gesproken. Dat was drie weken later, een dag voordat ik uit het ziekenhuis ontslagen werd. Hij kwam op een moment dat het geen bezoektijd was en ik zei tegen de protesterende verpleegkundige dat het goed was en hij niet lang zou blijven.

Ik heb hem gevraagd te luisteren naar wat ik te zeggen had en me niet in de rede te vallen. Daarna heb ik hem verteld dat ik een verklaring had ondertekend waarin stond dat ik in de nacht van de moord op Jurre Klaver in een toestand van bewustzijnsvernauwing in het park ben geweest en me later realiseerde dat ik Cathelijne Wolf daar heb gezien, terwijl ze gebukt stond bij een lichaam dat op de grond lag.

Dat is niet waar, maar ze kan het niet meer ontkennen. Ik heb deze verklaring afgelegd omdat ik veel aan dokter Wolf te danken heb. Als hij me niet jarenlang had gesteund, zou ik het trauma dat me overkwam niet hebben kunnen overleven. Hij was als een vader voor me en een vader verraad je niet. Je kunt wel afscheid van hem nemen en dat heb ik gedaan. Hij is vrij, omdat ik ervan overtuigd ben dat ik het recht heb om te zwijgen. En omdat niemand erbij gebaat is als hij aan de schandpaal wordt genageld.

Mijn verklaring is later door de politie bekendgemaakt, maar ik ga er niet van uit dat iedereen in mijn onschuld gelooft. Wat maakt het uit? Ik leef, ik heb een toekomst. Als ik voldoende hersteld ben, komt mijn hond weer bij me terug en er is een man in mijn leven die belangrijk voor me is. Mijn ex bekommert zich om me en zijn nieuwe liefde houdt zich gedeisd. Zij zal met zichzelf in het reine moeten komen, net als ik.

Toen dokter Wolf afscheid nam, hield hij me een paar seconden stevig vast en bedankte me.

Ik heb een steen besteld voor het graf van mijn vader en als ik helemaal hersteld ben, ga ik de zandmassa die hem bedekt beplanten. Ik ben niet vergeten wat hij aanrichtte, maar ik durf eindelijk aan mezelf toe te geven dat ik veel van hem hield.

Amy

107

Zou Harm Jan gelijk hebben? Zou mijn bijna fanatieke behoefte om meer te weten te komen over de kenmerken van eeneiige tweelingen te maken hebben met de noodzaak om iets af te sluiten?

Ik heb me er niet eerder zo intensief in verdiept, maar nu lees ik alles wat ik over het onderwerp te pakken kan krijgen. Ik struin het internet af en print artikelen uit die ik wil bewaren. Sommige publicaties spreken elkaar tegen, maar dat is volgens mij altijd het geval als het om wetenschappelijke onderzoeken en conclusies gaat. Op het ontstaan van een tweeling valt weinig af te dingen. Het is de hele wereld duidelijk dat bij een van de eerste celdelingen van een bevruchte eicel twee losse groepjes cellen ontstaan die ieder uitgroeien tot een apart embryo en er zich daardoor twee individuen ontwikkelen die genetisch identiek zijn aan elkaar. Toch betekent dit niet dat een tweeling geheel identiek is. Ondanks hetzelfde DNA kunnen er verschillen ontstaan door omgevingsinvloeden. Ik lees overal dat het uiterlijk gespiegeld kan zijn, waarbij het voorbeeld van linkshandigheid bij de een en rechtshandigheid bij de ander het meest wordt genoemd. Dat gold ook voor Claudia en mij, ik ben rechtshandig, zij was linkshandig. We hadden ook allebei een kruin op ons achterhoofd, alleen zat die van haar links en zit die van mij rechts.

Ik moet lang zoeken voordat ik iets vind wat uitlegt dat de genetische opmaak van tweelingen die zijn ontstaan uit dezelfde bevruchte eicel kan verschillen, maar het artikel is uiterst terughoudend met voorbeelden. Ik kom niet verder dan een voorbeeld waarbij de ene helft van een tweeling een aandachtsstoornis had en de ander niet.

Harm Jan vraagt me steeds waarom ik precies een wetenschappelijke verklaring wil hebben voor iets wat ik aan den lijve heb ondervonden. Behalve onze links- en rechtshandigheid en de verschillende kruinen is er vanaf onze vroegste jeugd een duidelijk verschil in karakter tussen ons geweest. Daar hoeft geen wetenschappelijk onderzoek voor te worden uitgevoerd, want een blinde kon bijna zien waar de verschillen zaten. Wat wil ik nog meer te weten komen? Daar heb ik diep over nagedacht en een paar dagen geleden heb ik er uitgebreid met mijn ouders over gepraat. We hebben nog eens over de brief die Claudia me stuurde gesproken en opnieuw geconstateerd dat die brief een poging was mij ergens van in kennis te stellen. Ze wilde dat ik het wist. Ze wilde dat ik deelgenoot werd van haar geheim, dat ik medeplichtig werd. Tussen de regels door eiste ze van me dat ik erover zou zwijgen. Ze klampte zich aan me vast. Volgens mijn vader deed ze dat al vanaf het moment dat ze zich ergens aan kon vastgrijpen.

Mijn ouders voeren momenteel gesprekken met een psycholoog. Dat hebben ze besloten omdat ze geen van beiden weten hoe ze moeten omgaan met de dood van Claudia. Ik schrok van hun bekentenis dat ze willen leren op welke manier ze moeten rouwen. Ze raken steeds verstrikt in hun woede en wrok en worstelen met schuldgevoelens die te maken hebben met de fouten die ze in hun ogen bij de opvoeding van mijn zus hebben gemaakt. Toen ik tegen deze opmerking heftig protesteerde, zei mijn vader dat ze er allebei van overtuigd zijn dat ze Claudia veel meer hadden moeten aanspreken op de donkere kant van haar karakter en er ook meer begrip voor hadden moeten tonen. Die overtuiging zit ze dwars en ze proberen daar door de gesprekken met de psycholoog een weg in te vinden.

Mijn moeder opperde het idee dat het voor mij misschien ook goed zou zijn om met een deskundige te praten. Daar bedank ik feestelijk voor. Ik zoek zelf wel uit hoe ik moet omgaan met de wisselende emoties die me soms totaal onverwacht overvallen. Ik heb een partner gevonden met wie ik kan praten en die me, doordat hij geen deel uitmaakt van de geschiedenis, kan corrigeren als ik emotioneel op hol sla. Soms stelt hij vragen die me behoorlijk irriteren, zoals onlangs toen hij wilde weten in welke opzichten ik qua karakter wél op Claudia lijk. Ik lijk alleen fysiek op Claudia en nu ze dood is, lijk ik gelukkig alleen nog op mezelf.

Toch blijft de vraag van Harm Jan me achtervolgen en ik speur naar artikelen over tweelingen waarvan de ene helft niet in staat is zich los te maken van de andere. Ik wil weten hoe dat komt en of de andere helft daar verantwoordelijk voor gesteld kan worden. Ik zoek naar wetenschappelijk onderbouwde definities over wat precies het karakter is en ik wil ontdekken hoe identiek Claudia en ik nou eigenlijk waren. Ik wil kunnen vaststellen dat het niet aan mij lag en dat het me niet hoeft te spijten dat mijn zus op de bodem van een kanaal is terechtgekomen.

Ik wil me niet meer afvragen waarom ze haar lifehammer niet heeft gebruikt. Ik wil mezelf ervan overtuigen dat ik echt niet in de achteruitkijkspiegel heb gekeken en dat Viola mij niet uit mijn auto heeft zien stappen. Dat ik niet heb staan wachten of mijn zus misschien uit het water kwam. Ze vergist zich.

Ik wil rust in mijn hoofd.

Ik wil leren leven zonder schuldgevoel en zonder haatgevoel.

Want ze haat me nog steeds, dat weet ik zeker.

108

Het lijkt eerst een zacht ruisende wind die veilig voelt. Slaap maar door, lijkt het geluid te bedoelen. Droom maar verder.

Ik rek me uit en raak het dijbeen van Harm Jan aan. Hij draait zich om en trekt me naar zich toe.

Ik wil aan hem vragen of hij de wind ook hoort en of hij ook denkt dat ik me er geen zorgen om hoef te maken. Ik luister scherp of het nog steeds om geruis gaat. Ja.

Nee. Er is iets veranderd.

Wat ik nu hoor heeft niets meer met de wind te maken. Dit zijn voetstappen die ons huis naderen. Dreunende voetstappen. Mannen? Ze komen naderbij.

Mijn ogen zoeken de klok op mijn nachtkastje. Het is kwart voor zeven. Opeens is er geen enkel geluid meer te horen.

Ik stap uit bed en schuif het gordijn een stukje opzij. De zon schijnt al, het wordt een stralende dag.

De straat is leeg, er is geen mens te bekennen. Toch weet ik zeker dat er iemand vlak bij me staat. Ik sluit mijn ogen en luister scherp. Iemand roept iets, de stem kruipt in mijn oor en blijft steeds hetzelfde woord herhalen.

'Moordenaar.'

'Word eens wakker, lief! Heb je weer een nare droom? Kom maar dicht tegen me aan liggen, dan val je vanzelf weer in slaap.' Harm Jan kust en streelt me.

Ik kruip in zijn armen. 'Het is altijd dezelfde nachtmerrie,' fluister ik.

‘Maar nachtmerries zijn niet echt,’ zegt hij. ‘En ze gaan nergens over.’

Naschrift

In *Zwijgrecht* komen plaatsen en straten voor die echt bestaan. Dat geldt niet voor het dorp Molenveld, dat ik in dit verhaal ergens tussen Hoorn en Wognum heb geplaatst. Ik zocht een dorp met veel oude huizen, een park, een kerkhof, een kerk en een buurtsuper. Maar er moest ook een kanaal zijn en een weg met een scherpe bocht. Een dergelijk dorp vond ik niet in de omgeving waar ik het zocht en daarom heb ik het zelf gecreëerd.

Loes den Hollander

Het gezin Fortuin, vader Fokke en dochters Wieke en Sigrid, heeft al zware stormen moeten doorstaan als Freddy, de tweede vrouw van Fokke en de stiefmoeder van zijn dochters, verdrinkt in het zwembad bij hun vakantiehuis. Ze maken de afspraak te zwijgen over de ware toedracht van het ongeluk. Maar zeven jaar na die verschrikkelijke nacht wordt duidelijk dat iemand die twijfelt aan hun verhaal de waarheid wil achterhalen. Ongeacht welke prijs daar voor betaald moet worden.

Verschijnt november 2017

Onderuitgehaald

1

Er zit geen bodem in het zwembad.

Ze wordt de diepte ingezogen, haar hele lijf verkrampt. Ergens boven haar is een stem, maar ze kan niet horen wat die zegt. De klanken vermengen zich met het geraas van de vaart waarmee ze naar beneden vliegt.

Ze moet ademen, ze moet lucht krijgen. Ze spert haar ogen wijd open, maar het enige wat ze ziet is water. Overal water. Steenkoud water.

Ze kan haar lippen niet langer stijf op elkaar houden en ze opent haar mond. Grote golven vocht stromen naar binnen en nemen haar in bezit. Ze hoort en ziet niets meer en ze wil schreeuwen om hulp.

Sigrid schrikt wakker.

De nacht verspreidt een weldadige stilte die goed aanvoelt en ze kan weer gewoon ademhalen. Haar hartslag past zich aan, ze heeft het minder koud.

Als ze vroeger een nare droom had en bij haar ouders in bed kroop zei haar moeder altijd dat ze zich niets moest aantrekken van nare dromen, omdat dromen bedrog zijn.

Als dromen bedrog zijn, waarom droomt ze dit dan nog steeds?

'Je bent vroeg!' roept de jongen die 's morgens schoonmaakt. 'De tien achterste hokjes zijn al gedaan.' Sigrid glipt een hokje in en kleedt zich uit. Ze is op goed geluk naar het zwembad gereden, maar dat blijkt van maandag tot en met zaterdag al om zeven uur open te gaan. Als ze weer naar buiten komt ziet ze twee dames voorzichtig het water in gaan. Die heeft ze hier vaker gezien, het zijn twee vriendinnen. Ze kletsen graag en met iedereen.

Ze loopt naar de andere kant van het bad en laat zich in het water zakken.

Zwemmen werkt altijd ontspannend, daarom komt ze hier zo vaak. De eerste tien baantjes zitten erop, ze blijft even aan de kant hangen en beweegt langzaam haar benen. Een van de kletsvriendinnen klimt via het trapje aan de overkant van het bad naar boven. Sigrid staart naar haar enorme kont. Daarna zet ze zich weer af en begint aan de volgende tien baantjes.

Er loopt een man langs het bad. Ze zwemt rustig verder, maar ze bekijkt hem goed. Hij heeft een prachtig lijf en ook een mooie kop. Ze schat hem een jaar of veertig. Die zal wel ontzettend getrouwd zijn.

Hij kijkt naar haar. Ze begint sneller te zwemmen.

Er komt een groep oude mannen binnen. Sigrid bekijkt hun hangbuiken en laaghangende billen. Er zit een man tussen aan wie de aftakeling nog weinig aandacht heeft besteed. Hij zwaait naar haar.

Ze zwemt op haar rug verder.

De droom heeft haar deze keer heel sterk geraakt. Ze voelt de angst weer op het moment dat ze beseft dat ze gaat verdrinken. Ze duikt onder water en zwemt naar de kant. Het was goed om na deze droom zo snel mogelijk naar het zwembad te gaan, maar nu is het genoeg.

Het eerste wat ze ziet als ze boven water komt zijn benen. Ze herkent ze direct. Ze klimt het trapje op en verwacht dat de man aan de kant zal gaan. Maar dat doet hij niet.

Ze wil er wat van zeggen, maar de man stapt opzij.
'Dank je,' mompelt ze.
Hij vraagt of ze zin heeft in warme chocolademelk. Ze was van plan om snel door te lopen, maar bedenkt zich. Hij ziet er goed uit en hij heeft iets.
'Dat lijkt me wel lekker,' zegt ze.
'Over tien minuten in het restaurant?' Hij heft zijn hand op als groet en zonder haar antwoord af te wachten loopt hij naar de deur die toegang geeft tot de kleedruimte.
Sigrid kijkt hem na. Hij heeft echt een heel mooi lijf en een leuke kop en het wordt tijd dat het weer eens gebeurt, ook al is het pas tien voor halfnegen in de ochtend.

2

Soms levert een spontane ontmoeting met seks haar enorm veel energie op, maar vandaag is dat niet het geval. De wandeling naar haar auto zou op andere dagen geen enkel probleem zijn, maar nu is ze kortademig. De droom spookt nog steeds door haar hoofd en daar ergert ze zich aan. Ze wilde deze dag vroeg aan het werk gaan en ze moet zich niet laten afleiden door zaken die er niet meer toe doen. Die passé zijn. Klaar. Afgehandeld.

Zou Wieke vandaag werken? Ze vist haar mobiel uit de zak van haar jas en scrolt naar het nummer van haar zus.

Wieke neemt direct op en ze zegt dat ze blij is dat Sigrid belt. 'Martijn is zo verkouden dat hij niet op de crèche mocht komen, dus ik moest een verlofdag opnemen. Hij ligt nu in bed en ik ben kapot. Zo slecht geslapen vannacht. Heb je tijd om langs te komen?'

Sigrid is eindelijk bij haar auto. 'Ik kom er al aan. Zal ik even langs de slager rijden en lekkere broodjes meebrengen? Ik ben uitgehongerd.'

'Te veel gedronken? Kater?'

'Een beetje te vroeg op de dag gesekst.'

Wieke schaterlacht. 'Jij lellebel, kom maar gauw. Je moet me alles vertellen. Ik ben dol op Dies, maar als ik jou bezig zie zou ik soms wel een weekje vrijgezel willen zijn. Dat heb ik niet gezegd, hoor je me. Ik heb niets gezegd.'

'Je hebt niets gezegd,' herhaalt Sigrid.

Wieke smoort haar bijna in een omhelzing.

Sigrid maakt zich voorzichtig los. 'Ik heb de rookvlees met kruidenkaas, de tartaar met ei en de achterham met knoflookspread meegenomen. Laat mij die achterham maar nemen, anders vlucht Dies vanavond de deur uit. En je kind zal het ook niet waarderen als je met een knoflookwalm boven zijn bed hangt.'

'Mijn kind ruikt helemaal niets,' lacht Wieke. 'Dat produceert alleen enorme ladingen snot. Wel zielig, hoor. Kom gauw binnen, er staat een veel te gure wind.'

'Wat zou ik moeten beginnen zonder een zus?' vraagt Sigrid zich hardop af. 'En zonder een vader en zonder een stiefmoeder die wél de toets der kritiek kan doorstaan?'

Wieke neemt de zak met broodjes van haar over. 'Je bent vandaag natuurlijk met mama bezig. Ik ook, al vanaf het moment dat ik wakker werd.'

Sigrid weet niet wat ze nu moet zeggen.

'Ze zou vandaag toch jarig zijn?' zegt Wieke. 'Ga jij papa nog bellen? Ik denk dat hij het fijn zal vinden om iets van ons te horen.'

'Jarig.' Sigrid loopt achter haar zus aan naar de keuken. 'Natuurlijk, ze was jarig. Daar kwam het allemaal door.'

Wieke schakelt het koffiezetapparaat in. 'Ze zou vandaag achtenvijftig geworden zijn en ze is deze dag dus precies drieëntwintig jaar dood. Soms kan ik me haar stem niet meer goed herinneren. Heb jij dat ook weleens?'

'Niet zolang ik jou hoor praten. Jij hebt haar stem.'

'En jij haar onafhankelijkheid. Daar ben ik vaak jaloers op. Nu doe weer net of ik niet tevreden ben met mijn leven. Dat is niet waar, ik ben dol op mijn vent en op mijn kind. Maar ik zou toch net een beetje stoerder willen zijn, net een beetje zelfverzekerder. Zoals jij.'

'Verkijk je niet op mij,' zegt Sigrid.

Ze hebben een klein glaasje likeur bij de koffie genomen en geproost op hun moeder.

'Vond jij het niet eng om vijfendertig te worden?' vraagt Wieke. 'Ik wel. Vanaf die dag zal ik ouder zijn dan mijn moeder ooit is geworden en soms ben ik bang dat ik ook op jonge leeftijd een hartinfarct zal krijgen. Heb jij daar nooit aan gedacht?'

Sigrid slikt het laatste stukje brood door. 'Ik was niet bang, maar ik vond het wel vreemd. Ik voelde me een beetje schuldig dat ik ouder werd dan zij. Ze zou ons nu heel vermanend toespreken, denk je ook niet?'

'We hebben het hier nooit eerder over gehad,' peinst Wieke.

'Het heeft geen nut om bang te zijn of je schuldig te voelen,' meent Sigrid. 'We zijn haar kwijtgeraakt en we hebben daarna noodgedwongen moeten dealen met het secreet Freddy.'

'Die wij geen mama wilden noemen,' vult Wieke aan. 'Zelfs geen mama Freddy. En die we daar woest mee maakten.'

'Gelukkig kon Freddy niet zwemmen,' zegt Sigrid.

'We gaan het verder niet over Freddy hebben,' beslist Wieke. 'Vertel eens over wat je vanmorgen hebt uitgespookt. Waar vond het feest plaats? Hoe kwam het zo? Was het de moeite waard? Voor herhaling vatbaar?'

Sigrid pakt de lege bordjes op en zet ze op het aanrecht. 'Je weet dat ik het al jaren meestal bij één keer per man houd, dus een herhaling zit er niet in. Hoewel dat misschien toch te overwegen valt.'

'Je doet het toch wel veilig? Een van mijn collega's heeft in een dolle bui geen condoom gebruikt en die liep een dijk van een soa op.'

'Ik vrij altijd veilig,' zegt Sigrid.

Wieke belt hun vader. 'Sigrid is hier, we hebben samen geluncht. We dachten aan mama en we wilden je dat even laten weten.' Ze luistert. 'Ach, wat lief van haar. Geef haar een dikke kus van ons.' Ze verbreekt de verbinding en wendt zich tot Sigrid. 'Mitzy heeft een prachtige bos bloemen neergezet voor mama. Zie je nu wel dat goede stiefmoeders echt bestaan?'

'Je hebt gelijk,' geeft Sigrid toe. 'Maar ze is een hoge uitzondering.'

Er valt een diepe stilte.
'Waar gaat deze stilte over?' wil Wieke weten. 'Waar denk jij aan?'
Sigrid grijpt de koffiepot die op tafel staat. 'Ik droomde weer dat ik verdronk. Het was zó echt, gruwelijk gewoon. Ik heb weleens ergens gelezen dat een verdrinkingsdood gepaard gaat met mooie visioenen. Ik had geen visioen.'
'Jij verdronk ook niet echt, zusje. Dat gebeurde met Freddy, weet je nog? Die dook met haar dronken kop het zwembad in terwijl ze niet kon zwemmen.'
'Denk jij nog vaak aan die nacht?' vraagt Sigrid. 'Waarschijnlijk niet, jij sliep overal doorheen.'
'Ik sliep niet,' zegt Wieke.